Die Insel der Druiden II

Aus der Reihe SoS
Svenney O Shea´s
Wahre Abenteuer.

..

von

Sven Bork
Vipy Bork

Die Insel der Druiden II

Der zweite Teil der Druideninsel
Der fünfte Band aus der Svenney O Shea
Reihe.

Weiter geht es in der Erzählung des Helden Svenney O´Shea, der 10 Schlüssel suchen muss und die passenden Schlösser, die ihn immer entlang führen zu einem Schatz. Was sonst, so weit so langweilig. Wäre da nicht dieses Multiversum, indem eine fremde Gewalt versucht, die 10 Träger des universellen Rades der Welten zu zerstören.

Doch diese zerstörerische Macht hat nicht mit dem Lektor gerechnet, in dessen Händen die globale Autorität liegt und der im Hintergrund alle Fäden im Multiversum zieht. Die 10 Schlüssel sind in Wahrheit, Codesticks mit deren Hilfe der Held Svenney, die Bender, die Biegeeinheiten an den Trägern, runterfahren kann. Zuvor wurden diese wichtigen Maschinen von dieser Macht gehackt und umprogrammiert, das Rad nicht zu schützen, sondern zu zerstören.

Nach Band I der Lektor und Teil II die Festung der Huren und Band III auf biegen und brechen, kommt jetzt Band IV und V die Insel der Druiden, gleich zwei Bücher. Ich bin nur der Erzähler, aber die Geschichte der Insel der Druiden, wurde zu umfangreich, für nur ein Buch.

Was genau ist die Insel der Druiden? Es ist kompliziert, zum einen ist es das Eiland Anglesey westlich vor der Küste Irlands vorgelagert und ist die wahre Insel keltischer Druiden. Durch Magie und anderen Gründen, die ihr gleich erfahrt, hat Anglesey aber dieselben Koordinaten wie Korsika, im Mittelmeer. Also quasi ist Anglesey auf Korsika drauf gestülpt, der okkulte Teil. Auf der Insel sind die nächsten beiden Schlüssel.

Aber einfach dort auftauchen und die Aufgaben lösen und die Artefakte zu nehmen, ist es nicht. Die Elfen der Ailill befinden sich in einem Krieg mit den Druiden, den Hexen und Zauberern. Gemeinsam wollen alle magischen Gilden, dieser vermeintlichen Bedrohung durch eine gemeinschaftliche Beschwörung entgegenwirken. Aber dazu werden irische Heilpflanzen und Runensteine benötigt, welche Svenney O Shea im Tausch für die beiden „Schlüssel" anbietet. Diese Kräuter aber haben es in sich. Doch bevor diese Beschwörungszeremonie zum Höhepunkt kommt, indem alle high sind und sämtliches nur schief geht, muss das Buch der Ukapoden beschworen werden, Hexenbesen abgeschleppt, Fressorgien abgehalten und Missverständnisse geklärt werden.

Parallel zur mittelalterlichen Erde passiert im Multiversum Unglaubliches, auf GlauKom I dem Planeten, auf den die Elfen der Ailill verbannt wurden. Der Lektor läuft zu seiner Bestform auf.

Impressum

E-Mails für Feedback, über die meine Frau und ich mich freuen.

Erzähler:	svenneyoshea@gmail.com
	Svenneyoshea@aol.com
Grafiken:	vipybork@aol.com
	Querart@aol.com
Facebook:	Svenney OShea

Bibliografische Information der Deutschen Nationalbibliothek:
Die Deutsche Nationalbibliothek verzeichnet diese Publikation in der Deutschen Nationalbibliografie; detaillierte bibliografische Daten sind im Internet über http://dnb.dnb.de abrufbar.

TWENTYSIX
Eine Marke der Books on Demand GmbH

Ersterscheinung: 20.03 2023
© 2023 Sven M. Bork

      Querart geschützte Wortmarke
      Vipy Bork   Tong Cartoons

Herstellung und Verlag:
BoD – Books on Demand, Norderstedt

ISBN: 9783740726652

Illustration: Vipy Bork

Zeichnungen von Vipy
Die Zeichnerin

Die Zeichnerin Vipy Bork ist mit dem Erzähler seit 2007 verheiratet, vorher war Sie Art Direktorin in einem großen indischen Konzern und zeichnete in der Hauptsache Cartoons. Davor musste Sie in Bangkok Kunst und Design studieren, was für Sie nicht weiter schlimm war. In Asien sind ihre Zeichnungen und Illustrationen, aber vor allem Ihre Karikaturen bekannt, was zu der Liaison mit dem Erzähler führte. Der fand den Stil der Künstlerin so knuffig und so speziell, dass er ihr ein Exklusivangebot machte, das Sie nicht ablehnen wollte. Der Import dieses Talents geschah im gleichen Jahr und nun erfreut Vipy in Deutschland mit ihren Zeichnungen, die Menschen und meine Leser. Nichts zu danken!

Der Erzähler →

Der Erzähler Sven Bork ist natürlich ebenfalls mit der Zeichnerin verheiratet, was keinen ersichtlichen Nachteil ergeben hat.
Autor: Der Erzähler, wie er sich in seinen Büchern selbst nennt, wurde 1967 in Landau Pfalz geboren und schreibt seit seiner Jugend, zum Ärger seiner Deutschlehrer, Aufsätze in Überlänge. Mit 16, verkauft er Artikel über Radrennen und Sport, mit viel Satire und wird zum freiberuflichen Fotografen und später Kameramann, für diverse Medien.

So steht es über mich geschrieben. Bücher wollte ich nie schreiben, „liest ja keiner." Aber immer öfters nötigten Freunde und Bekannte mich dazu, holten sich Hilfe aus dem Internet, teilten meine Beiträge und Kommentare und der Druck wuchs.
 2020 habe ich mich gebeugt. Ich musste in eine berufsfördernde Maßnahme, was zehnmal schlimmer ist, als es sich anhört. Dort sollte ich zu einem Buchprojekt 20 Seiten beitragen, es ging um einen Helden der zehn Schlüssel, in

Schlösser stecken sollte, um am Ende einen Schatz zu finden.

Absoluter Blödsinn, völlig daneben und dann spielte die Geschichte in Irland und vor allem 17 Jahrhundert. Was weiß ich den vom 17 Jahrhundert? Aber die waren dort streng, in der Maßnahme. Ich musste mich beugen und meinen Kopf anstrengen, die kannten kein Mitleid.

Dort lernte ich den Kerl kennen, der mich zu der Figur des LEKTORS inspiriert hat. Die Zeichnerin hat ihn so gut getroffen, dass aus der Nebenrolle die nur Band I etwas beleben sollte, der eigentliche Star der Serie Svenney O´Shea wurde.

Der Lektor war auch mein Mentor und zwang mich diese Hausaufgabe, diese 20 Seiten zu schreiben.

Ein einziges Kapitel, so wie jeder Delinquent in dieser Gruppe.

Es wurden dann innerhalb kürzester Zeit ein paar Seiten mehr. So knapp 900, weil ich dem Mumpitz eine parallele Geschichte aufgedingst habe.

Multi statt Universum und da geht es drunter und drüber, lauter skurrile Typen und im Grunde glaube ich, habe ich mein eigenes Leben in der Erzählung verwurstelt.

Zwei mal die Woche musste ich dort antreten.

Aber nicht nur diese Gruppe wurde gezwungen sich 2 Stunden lang, meine Geschichten vorlesen zu lassen, auch alle anderen Initiativen ebenfalls.

So wurde mir das geklagt, ich traute mich kaum dort hin.

Das Feedback war Lachen, lachen teilweise irres Gackern auch sonst jede Sorte. Aber nicht über mich, wie ich es annahm, sondern angesichts der Texte.

Douglas Adams wurde mir gesagt, es fehlt nur ein depressiver Roboter. Ja den Adams habe ich in meiner Jugend gelesen, scheint mich fasziniert zu haben.

Dann sagte man mir, Terry Pratchett. Das musste ich googeln und habe mir dabei ein E-Book von ihm geladen.

Ja stimmt, er hätte mal in meine Fußstapfen treten können, nur leider ist er 2015 viel zu früh verstorben. Ich habe aber erst 2020 angefangen, zu schreiben, na er wurde ganz alleine der beste von allen Fantasy Autoren.

Ich selbst hasse Fantasy, schaue mir lieber schöne Bilder an, von nackten Frauen z.B.

Bei so viel Feedback habe ich dann innerhalb kurzer Zeit die ersten drei Bände von Svenney O Shea fertig gestellt.
Aber das Schwierigste daran war, für diesen Kurs oder die Maßnahme, was dem Ganzen näher kommt, war mein Kapitel das zweite oder vierte, welches mein Thema werden sollte. Ich schrieb die knapp 900 Seiten doch recht schnell, innerhalb der 6 Monate, den länger ging dieser Zeitdiebstahl nicht.
Als es so weit war, fehlte der Beginn. Ich hatte 3 Bände fertig aber keinen Anfang.
Das war für wie ein Omen, der Schöpfer will mich warnen, mir Recht geben, den mein leben lang verweigerte ich Bücher zu schreiben.
Leider bin ich aber Atheist, mit Glauben, das ist nicht so meins. Ich will Wissen, es heißt ja Wissenschaft und nicht Glaubenschaft.
Trotzdem danke ich dem Schöpfer und habe deswegen ein anderes Buch geschrieben, für ihn.
Die Bibel auf dem Giebel, ist ein Schmöker über Vögel. Jedenfalls kommen zwei Schräge drin vor. Hugin und Munin die Raben von Odin. Die finden bei einem Sturm Seiten aus der Bibel, lesen sich die vor und lachen sich schlapp über diese Märchen. Ja das geht das halbe Buch so, Paste and Copy Bibeltext und dann die Kommentare von Hugin und Munin. Bis es dem Schöpfer zu bunt wurde und er die beiden Stinker auf das Konstrukt geholt hat. Ja da hat er den zweien mal gezeigt, wie die Schöpfung wirklich stattgefunden hat.
Das hat mich selbst beeindruckt.
Die Bibel auf dem Giebel war mein allererstes Buch, ich hatte für die anderen drei ja keinen Anfang.
Aber jetzt schon, den der Lektor und die Festung der Huren, auf Biegen und Brechen und derzeit die Insel der Druiden Teil eins und zwei, fertig.

Ansonsten alles gut, wie es in Meck Pom, nähe der mecklenburgischen Schweiz und Seenplatte für einen EX Wessi, der Honeckers Traum, die Flucht des Westlers vor dem Kapitalismus in den Osten, wahrgemacht hat, nur gehen kann.

Ach ja, die letzten 13 Jahre war ich Segellehrer und Yachtausbilder und habe in der Charter, an der Ostsee in Warnemünde angeschafft. Da liegt schon ein Buch dazu auf meiner Festplatte und dürfte noch 2021 den Lockdown verzuckern.

       Euer Sven Bork

Inhaltsverzeichnis

15.	Einer unterwegs und ein anderer, sind zwei ... die nicht zu Hause sind	S. 12
16.	Alles ist unterwegs	S. 33
17.	Elfen und Zauberer	S. 58
18.	Bei den Druiden	S. 76
19.	Bei den Hexen	S. 85
20.	Bei den Zauberern	S.94
21.	Druiden, Hexen, Zauberer Der ganze magische Zirkel	S.110
22.	Elfenland	S.120
23.	Leben vom Reisbrett	S.184
24.	DNA Daten Design	S.192
25.	die Vita des Lektors	S.205
26.	Hexen Zauberer und Druiden	S.210
27.	Endspurt auf Glaukom I	S.220
	Ende	S.268

Alle Rechte und Unrechte, absolut vorbehalten. Kein Teil dieses Buches darf in irgendeiner Form (Druck, Fotokopie oder einem anderen Verfahren) ohne schriftliche Genehmigung, der QUERART (patentiertes Markenzeichen).

Oder des Autors Sven M. Bork reproduziert oder unter Verwendung elektronischer Systeme verarbeitet, vervielfältigt und verbreitet werden.

Copyright Mai 2023 Sven M. Bork/Querart
Der folgende Text existiert gar nicht, außer in meinem Kopf und ist geistiges Eigentum, wie dieses Manuskript, vor Oktober auf diesen Datenträger in Schriftform gelangte, wird vom Autor mit Nichtwissen bestritten.

Jede Druckform, darf weder verbrannt, bespuckt oder beschimpft werden, es ist verboten mit dem Gesamtwerk oder Auszügen daraus, Hunde, Katzentoiletten auszulegen, Möbel auszurichten und in Waage zu setzen.

Erlaubt sind Denkanstöße, auch beidhändig mit 2 Exemplaren ausgeführt und der gebrauch dieses Machwerks, als Notabwehr oder zum Verstecken eines Flachmanns,
oder einer Pistole, nicht aber für Drogen.

Vorwort

In einem Vorwort kannst du auf folgende Elemente eingehen:

Deinen persönlichen Hintergrund und Deine Erfahrungen während des Schreibens,

die Gründe für eine Themenwahl,
die Arbeitsverteilung, wenn mehrere Personen mitgeschrieben haben, und.
Danksagungen an wesentliche Persönlichkeiten oder Institutionen.

So habe ich die Erklärung vorgefunden. Dieses Vorwort habe ja schon in anderen Büchern geschrieben.
Hintergrund Öhm, kommt drauf an ob ich im Garten schreibe oder meinem Lieblingsplatz.
Erfahrungen während des Schreibens hatte ich zu viele, immer diese Angst, das die Erzählung echt sind und ich die bin die Geschichte. Die Arbeit verteilt sich auf Vipy, mit ihren genialen Cartoons und diese Darlegung.

Danke wie immer an mich selbst, meiner Frau, das mache ich nachher persönlich.

15. Einer unterwegs und ein anderer, sind zwei ... die nicht zu Hause sind

Strömender Regen, nicht dieser fiese Fadenregen, nicht fallender Niederschlag, eher diagonales Nass. Noch kein Platzregen, wie Monsun nur kälter, eben so Liquide, aber fast schon Schnee. Ekelhaft sofort durchnässender Schauer, die Luft feucht, Atem schlägt Dampf, genau wie der Mantel, an den Schultern.

Er läuft schnell, gebeugt als könne er den Regenfäden entrinnen. Am Rücken nebelt es aus, verbindet sich mit dem Dampf der Achseln, als würde der Körper unter dem Kleidungsstück schwelen. Er hebt die Laterne etwas höher, nein kein Mantel, ein Umhang ist es. Mit Sticker wie Monde, Sterne. Überwürfe wie sie die Zaubergilde trägt.

Zu schnell ist die Gestalt unterwegs, für dieses Wetter und da, ein dampfender Fladen, sein Fuß glitscht weg. Glück gehabt, er konnte sich fangen, ohne auf den schmierigen Weg zu fallen. Immer weiter. Während er strauchelte, fiel etwas zu Boden, das Geräusch des Aufpralls ein weniger Lauter als der des Regens.

„Scheißdreck, Mistwetter. Nie eine Kutsche, wenn man eine braucht, aber der Schlüssel muss zur Hexengilde."

Aus dem Dunkel tritt ein Schatten ins nicht Hellere, der Schemen folgt der Gestalt. Der Weg wird immer rutschiger, fällt leicht ab und wird steiler. Die ersten Häuser sind zu sehen, Kopfsteinpflaster, das glänzend im faden Licht schimmert.

Lautlos schreitet die Gestalt über das Pflaster, der Schatten indes, es klackt metallen auf Stein, ein schleifendes Geräusch, ein Poltern. „Krack, knacks" ein unterdrückter nahezu stiller Fluch.

Die Gestalt hat nichts bemerkt, sie läuft weiter, der Schatten ist mehr als nur eine Silhouette, den solche Bluten nicht und haben keine Knochen, die man beim bersten hört.

Aber hier sind Gebeine, mindestens 2 davon gebrochen, Entschuldigung drei. Beim Versuch, auf zu stehen, verursachte die Kontur erneut ein brechendes Geräusch, die Kopfsteine blieben unbeschadet.

Wimmern.

„Waff muff iff bei foeinem Weffer auff dem Hauff."

Der geknickte Schatten versuchte sich, an eine Hauswand zu ziehen, um sich auf zu richten. Schmerzen, unglaubliche Lichtblitze durchzucken seinen Schädel.

Der Schemen tastete über das Pflaster, die Finger glitten durch Unrat und Schlimmeres, wenn auch verdünnt, dafür schmierig. Es gab nirgends Halt. Wie ein halbüberfahrener Lurch kroch die Silhouette in die Nähe der ersten Häuserwand.

Seine linke Hand ertastete etwas Langes, recht Schweres, er zog die Klaue an und brachte sie vor seine Augen. Zu dunkel, aber es schien aus Metall zu sein und etwas anderem, ein Material das der Schemen so nicht gefühlt hatte.

Der Gegenstand blinkte, nein nur ein roter Punkt, sichtbar dann unsichtbar. Die Silhouette legt das Ding vor sich ab und betastet die schmerzenden Stellen.

„Aupff, feiffe."

Gäbe es mehr Licht, würde man erkennen, das ein alter Mann, in schäbiger Kleidung mit einigen Schwären und nicht so ganz neu auf der Straße sitzt, am rechten Arm schwer verletzt. Knochensplitter die sich ins freie Bohren, genau wie am Bein. Die Wunde ist durch einen alten Verband zusammengehalten. Aber der rote Fleck wird größer und voluminöser, auf dem billigen Mull.

Satoo der Klacker, ein alter Tunichtgut, Säufer und früher ein Schläger. Kneipenlegende in der Versenkung. Klacker nannte man ihn, wegen seiner Beschläge an den Schuhen, die auf dem Pflaster klackerten, wie Steppschuhe oder die Sporen von Cowboys.

In jungen Jahren hatte es der kriminelle Frauenheld nicht nötig gehabt sich an zu schleichen. Die Klackerschuhe waren eine Warnung für seine Widersacher, entkommen konnte ihm aber niemand. Hörte man die Klacker und hatte ein Problem mit Satoo, war es zu spät.

Man konnte sich höchstens kurz und schmerzlos, den Lauf einer Kurzwaffe in den Mund stecken und es schnell machen.

Übriggeblieben ist von Satoos Mythos nichts mehr. Suff nochmals Dusel, die Hurerei und eine asiatische Nuss, haben den einst starken Körper verändert.

Unreife Betelnüsse werden in vielen südostasiatischen Ländern zerkleinert und zusammen mit gelöschtem Kalk, Betelpfeffer-Blättern und anderen Kräutern (z.T. Tabak) gekaut.

Es ergibt eine leicht stimulierende und euphorisierende, betäubende Wirkung. In vielen Teilen Asiens wird sie als „Arbeiterdroge" genutzt, da sie körperlich anstrengende Arbeiten erträglich macht.

Der Speichelfluss wird verstärkt, während Betel gleichzeitig den Speichel rot färbt. Langanhaltender Konsum kann die Zähne schwarz verfärben, was Satoo erspart blieb, denn die Stumpen sind ihm schon lange vorher ausgefallen. Dieser Betelnuss war Satoo verfallen. Wie diese leichte Droge den Weg nach Korsika fand, Kaptein Lang und der Baader, hätten die Antworten.

Da sitzt er, ein Schatten seiner selbst und lauscht in die Nacht. Der Regen hat aufgehört, schlagartig. Die Rinnsale gluckern und die bejahrten Hauswände reflektieren es und verstärken das gleichförmige Geräusch.

Schritte? Der Alte schaffte es nicht sich um zudrehen, die Schmerzen waren da, sein Bewusstsein zeitweise nicht, Blitze und flirren vor den Augen. Jede falsche Bewegung bezahlte er mit einer Qual, die sich anfühlte, als hätte man ein glühendes Messer mit Salz und Zitrone eingerieben, bevor man es in die beiden Wunden trieb.

Waren das Schritte, fern langsam näherkommend oder veränderte der Schmerz das Gluckern, der Rinnsale. Gerinnsel Schlurfen nicht, schoss es Satoo durch die Hirnrinde. Viele Einsichten hatte er in den letzten Jahren nicht mehr. Wenn waren sie nicht tiefgreifend.

„Iff da ffer? Ffadammt, iff faan niff aufffehen, Iff fa ffer?"

Es gluckerte, das andere Geräusch war nicht mehr zu hören. Entweder weil es nie existierte oder infolge, das der Besitzer der Schuhe, welches die Laute verursacht hatte, hinter ihm stand.

Er hörte das Rascheln eines Umhangs, das entsteht, wenn der Träger sich bückt. Etwas wurde vom Boden aufgehoben, es war klar, zu hören. Satoo drehte sich weiter um, Blitze des Schmerzes vor den Augen, er schaute in eine Laterne, den Träger der Lichtquelle konnte er nicht ausmachen.

„Ffalfe Foch den Mond auff, iff Ffeh ja nifft."

Jammerte der Schatten, der sich als Satoo geoutet hatte.

Die Laterne wurde verdunkelt. In der Hand des fremden blinkt etwas Rotes, ein Punkt.

„Hey Faff iff mein Ffing, eff ffehört mir."

„Ach, ist das so? Ja wenn das Dir gehört, sag an Alter. Was ist das denn?"

„Ffeffwas ffer ffifftiges, Ffif fein Fferrffück ffon feiner Ffutter."

„Ah ja und das rote Ding das da leuchtet und wieder nicht, was hat es damit au sich?"

„Faff Ffeiff fiff niff."

„Sicher ein ganz kleiner Dämon, der in diesem Dingsda eine Laterne an und aus macht, richtig."

„Ffanf Ffenau, ffuu hafft eff erffafft."

„Wozu dient das denn, dieses An und Aus, müsst ihr oft Petroleum nachfüllen. Komisch es sieht genauso so aus, wie das Teil das mir eben aus der Tasche gefallen ist. Zufällig liegt es auf dem Weg, den ich vor 5 Minuten gegangen bin. Wie es den Anschein hat, der einzige Weg überhaupt. Ich stelle fest, da es genauso aussieht, wie das Dingsda das ich verloren habe, auf dem gleichen Weg den ich gelaufen bin, muss es mein Dingsbums sein, richtig?"

„Ffer fifft Fu?"

„Ich bin von der Gilde der Zauberer, Nullkraft ist mein Name, wieso sitzt Du da unten?"

„Iff Ffim Aufferupfft, ffif ffab Ffmerpfen."

„Ich frage mich, was macht ein alter Knacker wie Du um diese Zeit auf den Gassen, vor allem bei dem Sauwetter. Bist du mir nachgelaufen, es war vorhin schon so, als würde ich verfolgt, dieses klack klack. Du bist der Klacker Satoo, wenn ich mich nicht irre, Abschaum. Sag, was willst Du."

„Faff Foll Fiff Ffollen, ffif ffab follffe Ffmerfen."

Nullkraft öffnete seinen Umhang und holte einen Stab hervor, wedelte ein bisschen nach links, weil das so gut klappte, rechts hinüber. Da nichts knallte, hielt er die Stange aufrecht um dann verwegen, kreisend auf Satoo zu zeigen.

Es knisterte leicht, blaues Leuchten ward an der Spitze des Stabs entstanden. Dieses Licht führte Nullkraft an die Wunden des Alten. Die Illumination dämpfte sich ein wenig, ein knistern und es roch wie Elektrizität in der Luft, ein Hauch Eisen mit Kupfer.

„Auuuuuuooooooohhh oooh, das tut weh, scheiße das schmerzt, was genau machst Du da, was soll das?

Warte, halt Warte ... uff, ich spüre nichts mehr, der Schmerz ich glaube ... der ist weg."

„Nicht weg, er ist transformiert in, ach das verstehst Du eh nicht, das begreife ich ja kaum. Das hält ein paar Stunden, vielleicht sogar einen Tag. Du kannst Dir die Gräten richten lassen, schmerzfrei und alles schienen. Aber wenn die Kraft der Magie nachlässt, solltest Du bei einem Arzt in Obhut sein. Ich kann nur hier und kurz den Schmerz von Dir nehmen. In einem magischen Kreis von 333 Fuß, musst Du weiter weg, dann ist alles wieder da, sogar dreimal enormer. Genauer 3,14...... fach so heftig. Tummle Dich, alter Mann. Aber vorher sagst Du, was Du von mir willst?"

„Nichts ich war zufällig hier, wollte in die Dorfschänke, bei den Druiden bisschen vorbeisehen, war früher selbst in der Gilde. Wir haben nur die gleiche Richtung."

„Ach, haben wir? Woher kennst Du denn meine Wegstrecke?"

„Herr, es gibt in diesen Ort nur diese Straße hinein, am Bierweg wäre ich in die Obstlergasse eingebogen, dann über den Latrinenfluch, in die Schinkenstraße und dort wollte ich im blutigen Knochen einen oder zwei heben. Die Alternative, wenn im Knochen keine spendierfreudigen Spender auf mich warten, die Gilde der Druiden, da gibt es immer was Feines und besser als Alkohol."

„Steh auf, komm mit. Wir gehen beide zu den Giftmischern, ich will genau dort hin."

„Herr, meine Knochen sind gebrochen, ich kann nicht aufstehen, seht doch."

Satoo versuchte es, ganz vorsichtig, jede Sekunde erwartete er, dass der Schmerz einsetzt. Das Gesicht war in Erwartung schmerzverzerrt, langsam wurde es weicher, wechselte in erstaunt, zu ungläubig. Da war es wieder, dass verschlagene Grinsen. Satoo stand aufrecht wie ein Mann.

„Komm, ich bin spät dran."

Beide machten sich auf den Weg, zur inneren Stadt.

Eine viertel Stunde vorher, der Regen prasselte auf eine Art, wie ich sie bei Nullkraft schon beschrieben habe, schleppte sich eine weitere Gestalt auf den gleichen Ort, auf selbiger Insel zu.

Allerdings ging gebückt durch den strömenden Regen. Ein großer Spitz zulaufender Hut lies von weitem und selbst in dieser klammen Finsternis erkennen, dass Allerdings ein Zauberer sein musste. Allerdings kam näher und im fahlen Licht erkannte man, den erwähnten Hut, der aber wie sein langer Umhang, trotz Sturzregen, völlig trocken war. Schaute man genau hin, war zu erkennen, dass der Regen bis auf wenige cm an Allerdings herankam, dann aber abprallte.

Das war allerdings so ungewöhnlich wie der Name, ... Allerdings. So hieß der Zauberer allerdings wirklich, Allerdings!

Allerdings war ein Nachfahre, so sagt man von Merlin, ein mächtiger Magier. Keiner dieser Illusionisten, Gaukler und Taschenspieler, die man in den Gildehäusern überall in der Welt antreffen konnte. Selbst auf der Insel der Druiden, da wo die Magie wirkte und wahrhaftig war, alleine durch die Existenz von Anglesey der Druideninsel mitten auf Korsika.

Allerdings war seit Tagen unterwegs. Woher er gekommen ist, wurde mir nicht gesagt. Nur wohin er will. Ins Gildehaus der Druiden.

Allerdings reiste mit leichten Gepäck, er hatte nicht einmal seinen magischen Beutel bei sich. Ein Relikt, das alle mächtigen Zauberer besaßen. Einen Sackerl oder Sack, in dem sämtliches was man hineintut, seine Materie verliert, somit Volumen und Gewicht. Sobald man den Gegenstand aus diesem Beutel herauszog, war alles wieder normal. Nur einen Sack hatte Allerdings bei sich, mit einem Kanten Brot, einige Pilze und Kräuter und einen mächtigen, geschnitzten reich verzierten Wanderstab.

Schritt vor Schritt, gemächlich aber kontinuierlich, teilte der alte Magier die Wasserwand, die von oben herabstürzte. Seine Augen lagen tief in ihren Höhlen und wirkten müde, ausgezehrt.

Tack, tack der Stab wie ein drittes Bein im Takt der Schritte. Nur in den Pfützen und Lachen änderte sich das Geräusch dieses einsamen Marsches. Der Zauberer verharrte kurz, blieb stehen und lauschte, dann seufzte er.

„Grüß Gott Gevatter Tod, ihr seid zu früh, schaut auf euer Stundenglas. Ihr werdet es bestätigt finden, der Sand rinnt noch."

Dann ohne auf eine Antwort zu warten, setzte Allerdings seinen Marsch fort, jedoch etwas zügiger.

„Viel ist es nicht mehr, was an Zeit verrinnen könnte, die letzten Körner sind bereits in Bewegung, wir sehen uns alter Zauberer."

Sagte eine Gestalt, die wir uns immer mit einer Kapuze und einer langen Sense vorstellen würden. Was genauso so stimmt, aber im Moment ist es zu dunkel, schwarze Kutten vor dunkler Nacht neigen dazu, nicht alles zu zeigen.

Im Laufen hob Allerdings, seine Hand und grüßte nach achtern. Seine Schritte aber gingen Voraus.

Allerdings passierte eine Seitenstraße, eher eine Altstadtgasse, die lumpige Gasse entzifferte er auf dem Schild und bog ab. Der Zauberer legte einen Zahn zu, sein Körper spannte sich, die hängenden Schultern schoben sich nach oben, der Regen hörte schlagartig auf. Er nahm den Beutel in seine Hand, nestelte ein Kraut hervor, steckte es in den Mund und kaute es.

Bald wird er sein Ziel erreichen. Es war nahe, er spürte es.

Sein Gesicht klarte auf, die düstren Wolken der Gedanken, welchen er auf der langen Wanderschaft nachgehangen hatte, lichteten sich und im Schein einer fernen Laterne, vermochte man zu erkennen, wie Blau und strahlend die Augen des Magiers waren.

Er kaute auf dem Batzen Kraut, dann spannten sich die Wangenmuskeln an und er spie im hohen Bogen, seinen Auswurf auf den glänzenden Kopfsteinbelag.

Vor ihm die Laterne kam näher und näher. Zwei Gestalten waren zu erkennen, eine trug einen Hut wie er selbst, die andere war kleiner, sie gingen auf Allerdings zu, blieben aber vor einem großen Tor, in dem eine schlichtere Tür eingelassen war, stehen.

Allerdings erreichte das Tor, nur wenige Augenblicke später.

„Wer nichts weiß, muss alles glauben".

Stand da in großen verschnörkelten Lettern, auf das kleinere Türchen eingebrannt. Auf dem Tor war ganz oben Gildehaus der Druiden, in einem Bogen der parallel zum Torbogen verlief gesengt, die Schrift war aber schwach leuchtend. Direkt darunter stand ebenfalls in glanzvollen Lettern „Wenn du brennst und die anderen lachen, standst du wohl wieder VOR dem Drachen!"

Allerdings als der Älteste wartete geduldig, bis die beiden Fremden sich vorstellten, was schnell passierte.

„Gestatten Meister, Nullkraft Magus dritten Grades hier von Anglesey, Mitglied der Gilde der Zauberer. Wenn ihr gestattet ich habe hier nur etwas abzugeben, danach bringe ich euch umgehend in das Anwesen der Zauberergilde, hier befindet ihr euch vor dem Bau der Druiden. Ich brauche nicht lange. Mein Begleiter tut nichts zur Sache, er hat sich verletzt und ich liefere ihn hier nur ab. Wenn ihr kurz warten würdet."

Nullkraft plauderte all das, in einer tiefen Verbeugung vor dem Meister, dem man den ersten Magnus Grad ansah, die Insignien an seinem Hut und dem Umhang ließen einen großen Magier vermuten. Nullkraft richtete sich auf und schaute dem Ausbilder in die blauen strahlenden Augen.

„Allerdings mein Name, gestatten. Vielen Dank Bursche, für die Auskunft, aber ich nehme an, dass hier ist das Ziel. Ich bin weit gereist und die Zeit drängt, daher empfindet mich nicht als unhöflich, wenn ich jetzt einfach klopfe und mein Anliegen zuerst vortrage. Falls nach dem Palaver mit Rzr dem Oberdruiden Zeit bleibt, würde ich mich sehr erfreuen, wenn ihr mir den Rest meiner Verweildauer Gesellschaft leistet."

Allerdings ergriff den mächtigen Klopfer und pochte ebenso an das Tor. Es dauerte etwas, länger und ein bisschen. Dann vernahm man Schritte, ein Schieber wurde geöffnet.

„Parole und was ist das Begehr"?

Eine hochnäsig nasale Stimme nöselte durch einen Spalt.

„Allerdings mein Name ..."

Setzte Allerdings an.

„Falsch."

Der Schieber wurde hektisch zugeschoben,

„Halt .... „Entweder brennen meine Stiefel oder ich rieche einen Drachen".

Nullkraft bääkte es in die Nacht, der Schuber wurde wieder geöffnet, zwei tränenden Glubschaugen beäugten den Magier dritter Klasse.

„Ah Bruder Nullkraft, willkommen was will denn Satoo hier? Wer ist den dieser, andere Gentlemen?"

„Allerdings, Grafschaft Limerick in Irland, ich habe eine Verabredung mit Rzr, euren obersten Druiden."

Stellte sich Meister Allerdings vor.

Sofort gingen alle Riegel und Schlösser und Sperreinrichtungen in ihre Ausgangsposition, die Tür im Tor schwang auf, ...

„Herein, herein hurtig macht schnell."

„Das passt, mir bleibt nicht viel Zeit, wo finde ich Rzr?"

„Unser oberster Meister erwartet euch bereits, folgt mir."

Was allgemein befolgt wurde, und bald befanden sich alle drei Neuankömmlinge in einem Saal ohne Decke. Es gab Wände, mit vielen Aussparungen und Nischen, in denen Bilder hängen, von alten Druiden Meistern oder anderen Heroen, dieser Zunft, es gab die obligatorischen vier Ecken, nein fünf Ecken, halt sieben Winkel und ebensoviele Wände, aber kein Dach.

Das war praktisch, denn überall standen Kessel in ihren Gestellen, hingen Kübel, Tiegel Pfannen, in Stellagen. Fackeln waren an den Wänden angebracht und in jeder der sieben Ecken, war ein Kamin, dessen meiste Wärme aber vergeudet schien. Trotzdem war es angenehm mild in dem Saal.

Rzr stand inmitten dieses quirligen Treibens, er rührte in einem Kessel, er fügte Kräuter hinzu und unbeschreibliches, Rzr wirkte hoch konzentriert.

Allerdings trat auf ihn zu, blieb auf der gegenüberliegenden Seite des Kessels stehen und wartete.

„Verzeiht großer Meister Rzr, ich hatte einen langen Weg und ich möchte euch nicht respektlos stören, aber ich habe nicht mehr viel Zeit, bitte leiht mir euer Ohr sofort und hier."

Der große Druidenmeister schaute den größeren Meister der Zaubrer an.

„Allerdings, ich habe euch erwartet, ihr seid 2 Tage überfällig. Ich hatte nach Dir suchen lassen, aber wir wussten nicht, von welcher Richtung ihr hierher kommt, schön euch zu sehen, und verzeiht mir. Bitte um Entschuldigung, dass ich so respektlos erscheine. Die Elfen liegen im Krieg mit uns, wir arbeiten mit der

Gilde der Zauberer und den Hexen an einem großen magischen Experiment, wir wollen das Portal zu deren Welt ein für alle Male schließen.

Deswegen bereiten wir hier das Ganze vor."

„Ich bin im Bild".

Setzte Allerdings an.

„Aber die Gefahr ist exorbitanter, als ihr denkt. Sehr viel größer, wäre es die Elfen alleine, müsste ich nicht hier sein und meine letzten Minuten fern der Heimat verbringen. Die Gefahr betrifft nicht mehr nur Anglesey, die Vorgänge, die ihr hier gesehen habt, haben mich auf meiner Reise hierher begleitet. Aus der Heimat heraus und sind auf der ganzen Welt existent. Es wird schlimmer und nur wenig Zeit bleibt. Mir selbst noch eine Minute und eine weitere die ich dem Tod abtrotzen konnte. ..."

„Aber was redet ihr lieber Meister Allerdings, ihr seid unsterblich, wie allen großen Magier, komm erst einmal zur Ruhe, wenn es zu viel ist, ruht einfach aus, der Diener wird, euere Kammer zeigen ...."

„Danke, ich habe noch anderthalb Minuten, euch meine Macht zu übergeben. Den wisset es steht geschrieben, im Almanach der Zauberer und der Druiden, dass ein Magnus ersten Ranges, seine ganze Macht, seinen absoluten Zauber übertragen kann. In Anbetracht der Lage scheint der Zeitpunkt gekommen, diese Mächtigkeit an Jüngere zu übergeben, an euch Meister Rzr. Den mein Zauber, so stark er auch sein mag, wie eure Magie, werden nicht ausreichen, um dem zu widerstehen, dass auf uns zu kommt".

„Aber Meister, verehrter Magnus Suma cum laude unterbrach Nullkraft. Solltet ihr diese Kraft und Stärke, wenn ihr es schon müsst, eurer Zunft zur Verfügung stellen. Die Zauberei unterscheidet sich von der Magie der Druiden zu sehr und widerspricht sich …"

Allerdings unterbrach den Magnus dritter Klasse.

„Fürwahr, das ist richtig. Ich habe etwas weniger als eine Minute und viele Gründe. Erstens würde ich meine Macht eurem Lehrmeister Grr Ähmhorn übertragen, wäre das Potential kaum gewachsen, denn mit Verlaub, selbst euer oberster Meister ist Magnus zweiten Grades. Aber Rzr der Druide ist im Rang eines Primus wie ich und die Potenz aus beiden Mächten wäre gewaltig. Zweitens, kein Druidenmeister kann Zauberkräfte behalten, schon gar keinerlei übertragene, wozu auch. Aber er kann sie eine Weile, gegen einen Feind einsetzen. …"

„Meister, Grr Ähmhorn ist verstorben, beim Versuch das Buch der Ukapoden zu beschwören."

„Da lag ich mit meiner Entscheidung die Macht auf Rzr zu übertragen richtig, doch nun Eile. Rzr mächtigster der Druiden, bist Du bereit, dann knie nieder und ergreife mit mir diesen meinen Stab."

Rzr schaute zu Allerdings und nickte, ergriff den Stecken in der Mitte, der Zauberer oben, ging in die Knie und beugte sein Haupt. Der Wanderstab, richtete sich auf und verlor den Kontakt zum Boden. Jetzt wäre es schön zu formulieren, wie beide Magier von dem Stab in die Höhe gezogen wurden. Wie Licht sie umstrahlte und selbst Tolkien in, der Herr der Ringe es nicht besser beschreiben konnte, hier läge jetzt meine Chance ein Superlativ zu artikulieren, aber …

Zehn Sekunden, neun … es gab violettes Licht und ja beide Akteure dieser Szene Verliesen den Boden, wie der Stab. Aber nicht hoch. Der Stecken zitterte, ein wenig.

Acht Sekunden, sieben.

Allerdings fasste an den Knopf auf seinem Stab, schraubte ihn ab und zog eine Art Schlüssel heraus. Dann wurde das violette Licht kurz stärker, es pulsierte, daraufhin war es weg. Rzr der Stab und Allerdings standen wieder auf dem Boden.

Sechs Sekunden, fünf.

Allerdings wirkte schwach, er zitterte, seine Stimme war leise und dünn.

„Es ist vollbracht, lieber Rzr nutze das gesamte Wissen, meine magische Kraft, die ich Dir übertragen habe, im Guten, möge sie mit euch sein."

Vier Sekunden, drei.

Der Magnus Primus drehte sich zu Nullkraft um, dieser schaute ihn an, dann zu dem Gegenstand in seiner Hand und sagte:

„Meister, großer Zauberer, auch ich habe einen Schlüssel, er ist bestimmt für einen edlen Helden aus Irland, der 10 solcher Schlüssel und deren Schlösser zu finden hat, er gleicht dem Deinem genau."

Nullkraft holte das Artefakt hervor und bis auf die Inschriften waren beiden Schlüssel identisch.

Zwei Sekunden, eine.

Der Zauberer gab Nullkraft den Gegenstand.

„Ich habe diesen Schlüssel, dem Gentleman zu übergeben. Ich habe ihn, seid Langem. Ein dunkler finsterer Typ, gab ihn mir, um darauf aufzupassen, er scheint wichtig zu sein, für die Welt. Letzten Monat hatte ich Visionen, sah einen Reisenden, einen Pfarrer und viele andere Dinge und erkannte, dass ich das Artefakt zu jenem Fremden bringen muss. Sein Name ist Svenney O´Shea und es ist gewiss, das er hier im Ort weilt, findet ihn und gebt ihm den Schlüssel oder was immer es ist. Mein Versprechen ist gehalten, der Weg ist zu Ende. Die Zeit ist vorbei. Keine Antworten habe ich mehr, denn alle Fragen werden beantwortet.

Null Sekunden.

Für niemanden sichtbar, außer einem stand der Schnitter im Saal. Der Alte Allerdings lächelte, drehte sich um, machte einen Schritt.

„Gehen wir Gevatter."

Weg war der höchste Magier, einfach aufgelöst.

Nur der Stab war da, das Artefakt und ein Beutel, der mit Kräutern und Beeren und Pilzen gefüllt war. Kautabak, Tabak … ein paar Steine mit Zeichen. Es wurde totenstill im Saal, angemessen für den Besuch, der eben unsichtbar trotzdem für jeden präsent zugegen war.

Nullkraft hatte die Untersuchung des Beutels beendet, er zog ein Pergamentstück heraus auf dem Stand, zuerst nichts, nicht lesbar, darauf hin erschienen Zeichen, wie Schriften, die nicht zu entschlüsseln waren, dann Latein, altfranzösisch die Sprache der Druiden, … Nullkraft gab das Papier an Rzr.

„Meister könnt ihr das entziffern".

„Es ist die grüne Druidensprache, ja das kann ich lesen. Es geht um den Gegenstand, er ist wertvoll aber nur in den Händen eines Auserwählten, für jeden anderen, der ihn an sich bringen will, bringt er Unheil. Er ist nicht von dieser Sphäre und er wird nicht auf dieser Welt zurückerwartet, der Auserlesene wird ihn überbringen.

Die Kräuter in diesem Beutel, sind wichtige Bestandteile für große Beschwörungen. Seltene Heilpflanzen, die meisten werden wir bestimmen können, die wir nicht kennen sind umso wertvoller, denn sie stammen von weiter her als alle von uns es sich vorstellen kann. Das Artefakt ist umgehend zuzustellen, es zählt jeder Augenblick. Die Kräuter sollen wir in unsere Kessel geben. Alle Macht der Magie, die der Zauberer, der Hexen und der Druiden müssen wir bündeln. Alle Gilden haben ihr Wissen und ihre Kraft. Es sollen die Runensteine geworfen werden, wie es der Brauch vorschreibt, es müssen Tränke gebraut werden, wie wir es gelernt haben, es werden Beschwörungen stattfinden und alles, bevor diese Nacht und der nächste Tag enden. In der darauffolgenden Finsterkeit wird die Entscheidung gefällt."

Rzr war mit dem Vortrag fertig, nahezu alle Druiden redeten gleichzeitig, Fragen über Fragen. Rzr drehte sich im Kreis, er schaute jeden seiner Kollegen an, er liest ihre Furcht, ihre Gedanken, ihre Zweifel, dann donnerte er:

„Ruhe, es wird jetzt ernst. Lange schon haben wir auf diesen Tag gewartet, wann er kommt, wusste niemand, unsere Vorfahren haben ihn nicht erlebt, morgen erscheint er, lasst uns die Nacht dazwischen nutzen. Es ist klar. Der Auserwählte ist gekommen, er bringt uns die Runensteine aus Limerick und Kräuter, Heilpflanzen wie diese nur andere und die heiligen Runen. Leert sofort all eure Kessel, Tigel und Töpfe und reinigt die Gefäße gut, sodann werdet ihr Wasser aufsetzen und Öl. Schafft Platz den Morgen werden hier die Zauberer und die Hexen sein, wir benötigen mehr Feuerstellen. Es braucht Ablagen für die heiligen Schriften, wir beanspruchen Platz für den magischen Kreis, ... Lasst und alles vorbereiten."

Er wendete sich Nullkraft zu und Satoo, denn er bis eben nicht wahrgenommen hat.

„Was schleppst Du hier an, er stört, er ist nicht eingeweiht."
„Jetzt schon" konterte Satoo.

„Ergreift den Kerl, schafft ihn in ein Verlies, schmiedet ihn in Eisen, ..."

Nullkraft beschwichtigte,

„Meister Rzr bitte er ist schwer verletzt, morgen ist er tot, mein Zauber hält ihn am Leben, aber er schwächt schon ab.

Den Satoo steht auf der schwarzen Seite der Magie, das hat er mir verschwiegen, aber ich sehe an der Farbe des Lichts auf seiner Verletzung, sie ist nicht mehr violett, sondern rot, er hat nur kurze Zeit. Lasst ihn sich niederlegen, gebt ihm Wein und dann überlasst ihn sich selbst."

„So sei es, jeder kennt Dich hier, Nullkraft Du warst einer von uns und niemand nimmt es Dir übel, das Du jetzt Zauberer bist. Du meintest es immer ehrlich und gut. Wir machen es so."

Rzr drehte sich zu einem niederen Druiden, „Bringt unseren Gast in den geselligen Raum. Lasst ihm vom Wirt ein Mahl servieren und Wein oder Bier, wie es mundet. Aber ihr beiden bleibt bei ihm und achtet darauf das er genau dort verweilt, bis kein Leben mehr in ihm ist oder ich das Gegenteil zu euch sage, verstanden?"

„Ja alles klar, wird erledigt."

Sie nahmen Satoo zwischen sich und brachten ihn aus dieser Erzählung.

„Bereitet alles vor, Nullkraft und ich bringen die Artefakte zu den Hexen ins Gildehaus und schauen uns diesen Edelmann einmal an, hoffen wir, das er die Runen dabei hat."

„Woher wisst ihr das dieser Svenney oder wie er heißt …"

„Svenney O´Shea"

Verbesserte der Meister Rzr.

„Svenney O´Shea bei den Hexen ist, ich hoffte ihn hier zu finden?"

„Nun, wenn er bei euch nicht ist, sonst wäret ihr ja nicht hier, er bei uns ebenfalls nicht angekommen ist, wäre das Gildehaus der Hexen meine nächste Wahl."

„Fürwahr, ihr habt Recht, lasset uns gehen, es ist nicht weit."

Rzr drehte sich um, instruierte seine unmittelbar vertrauten, gab Anweisungen. Dann lies er, nach seinem Mantel schicken, verteilte die Kräuter ermahnte zur absoluten Konzentration, erkläre allen noch einmal die Wichtigkeit, der kommenden Stunden und schaute sich erneut um, als würde er etwas Suchen. Der Mantel wurde gebracht, seine Stiefel und er kleidete sich geschickt und schnell.

Bald darauf war er fertig und gerüstet.

Nullkraft und Rzr waren schon am Tor bereit, in die Nacht zu schreiten, da stand ein Zauberer im Gildegewand vor dem Tor, er freute sich als er Nullkraft erkannte, so richtete er sein Anliegen an den Kollegen.

„GraTHun Berg will das Buch der Ukapoden beschwören, ein Portal zu den Elfen öffnen, er benötigt noch die Runensteine und Heilpflanzen, habt Ihr Sie Meister Nullkraft, ist dieser Auserwählte schon hier."

„Hier ist er nicht, Aber ich habe Runensteine und Kräuter vom großen Zauberer, alles aus Irland genauer Limerick, das sollte genügen. Hier nimm, wir müssen zu den Hexen in deren Gildehaus, dort weilt der Auserwählte und wartet auf die Schlüssel."

„So denn, ich werde mich ebenfalls sputen".

Sprach es und wurde eins mit der Dunkelheit.

16. Alles ist unter wegs.

Nullkraft und Rzr beeilten sich, auch wenn Zauberhüte und die Mützen der Druiden, zwielichtiges abhalten, welcher Dieb riskiert es, zu einem Molch verwandelt zu werden. Beide hielten sich ran.

Zum Gildehaus der Hexen ist es nicht weit. Aber 2 Schlüssel, die so wertvoll sind, dass extra ein Auserwählter den Weg in dieses finstere Nest auf der Insel der Druiden gefunden hat, machen wachsam.

Die Straße war inzwischen trocken, die Gefahr auszurutschen und zu stürzen gering. Beide lauschten übervorsichtig, Schritten und fremden Geräuschen, auch schauten sie nach Schatten oder Schemen.

In der anderen Richtung war Aragnorg auf Schusters Rappen, der Bote mit den Runensteinen und den seltenen irischen Kräutern.

Aragnorg war nervös unterwegs, aber nicht die Sorge quälte ihn, eher ein Verlangen. Das Bedürfnis, etwas von den Heilpflanzen in sein Pfeifchen zu stopfen.

Nur Hektik, Stress war heute. Im Gildehaus der Zauberer ging es den Tag schon drunter und drüber, Schlüssel wurden gesucht, Meister verstarben, viele Mahlzeiten mussten vertilgt werden.

Schwarzkünstler mögen es beschaulich und Aragon war sonst ein extrem ruhiger, bedächtig- träger Zeitgenosse. Er liebe es, exquisite Tabake stundenlang zu rauchen, freute sich über jedes neue Kraut, stierte den Rauchschwaden geduldig und nicht enden wollend hinterher. Experimente waren seins, ja er war aufgeschlossen und entdeckte so manches Wunderkraut.

Viele der Kollegen empfanden ihn als faul und einige wird es gewundert haben, das Aragnorg sich nicht wie üblich wehrte, den Auftrag zu erledigen, die Schlüssel zu den Druiden zu bringen.

Er ging sogar sofort los, nachdem er wusste, es sind Runensteine, auf die er sich zwar ein Ei pellt, aber auch irische Heilpflanzen der Isle of Main zurückzubringen, im Tausch gegen die Schlüssel. Fremde Kräuter, alleine der Gedanke setzte ihn in Trab.

Er hatte doppelt Glück, zum einen war sein Auftrag, die Schlüssel gegen die beiden Beutel zu tauschen. Aber niemand konnte ihm sagen, wo der Edelmann, der Auserwählte weilte.

Es hätte sein können, dass er bis zu den Hexen würde Tappen müssen.

Zum anderen war eine Menge an Kräutern eine Heilpflanze, die beim verbrennen gut riecht und gewisse Effekte hervorruft.

Schon während des Weges kontrollierte Aragnorg die Qualität, er rollte die Kräuter, prüfte Blätter, Beeren und Fasern. In seinem Gesicht hätte man gesehen, wie erfreut er ist, wäre es nicht so dunkel. Aragnorg erschnüffelte jede Zutat und fand dann lineares Kraut und mehrere Stängel des VerdammtgutdruffWurz.

Genau das Richtige gegen Stress und Hetze.

Aragnorg dachte bei sich, er sei gut in der Zeit, so früh würde ihn ohnehin niemand erwarten.

In der Ruhe liegt die Kraft und alles locker, easy und schön Ballante. Das war zuweilen 80% seines Vokabulars. Der Rest waren Redewendungen, wie Ball flach halten und dergleichen.

Schon als Schüler, bevor er in die Zauber Akademie eintrat, war er dem Rauchen zugetan.

Das war für 14-16-Jährige nicht ungewöhnlich, nur seine Glimmstängel waren konisch, am Mundstück dünn und oben einen Glutpunkt wie ein Elefantenfuß.

Eines Tages Aragnorg sitzt auf dem Balkon und raucht einen Joint. Plötzlich fliegt langsam ein riesiger Feuerball vorbei.

Er denkt sich:

„Was hab ich da geraucht?"

Er beschließt, einen Weiteren zu rauchen. Wieder zieht der Feuerball vorbei.

„Das gibts doch nicht."

Denkt er sich und baut wieder einen. Auch dieses Mal fliegt der Feuerball vorbei.

Verwirrt geht er ins Haus und bittet seine Mama um eine Flasche Wasser.

Die Mutter:

„Dass du Durst hast, wundert mich nicht, nach drei Tagen auf dem Balkon."

Irgendwo beginnt alles.

Aragnorg machte eine Pause, das Kraut in seiner Hand

hatte er seit einigen Minuten zerrieben und gemischt, Tabak brauchte er kaum, um seinen Pfeifenkopf zu füllen.

Als Magier verzichtete er auf einen Glutpunkt, ein Zündholz, er murmelte etwas und Fump, sein Finger entzündete die Mischung. Er zog ein paarmal, aber die Pfeife ging aus.

Ja, das stopfen. Das erste Drittel stopft man mit Kinderhand, bedeutet sanft nicht zu dicht, den mittleren Teil mit Frauenhand, eher normal. Das letzte Drittel, so wissen es die Pfeifenraucher, mit Männerhand, also fest.

Der Magier stopfte nach und entzündete den Pott. Er zog und saugte erneut und als er fand, dass es gut ward, lehnte er sich zurück, denn er saß vor einer Erle, der breite Stamm in seinem Kreuz, wetteiferte, wer breiter war.

Nachdem des Magiers Rücken klar gewonnen hatte, gegen eine 200 Jahre alte Erle, machte sich die Ruhe breit, kein Stress mehr. Nur Stille. Dazu wirre Gedanken … Aragnorg hatte eine Vision, ach was, eher einen Wachtraum.

Da kommt ein Hase zu einem Bären, der sich nen Joint dreht.

„Bär, wieso tust du das, du bist so groß und stark, du hast sowas gar nicht nötig! Komm lieber mit mir joggen".

So schmeißt der Bär seinen Joint weg und geht mit dem Hasen laufen.

Plötzlich sehen sie einen Fuchs, der sich ne Line reinziehen will, da sagt der Rammler zum Reineke.

„Du bist so schnell und geschickt, du hast das gar nicht nötig, warum tust du das?"

„Komm lieber mit uns joggen",

So pustet auch der Fuchs seine Line weg und geht mit dem Hasen und dem Bären laufen.

Dann treffen sie auf einen Leuen, der sich eine Spritze setzt, da sagt der Karnickel zum Löwen: „Leu, du bist der König aller Tiere, du hast so etwas gar nicht nötig. Komm lieber mit uns joggen!"

Plötzlich haut der Löwe seine Pranke dem Hasen ins Gesicht, dieser ist zehn Meter weiter hinten bewusstlos am Boden.

Der Bär und der Fuchs völlig erschrocken.

„Löwe, warum hast du das getan??"

Darauf sagt der Leu ganz cool.

„Selber Idioten, wenn ihr mit einem Hasen joggen geht, der auf Speed ist".

Aragnorg kam kurz zu sich, wie alle Kiffer die instinktiv wissen, dass der Pott noch glimmt und sie einen weiteren Zug brauchen.

Aber auch der geräumigste Kopf, ist bald leer, vor allem wenn es ein Pfeifenkopf ist und Aragnorg, beschloss sitzen zu bleiben, kurz nachdem er die Idee hatte, weiter zu ziehen.

„Alles Scheiße und Mist, wenn Du nicht betüdelt bist".

Eine imaginäre Stimme, war zu hören.

Ein eingebildetes Sichtfeld öffnete sich dazu, nur um sich zu verzerren.

Aragnorg überlegte kurz:

„Wenn ich das Geld hätte, welches schon versoffen ist, dann könnte ich jetzt saufen gehen!"

„Ich bin so müde, diese Hetze heute. Ich trinke, um meine Probleme zu ertränken; aber diese verdammten Bastarde könne schwimmen."

Wie alle Probanden der heiligen Drogentests wurde Aragnorg leicht philosophisch.

„Am 8. Tag schuf Gott das Bier und seit dem hört man nichts mehr von ihm."

„Wo man Gerstensaft trinkt, kannst du lachen, böse Menschen trinken schärfere Sachen!"

Der Zauberer klopfte seinen Mantel ab, zuletzt den Umhang, sein Mund war trocken, er hatte Durst, dann fand er seinen runden Flachmann.

„Wo man Bier trinkt, kannst du ruhig lachen, böse Menschen trinken schärfere Sachen!"

Er hob den Flachmann und feinster Goorg-On-Zolla fand seinen Weg, in den Magier.

„Alles Scheiße alles Mist, wenn Du nicht besoffen bist".

Anscheinend hatten die Kräuter gegen den Alkohol verloren. Für Aragnorg trat langsam der Normalzustand ein.

Er konnte den Weg wieder fortsetzen.

Zur gleichen Zeit, etwa 2 Stunden früher, erreichen

Nullkraft und der Meister der Druiden das Haus der Hexengilde.

Trotz der späten Stunde und der mondlosen, dunklen Nacht, gab es kaum Vorkommnisse. Nicht mal Dirnen standen auf der Straße, dem Umstand geschuldet, dass dieses Kaff gar keine hatte. Man war schon stolz darauf, 3 Diebe und Gauner bieten zu können, einen Trickbetrüger und einen Fälscher.

Die beiden erreichten den Treffpunkt der örtlichen Hexenzunft. Ein schwarzes Tor, das aus einer komischen Materie erbaut war, hing in seinen Angeln. Beeindruckend waren die Scharniere, gebaut für ein 100 Mal schwereres Tor, aber effektvoll. Der Architekt hat auf eine Klinke verzichtet, er schwor offenbar auf die Magie. Diese benötigt keine Mechanik und setzt eher auf Eindruck. Diesen machte das Tor.

Es dauerte nicht lange, als hätte man sie erwartet öffnete sich das Hexenhaus, den beiden und sie traten ein.

Aragnorg war ebenfalls im Gildehaus der Zauberer angekommen und sofort auf dem Weg in das Oktav.

Dort stand GraTHun Berg wichtig vor den Ikonen der Zunft und pumpte seine Phrasen in die Runde. Er mahnte den Novizen, der 2 Kessel im Kamin beaufsichtigte, nicht zu viele Scheite aufzulegen, CO_2 jammerte er, die Geißel der Menschheit. Hinweise von Umstehenden, dass mal kalt nicht kochen könne, ignorierte er beflissentlich.

„Ah, lieber Aragnorg. Ihr seid wieder zurück, gab es Komplikationen? Ich habe schon nach euch geschickt, unsere Wache ist bereits unterwegs, Dich zu suchen."

„Peace, alles groovy. Hier sind die Beutel. Der kleine enthält die Steine und der andere, beste Qualität als Kraut."

„Sieh an, ihr habt bereits getestet?"

„Nein im Haus der Druiden haben wir alles gesichtet erörtert und diskutiert, ich gebe nur wieder."

„Ihr wisst lieber Aragnorg, euer Urteil als Experte ist uns wichtig."

„Bestens."

Antwortete der Magier knapp.

Die Zauberer wurden unruhiger, zu viel Zeit war vergangen und die vermeintlichen Angriffe der Elfen erwuchsen immer massiver.

Labskaus der Gildekoch hatte in der Küche große Freude, ein Elefant mit einem Indischen Mahoud materialisierte sich im Porzelanschrank, auch wenn Labskaus gar nicht mehr lebte, was diese Erfahrung nicht weniger seltsam machte.

Gr Ähmhorn wandelte wieder durch die Flure. Teilweise kam es zu Sichtung von Flugmaschinen, Saurier und allerlei Gerät das niemand jemals zuvor gesehen hat und das zweifellos weder von dieser Insel stammte, noch aus dieser Zeit.

Das meiste Ungewöhnliche verschwand unverzüglich, aber vieles dachte gar nicht daran und blieb.

Mit der Materie hätte man umgehen können, die fremden Wesen, ob Mensch oder Tier, Fabelwesen, machten den Zauberern Sorgen.

Es wurde schlimmer und garstig.

„Brüder unser Ordensbruder Aragnorg war erfolgreich. Auch wenn er den Edelmann, der auserwählt ist, nicht angetroffen hat, die Runensteine und die Kräuter sind jetzt da."

„Unser großer Meister Gr Ähmhorn ist nicht mehr, aber sehet, das Buch der Ukapoden ist geöffnet und es hat sich aufgeschlagen."

„Zur Stunde ist unser Bibliothekar Nullkraft auf dem Weg zu den Hexen, dort trifft er den auserwählten Iren, einen Svenney O´Shea und seine Begleiter, weitere Runensteine und Kräuter, für die Endschlacht gegen die Elfen. Aragnorg Dir gebührt die Ehre, werfe die Steine aus, nachdem sie gefallen sind, verteilt die Runen um das Buch, an den Eckpunkten des Oktav.

Dann lasst uns die Kräuter in den Schalen verteilen und verbrennen."

Onebuttonapp, Xantog und Unacid, gehobene Brüder der Zunft brachten fachmännisch die Gewürzpflanzen zum Brennen.

Ein violettes Licht breitete sich über dem Buch der Ukapoden aus, es war nicht stabil und pumpte unregelmäßig.

Erst als Bruder Wenshoon, den Gesang der Magier anstimmt und ein Genosse der Zunft nach dem anderen einstimmte, stabilisierte sich das Licht und wurde sogar stärker.

Die Zauberer standen um das Buch der Ukapoden.

Zur gleichen Zeit auf GlauKom I, Linares und Lumil schauen konzentriert auf das Display des Vision-O-Tron.

„Prinzessin, die Zauberer versammeln sich um das Buch, sie haben mit der Beschwörung begonnen."

„Timing, jetzt kommt es drauf an. Wir dürfen erst das Portal öffnen, wenn die Magier merkwürdig werden, dann wirken die Kräuter und entfalten Ihre Wirkung. Die Zauberer werden die Vision-O-Tron-Übertragung, für ihre eigene Zauberei halten."

„Für mich wirken die Magier so merkwürdig, die Kleidung und wir beide hören, jetzt schon seid Stunden über das Interkom in das Oktav, das ist zeitweise nicht zu fassen."

Firith die sterbliche Frau sagte dies.

„Richtet den Vision-O-Tron aus, fixiert die Koordinaten. Speichert alles ab und sendet sämtliches auf meine magische Tafel."

Die rätselhafte Tafel sah aus, wie ein Spiegel, in Größe eines Schulhefts, mit abgerundeten Kanten. Auf der Rückseite ist es glatt und ein Symbol war eingelassen, ein Ei an dem dem oben ein Stück abgebissen war und etwas Dotter wie Kerzenwachs herabfloss. EI Pad IV stand in Chromlettern darunter.

Die Prinzessin tippte eifrig auf diesem Pad herum, verglich Parameter und korrigierte sie. Nebenbei betrachtete Sie Bilder, markiert sie mit Herzchen, Donnerwolken oder andern Symbolen und sie unterhielt sich mit irgendwem, indem sie auf die Spiegelfläche einhackte, mit ihrem Zeigefinger.

Firith fuhr auf.

„Prinzessin, es geht los. Die Beschwörung hat begonnen. Die Zauberer haben die Kräuter in den Schalen entzündet, ich kann das Oktrine Licht im Rauch sehen, der sich selbst schon oktrin färbt. In fünfzehn Minuten sind, die so lull und lall, dann können wir loslegen."

„Aufpassen hört alle zu, es ist wichtig. Auf keinen Fall dürfen die Zauberer etwas merken, ich meine das es sich um eine Übertragen via Vis-O-Tron handelt. Also den Kanal erst aufbauen und die Verbindung herstellen, wenn die Kräuter wirken. Sie müssen felsenfest überzeugt sein, dass Sie die Affinität hergestellt haben mir ihrer lächerlichen Magie. Aber wartet nicht zu lange.

Es muss unbedingt vermieden werden, dass sie jenes Buch der Ukapoden behexen. Egal welchen Zauberspruch sie anwenden wollen. Nahezu alle Beschwörungen, die man mit dem Wälzer durchführen kann, sind gefährlich für das Elfenreich. Den genau dieses Buch, hat unser Elfenland auf diesen tristen GlauKom I Felsen verbannt, obwohl es sich hier leben lässt, in manchen Dingen sogar besser als auf der Erde. Also aufpassen. Sobald sie nicht mehr so ganz bei sich sind, startet die Show. Warten wir zu lange, riskieren wir, dass Sie mittels der Zauberschwarte etwas Unheilvolles anrichten. Ab jetzt alle 3 Minuten ein Bericht. Xxefix, als Elf der Körpersprache, Ton haben wir keinen, nur das Bild, vor den Monitor, sofort. Konzentration, das gilt für alle."
Die Anwesenden liefen durcheinander und sortierten sich dann wieder, jeder war auf seinem Platz.

Konzentrierung, die nach Zinn roch, oder Magie? Eigentlich war Zinngeruch, Kupfer und Rauch der Duft des Unsichtbaren, Unfassbaren. Aber man konnte die Konzentration sehen, durch oktarines Licht und spüren, durch Elektrizität, durch Ladung der Luft.

Etain ließ ihren Blick wandern, alles war normal. Nein war es nicht. Überall diese Schemen, von anderen Welten, Verzerrungen der Wirklichkeit, der Zeit und des Raumes. Eher der Realitäten, der Phasen und der Räume. Hier im Saal der Ailill nicht so stark, denn die Wände waren magische Schirme, sie filterten und blockten jede Strahlung und Energie und trotzdem waren die Verzerrungen zu erkennen und ständig präsent, eher geistergleich, verschwommen und unscharf. Außerhalb des Festsaales aber, waren die Erscheinungen wie real.

Ihr privilegierter Blick erfasste den Saal, die Ailill-Untertanen, vor allem den Monitor.

Sie sah in super HDHDSHDDDH High End Auflösung, wie GraTHun Berg, die Schalen der Begünstigung entzündete, danach die der geistigen Klarheit und der Unklarheit, in denen weit mehr Kräuter lagen.

Nachdem die Runen zum zehnten Mal verrückt und besser positioniert wurden, eingemessen und mit Hilfe der Magie zentriert waren. Stellte sich an jeden Runenstein, einer der Magnusen erster Klasse, an die Linien am Boden und deren Eckpunkten oder Kreuzungen, die Magnus II bis unwürdig klassifizierten. Man kann auch sagen alle anderen.

GraTHun fragte eine Checkliste ab.

„Wurde die Saaltür zur Welt geschlossen?"

„Ja, sie wurde versperrt."

„Habt ihr die magischen Feuer mit Öl befüllt?"

„Ja, wir haben sie gefüllt."

„Wurden die Kräuterschalen auch alle entzündet?"

„Ja, sie sind entzündet und brennen. Der Rauch ist unser Zeuge."

„Steht ihr exakt an der euch zugedachten Linie, dem Punkt oder der Überschneidung?"

„Ja, genau mit dem großen Zeh."

„Tragt ihr eure Zaubererhüte und ist der Umhang geschlossen?"

„Ja er ist geknöpft, sowie wir den Hut auf dem Kopf tragen."

„Dann lasset uns Atmen ... Eiiiiiiiin, tief Einatmen und warten, gemach ausatmen. Wieder Eiiiiiiiin und anhalten, langsam aus."

„So ist es gut!"

Dachte sich Prinzessin Etain.

„Wie ein elbisches Ritual, alles schön nach Vorschrift, perfekt."

Die Zauberer wogen mit ihren Köpfen hin und her und brummten dabei, irgendwelche lateinischen Vokabeln, die ersten fingen an zu singen. Ganz leise, kein Tremolieren etwas Ähnliches, das als Mantra begann, dann eine Melodie dazu. Sprechgesang, harmonisch und doch ...

Im Saal der Ailill verschob sich irgendetwas vor etwas anderes. Schwarzes Flimmern, das erst kaum wahrnehmbar war, dann aber immer dichter wurde und sodann zu flirren aufhörte. Direkt vor, nein hinter einer Batterie von Katzentoiletten. Wir würden dazu Katzen sagen, in Wahrheit handelt es sich aber bei den

Abortnutzern, mit Sand in einer Kiste um WVrangonditen und Wufea, zwei verfeindete Völker, die allerliebst und süß sind. Fellknäuel wie Waschbären, nur flauschiger und knuffiger und Herziger, das sind die WVrangonditen, die Wufea sehen genauso aus, nur in Bunt. Verfeindet sind die Völker, wegen der Menschen, den Elfen, Trollen allen Lebensformen, denn sie balzen um Anerkennung, to be the Number one. Knuffigkeit süß zu sein, das ist ihre Aufgabe, ihr Plaisir, dem Sie sich hingeben. Die WVrangondit können sogar Ihre Gestalt ändern, mehr Fell, ein Horn auf dem Kopf, alles was Kinder sich in Ihrer Phantasie vorstellen, oder die Ailill, ist möglich.

Direkt hinter den, bei uns würde man sagen Katzenklos, manifestierte sich eine Rabenschwarze, mattschwarz flimmernde Wand.

Eine Schrift auf elbisch, im Dialekt der Ailill erschien auf der Fläche.

„Start Transfer von 3 Personen, die Teleport Enterprise - Gate wünscht gute Reise. 5-4-3-2-1."

Es fuppte und zwoschte ein wenig und während die Schriftzeichen ein:

„Vielen Dank das Sie mit Teleport Enterprice- Gate gereist sind. Beehren Sie uns bald auf das Neue. Am Ausgang finden Sie Erfrischungstücher und das gratis Magazin, wir freuen uns, Sie wieder bei TEG begrüßen zu dürfen,"

darstellten, traten 3 Personen aus dem schwarzen Feld und nahmen direkten Kurs auf die Prinzessin.

Den Lektor erkannte Etain sofort.

„Onkel Onkelchen wie lange haben wir uns nicht mehr gesehen."

„Ich war die letzten Jahrhunderte sehr aktiv."

Knarrte der Angesprochene zurück, für ihn selten, lockerten sich seine Gesichtszüge und er lächelte ein Lächeln, das man für nahezu echt halten könnte.

„Onkel U.W.E, was kann den so beschäftigt haben, ich habe Dich vermisst."

„Hauptsächlich war ich mit dem Altern belastet und nebenbei habe ich ja einen Schrebergarten, pflanzen, sähen, wachsen lassen, ernten und aus allem etwas destillieren. Dann die vielen Geschäfte, hier und dort Ordnung schaffen, woanders ein klein wenig richten. Ich habe mich persönlich verändert, die Nettigkeit und Freundlichkeit die habe ich verbannt. Die meisten verwechselten diese mit Schwäche."

„Schön das Du da bist, ich hatte gehofft, das du mit kommst, wer sind Deine Begleiter?"

„Svenney O Shea, zu Ihren Diensten schöne Frau."

Stellte sich der Typ links außen vor, von dem die Welt denkt, er wäre ein Auserwählter.

„Mich nennt man nur Aiden."

Erklärte die andere Gestalt bescheiden, was der Prinzessin gefiel. Dieser Kerl dachte sie, welche klare Stimme und diese Männlichkeit, was für Muskeln. Anders als dieser weibische Wichtigtuer, dieser Svenney.

„Hallo nur Aiden, seid gegrüßt, ich hörte ihr seit zu viert unterwegs, um einen ungewöhnlichen großen Schatz zu entdecken."

Aiden indes hatte keine Idee zu antworten, er war beschäftigt damit sich in die Prinzessin zu vertiefen.

Ihr Haar, diese steilen Ohren, nein nicht spitz, sinnlich.

Dieser lange schlanke Hals, diese Schultern. Ihm ging anmutig durch den Kopf, ja mutig sah sie aus, klaren Geistes und er dachte an Chillies, ...scharf fiel es ihm ein.

Aiden beschrieb sich Etain selbst, für ihre Brüste benötigte er eine Weile und er war gerade dabei die Augen unter den Bauchnabel zu fixieren, als ihm ein Gefühl ins Herz schoss, das normalerweise etwas tiefer für eine Verhärtung sorgte.

Die Prinzessin bemerkte gar nicht, das Aiden ihr nicht zuhörte oder ihr eine Antwort gab, sie war es gewohnt angestarrt zu werden, als würde man versuchen, sie zu hypnotisieren.

Normalerweise das nahe Ende des starrenden, aber dieser Mann vor ihr, er hatt so was verlorenes.

Er war so stark, dieses ausgeprägte Gesicht, seine Haare und er hatte so etwas animalisches. Zumindest roch er extrem nach Tieren. Ja Aiden gefiel ihr, sie wusste das, denn in den hunderten von Jahren ihres Daseins, passierte es schon etliche Male, das sie in Gegenwart einer speziellen Spezies von Mann, transpirierte und zu dümmlicher Konversation neigte.

Ein Fluch ihrer nahezu Unsterblichkeit war es, den Galan zu überleben und während Sie taufrisch blieb, ihm beim Altern zusehen zu müssen und das vermissen diverser geschätzter Körperfunktionen. Was dann meistens in einem Dialog wie diesen sein baldiges Ende fand.

„Wirst du mich lieben, wenn ich alt und hässlich bin?"

„Aber das tu ich doch!"

Ich breche die Erzählung über die Prinzessin der Elfen Etain und dem Aiden hier ab. Auch wenn Liebesgeschichten bei etlichen Leserinnen gerne angenommen werden, es ist zu vieles offen, das zuerst berichtet werden muss.

Die Zeit ist zu knapp, denn jetzt überschlagen sich die Begebenheiten.

Zum einen sind die Magier in ihrem Heim dabei das Buch der Ukapoden zu beschwören. Es wird für die Elfen höchste Zeit, via Visa-O-Tron bei den Zauberern zu erscheinen und diese aufzuklären aber auch bei den Hexen in deren Gildehaus, wird es immer aufregender.

Anzeichen, Trugbilder die gar nicht existieren können, dafür reale Zerstörung hinterlassen. Wilde Tiere die es weder auf der Druideninsel noch in dieser Welt gibt, dabei aber beeindruckend beißen und krallen können. Ganze Planetensystem, Geistwelten materialisieren sich und verschwinden wieder, oft auch reales aus dieser Welt. Zeit biegt sich, Uhren laufen rückwärts oder 100-fach schneller vorwärts. An manchen Stellen verläuft die Zeitdauer seitwärts.

Auf Zaark 9 in der schwebenden Universität des Professors GrrOoo Krrg, fängt die Luft, die ohnehin dicht ist, an zu gerinnen. Dann zu karamellisieren, um sogleich liquide zu werden, klar und rein aber nicht mehr atembar ist.

Im nächsten Augenblick teilte sich jeder Gegenstand in der schwebenden Uni, alles Stoffliche, Materielle die Hälften wanderten auseinander und verbanden sich mit den Teilen von anderen Elementen, nur um sich sofort im Anschluss zu verdoppeln.

Diese Doppel trieben voneinander getrennt, der Professor war plötzlich gespiegelt vorhanden und der technische Leiter der Universität Dr. Will N-Los ebenfalls.

Im nächsten Augenblick faltete sich der Raum, jedes Geräusch klang wie in einem Vakuum und wurde abgesaugt. Das Gleiche fand mit den Farben statt, sämtliches an Licht und sichtbaren wurde ausgesogen und alles und jedes war nur schwarz. Nichts, das Pure ......!

Plötzlich zischte es, als wenn Luft zurückströmte und mit der Chance, atmen zu können, bekamen die Augen wieder etwas zu sehen.

„Professor, die Balken sechs und acht stehen vor dem Kollaps. Die Bender brechen unter Volllast. Die Streben des universellen Rades sind bereits verformt und drohen an der Nabe und am Rad aus den Verbindungen zu reißen. Weitere Träger vibrieren und ermüden, die Überlappungen gehen teilweise schon über etliche Galaxien und sogar Universen."

Die Stimme von Will N-Los klang, als wenn er eine N_2O-Lachgaspatrone zu lange inhaliert hätte, lächerlich belegt, feucht und schleimig und irgendwie von weit her.

„Was war denn das eben?"

Fragte GrrOoo Krrg.

„Die nächste Stufe, nachdem die Speichen soweit verdreht sind, das mehrere Universen übereinander liegende, sich ineinander verschieben. Die Dichte der überlappenden Materie, erreichte annähernd die Konzentration von kleinen schwarzen Löchern, deswegen der Sog."

Antwortete Will N-Los.

GrrOoo setzte zu einer längeren Erklärung an, übersah aber, dass er keine hatte.

Langsam normalisierte sich in der schwebenden Universität alles wieder, was nicht schwer ist, denn normal ist in diesem Ort nichts.

Es gibt eigene Atmosphären, den die Studenten kommen aus dem ganzen Multiversum hier zusammen, jeder an seine spezielle Atemluft angepasst.

GrrOoo Krrg gelang es mit einem Expertenteam an Doktoranden, eine universelle Atmosphäre zu entwickeln.

Unter geringen Opfern bei den Tests, baute die Universität einen Reaktor, der bei den ersten 3 Inbetriebnahmen, jeweils ⅔ aller Lebewesen dahinraffte.

Da in diesen Semestern logischerweise nur wenige Studenten und noch seltener Professoren an der Uni waren, konnten die weiteren Tests mit wesentlich geringeren Opferzahlen fortgesetzt werden.

Am Ende war der Generator mit samt seinen Aggregaten perfekt, ob Sauerstoff, CO_2 oder Methanatmer, Vakuumjunkies Kiemenversionen und und und, alle konnten auf der Universität atmen, und zwar eigenständig.

Die Studenten indes waren weniger frei, sofort nach deren Ankunft auf Zark 9 wurden sie in kryogene Behälter verbracht und eingefroren. Folgerichtig erst nachdem die Gehirne oder Denkknorpel, bei manchen lediglich Lappen ordentlich vernetzt wurden.

In den kryogenen Gefäßen herrscht die richtige Temperatur und Atemgasgemisch. Der Körper bleibt am Leben, der Geist wird abgekoppelt. Die Studenten bewegen sich virtuell auf dem Campus, was viele weitere Probleme gelöst hat z.B.:

1. Platzbedarf in den Hörsälen nahezu bei null.

2. Wenig bis keine Schmutzbelastung.

3. Toiletten. Habt ihr liebe Leser eine Ahnung, wie viele Spezies es im Multiversum gibt?

Keinen Schimmer aber ich weiß, dass es 1894-mal mehr sind, als angenommen wurde, womit man auf ca 13 987 Spezis kommt.

Jede Spezies hat eigene Ausscheidungsorgane, oft an Stellen, an denen man sie nicht vermutet. Nur 38 Gattungen würden mit Mühe und Not auf sanitärem Luxus wie wir ihn verwenden, zurechtkommen.

Ich hatte das Problem schon in Band 1, der Lektor erwähnt und weil es so unsagbar wichtig ist, hier noch einmal an dem Beispiel einer Hyperraumtankstelle mit Restaurant Betrieb und Amüsiermeile:

Hyperraumstraßen, Verbindung der Milchstraßen, ein interstellares Raumkino, mit Imbiss und einer Bowlingbahn

Aus der unmittelbaren Nähe von dem Planeten Ursa Ork 13, der als Amüsierbetrieb für Raumkreuzer

Kapitäne und deren Besatzungen dort installiert wurde und wegen, Problemen an der öffentlichen Toilettenanlagen geschlossen werden musste.
Denn wie man sich vorstellen kann, der intergalaktische Raumverkehr ist ja für alle Aliens benutzbar. Und jede Spezies hat eben andere Ausscheidungsorgane. Die sagen wir mal, mit denen auf der Erde bekannten, nicht kompatibel sind.
Mit Ausnahme der Goddocken, die ein Beutelsystem haben. Wenn dieser gefüllt ist, via Gleitlucke dem Organismus entnommen wird und absolut hygienisch und keimfrei, in jedem Papierkorb entsorgt werden kann.
Andere Spezies haben aber derart komplizierte Verdauungs- und vor allem Ausscheidungsmechanismen, dass die vorhandene sanitäre Anlage von San-O-fair nur im männlichen Sektor an die 500 Kabinen zur Verfügung stellt. Im weiblichen Trakt nochmals 500 Häuschen und dann kamen diverse Aliens, die jederzeit auf eines der 1000 verschieden konstruierten Toiletten hätten gehen können, aber auf eigenen sanitären Luxus bestanden.
Ein weiteres Problem war der Zustand der Anlage, denn die meisten Besucher, suchten das Örtchen im Allgemeinen erst in der allerhöchsten Not auf. Oft auf den letzten Drücker, wenn die Blase oder der FrüüPEL, ein Hebroanischer Kräästling, der Enddarm eines Grusenkoors, schon im Endstadium der maximalen Aufnahme der Speichermenge angekommen war.
 Und der Besitzer dieser vorzüglichen Verdauungs-Apparate, es nicht mehr halten konnte. Jetzt unter 500 Türen oder Einsaug, Abpump und Fruluugg Vorrichtungen, genau und auf die schnelle, das zur eigenen Anatomie passende Klo Set zu finden, gelang nicht immer oder eher selten.
So war der zentrale Zugangsraum, nicht im besten Zustand, zumal einige Spezies Mengen an

Ausscheidungen produzierten, die einer Reise von 19 Lichtjahren entstammen. Meist mit einem Gleiter der nicht mal annähernd 10% Lichtgeschwindigkeit flog, und für Tage den Zugang von nahezu 900 Türen versperrte.
Nicht der Gleiter, sondern die Fäkalie die der Raumfahrende seid Stunden halten musste. Es die letzten Sekunden aber nicht mehr schaffte.
Diese Problematik und die Tatsache das im All keinerlei CO_2 entstehen konnte, war der Ausschlag dafür das nicht nur diese intergalaktische Raumkinostation, sondern, 80% aller Hyperraumstraßen geschlossen werden mussten.
Weil es zwar ein Kinderspiel ist oder wurde, ein Raumschiff auf Warp 12 hoch 10 minus 8 zu beschleunigen.
Welches dann schließlich im Leerlauf war, aber unglaublich beschleunigte, wenn man den ersten Gang einlegte, das Getriebe durch sämtliche Stellungen jagte. Alles einfacher als einen Sanitärbereich für jede Spezies zu errichten.
Mit Ausnahme der Goddocken, mit ihrem famosen Beutelsystem.
  Anträge der Godheiken, der Marsianer und von Klonkriegern, ein einheitliches Beutel Verdauungssystem, auf Hyperraumstraßen einzuführen, scheiterte am Einspruch von Zaark Kandarwiis. Einem der Alkaloiden von Beta Fröhn, der anführte, das jeder Gebeutelte zu Hause, dann wieder die Probleme hätte,

  So viel dazu

  Es ist leicht zu erkennen, dass eine Universität des Multiversums mit den gleichen Problemen zu kämpfen hat.

In den kybernetischen Behältern war dieses Problem ebenfalls gelöst.

4. Ungewollte Schwangerschaften gibt es seitdem in der schwebenden Universität überhaupt nicht mehr. Ganz zum Leidwesen von Prof. GrÄhm Krrg, dem Bruder von GrrOoo, der Föten, die in den Toiletten oft gefunden wurden, für seine Forschung benötigt.

5. Die Zahl der Vergewaltigungen ging auf nahezu 0 zurück, ja beim Personal gab es hin und wieder Übergriffe, aber weniger als 100 am Tag.

6. Die Vorlesungen beginnen immer pünktlich, da die Studenten direkt in die Vorlesungssaalmatrix gescannt werden und es egal ist, ob sie halb schlafen, angezogen sind oder krank, weil ein Avatar die Person ersetzt.

7. Deutlich weniger Schulverweise, wird einer ausgesprochen, erhöht sich die Temperatur in der Kryoeinheit automatisch und die Erweckung wird eingeleitet. Wollen die Eltern das Blag nicht zurücknehmen und besteht keine Chance auf eine andere Fakultät, wird die sterbliche Hülle mit einem Destrukt-O-n Strahl beschossen und die Angelegenheit bleibt geklärt. Leider schaffen es immer öfters, die abgekoppelten Geister, manche nennen es Seelen, was aber nicht zutrifft, sich in der virtuellen Datenbank der Uni einzunisten. Auch die Avatare bleiben erhalten und so kommt es zu Verwirrungen, wenn ein Absolvent sein Diplom bekommt, darauf entlassen werden soll und der Körper nicht mehr auffindbar ist.

Ein beliebter Scherz und Streich an der schwebenden Universität ist, die Stecker der Übertragungseinheiten, die das Gehirn im Körper auf die Matrix übertragen, zu vertauschen, und zwar in die höheren

Jahrgänge. 95% aller Studenten verlässt innerhalb weniger Minuten die Lehranstalt, nach Erhalt der Zeugnisse und bemerkt gar nicht, dass er im falschen Körper ist. Erst zu Hause, wenn die Eltern sich weigern, den Schmarotzer vor ihrer Haustür aufzunehmen, kommt der Streich von einst ans Licht.

Ein wesentlich üblerer Schabernack ist es, die kryogene Apparatur einen Spalt zu öffnen, Sodas Sauerstoff eindringt. Den das führt zu einem bösen Gefrierbrand.

8. Deutlich kürzere Studienzeiten. Die Studenten an der schwebenden Universität benötigen keinerlei Freizeit, bekommen aber dennoch 4 x 30 Minuten, für Mitteilungen nach Hause oder um mit dem Partner Schluss zu machen.

Schlafphasen sind auf 3 Zeitspannen begrenzt und so bleiben 2 x 8 Stunden Studium und einige Lektionen Sport! Semesterferien gibt es ebenfalls nicht.

Alles in Ganzen eine runde Sache auf dieser Universität. Wären da nicht diese Aktivitäten.

Will N-Los drückte energisch einige Tasten, aktivierte Funktionen, um dann hektischer andere Knöpfe zu drücken, um diese Vorgänge wieder zu deaktivieren.

„Wenn nicht bald etwas passiert, brechen die Speichen, und zwar gleich zwei gleichzeitig, was eine Kettenreaktion auslösen wird. Es will mir nicht gelingen, die abschalte Routinen zu aktivieren und die Bender zu deaktivieren oder zu umgehen."

Murmelte Will N-Los.

GrrOoo antwortete mürrisch.

„Alles geht seinen Gang, die beiden benötigten Schlüssel sind auf der Erde, auf einer obskuren Insel

auf einem anderen Eiland. Kollege Lektor und der „Auserwählte" für den Sie ihn halten, sind mit den beiden Schlüsseln schon in der Galaxie der Elfen, dort befinden sich die Slots, von denen man die Bender Notabschalten und Rebooten kann. Es wird knapp, aber es ist zu schaffen."

17. Elfen und Zauberer

Im Haus der Magier knisterte die okkulte Energie, Kreise aus Licht und pulsierender Elektrizität öffneten sich, das Buch der Ukapoden blätterte sich von alleine um, aus jeder Seite entwich plasmaartiger Nebel, der leuchtet.

An der Decke begann dieses Plasma zu kreisen, wie ein Wirbelsturm in dessen Auge man sich befindet.

Genau so würde es jeder Geschichtenerzähler niederschreiben. Aber hier war es exakt so. Was mich ärgert, denn ich hätte gerne irgendetwas Gewaltigeres, anderes beschrieben.

Irgendwas mächtiges, statt blätternder Seiten, eine Art blaues Licht, aus dem sich Formen, magische Zeichen bilden, Runen oder Choräle. Stille, schmerzend bis bohrend, aber atavistische Stimmen in den Köpfen, flüsternd und hin und wieder schrill.

Dann ist das Zusammenziehen aller Moleküle zu fühlen, bald darauf zu beobachten, der Saal mit dem Buch schrumpft und expandiert.

Ein Lichttor materialisiert sich, eine Membran wie eine Teichoberfläche, erst Grau dann bis ins helle Blau wabernd und Wellen werfend.

Sub Ätha Frequenzen, bilden eine Plattform, mit einer Treppe aus Lichtteilchen. Bass-O-Reflex Übertragungseinheiten formen sich aus ....

Ach lassen wir den Quatsch, so ist es nicht gewesen, sondern wie Anfangs beschrieben.

Ganz gemeine Magie, was man bei einem mystischen Buch am ehesten zu erwarten hatte.

Bei den Elfen beobachtete man das alles genau.

Linaven und Firith die sterbliche Frau saßen vor dem Monitor.

Herilom drückte ein paar Codes in das Terminal ein ...

„Jetzt ich baue den Interkom auf und aktiviere den Vision-O-Tron, schickt nach Prinzessin Etain und dem König, schnell!"

„Die Königstochter hat gerade andere Dinge im Kopf, ich glaube, sie fällt aus".

„Der König verneigt euch."

Eochaid Airem trat von den Vision-O-Tron, neben ihm der Leprechaun. Firith postierte seitlich davon.

„Öffnet einen Kanal".

Befahl der Elfenkönig.

In der Halle des Buches der Ukapoden verdichtete sich der Äther, bis eine schwarze Wand in einer Art Nebel erschien, es flackerte kurz und dann:

„Seid gegrüßt ihr Magier der runden blauen Welt, einige von euch werden mich erkennen, König Eochaid Airem von GlauKom I, neben mir der Leprechaun und die sterbliche Frau, Firith.

Wir müssen mit euch die Situation besprechen, ihr habt sicher bemerkt, dass allerlei Ungewöhnliches geschieht zur Zeit".

„Versteht Ihr unter Unmöglichem, Dinge wie Walfische, die um Kronleuchter kreisen, Petunientöpfe die wie aus dem Nichts erscheinen und zu Boden streben".

Fragte Aragnorg.

„Meister Aragnorg, versteht mich nicht falsch, aber was ihr eben beschrieben habt, scheint eher von der Kräutermischung, die ihr unterwegs hierher, zu Testen bemüht wart, zu rühren."

Eine Stimme aus dem Publikum.

Diese fuhr fort.

„Vermutlich meint ihr das überall Armeen, Krieger und diverse Fremde auftauchen, Plätze und Gebäude plötzlich verschwinden und dafür andere Bauwerke und Freiflächen erscheinen."

„Ja, fürwahr das meine ich …."

Antwortete der König der Sagengestalten.

„Haa, Ihr seid das, das ist typisch für euch Elfen. Ihr seid verbannt, eine andere Dimension, aber das genügt nicht. Unfrieden stiften, Illusionen wie ihr selbst es seid, Lug und Trugbilder erzeugen, das ist doch euer Handwerk?

Wir wissen, dass Ihr Ailill hinter all dem steckt, leugnet es nicht. Wir haben mit den Druiden und den Hexen ein Palaver gehalten. Alle Gilden, ohne Ausnahme wissen das ihr dahintersteckt.

Dieses Mal, halten wir zusammen, bündeln unsere Magie und versiegeln jedes Tor in euere Welt dauerhaft."

Ließ GraThun Berg sich vernehmen.

Der König hob die Stimme erneut.

„Gemach, so ist es doch gar nicht, auch bei uns im Reich der Ailill und aller anderen Elfenstämme, verschiebt sich Zeit und Raum. Es ist keine Aggression unsererseits, der Oorgs oder Trolle, nicht einmal Gobblins sind es.

Es ist keine Invasion, keinerlei Spur Krieg nicht ein bisschen das die unsrigen kennen. Nichts dem wir jemals gegenüber standen. Es ist anders, Perioden überschneiden sich, Universen überlappen sich, dazu die vielen ….."".

„Zeit überschneidet sich, haaaa haaa, das Messer hätt ich gerne, Universen, Lappen ... für wie blöd haltet Ihr Elfen uns? Zeitraum schneiden, Universum, was redest Du wirr?

Unterbrach GraTHun reichlich angeheitert, von den Kräutern die Aragnorg grade frisch anbrachte.

Die Zauberer bereiteten die Heilpflanzen schon seit einer Weile fleißig zu, mischten Sie mit Tabak und Pflanzenteilen, die wie 5 Blättriges Laub aussah, mit kruseligen Stauden, die wunderbar dufteten, wen man sie anzündete und sie verrauchten.

Die Luft im Saal war wie die im Frankfurter Dorian Gray, wenn die X-Mas Raves auf dem Höhepunkt waren. Es war weniger Trockeneis, noch der Instant Fog, eher natürliche Substanzen, die zu Brand gebracht wurden. Man bekam etwas schlecht Luft, aber die

Laune wurde dennoch besser. Die Zauberer sonst so ernst, alberten und feixten.

Das Buch der Ukapoden, lieferte eine Art primitiver Lichtshow, die aber von Minute zu Minute interessanter wurde. Kenner der Materie würden diesen Umstand mit der Fortdauer, der Wirkung der Kräuter, die verbrannt, dabei über die Atemwege aufgenommen wurden, in einen Bezug bringen.

Der König der Elfen schaute sich um und Firith die sterbliche Frau an.

„Die peilen es nicht."

Stellte Eochaid fest.

Firith tippte auf ihrem Ei Pott herum, schaute auf und entgegnete.

„Unsere Gäste, dieser Superheld aus Irland hat den Erdlingen eine beträchtliche Menge an Kräutern mitgebracht. White Widdow, Purpel Haze, anderes Weed, meist ultra Cannabis. Dazu Stechapfel und Engelstrompete. Was aber erwähnenswert wäre, der Lektor hat mich eben gebrieft, dass auch Lysergsäure Diamid (LSD) und Amphetamine aufgelöst und als Spraylösung, über die Kräutermischung gebracht wurden.

Auch siamesisches Jabba ist dabei.

Zusammengefasst, wenn diese Kräuter, anstatt für religiöse beziehungsweise spirituelle Rituale, getrennt oder speziell nach Anweisung gemischt, verdampft werden, wird es kritisch.

Was ich beobachtet habe in der letzten Stunde, die Heinis hauen sich das Zeug ohne Verstand in die Pfeifen. Aber abenteuerlicher sind die Schalen, in denen alles verbrannt wird. Sie glauben, der Rauch speist das ominöse Buch das da komplett verklebt und verdreckt auf dem Altar pappt.

Die Zipfelmützen stehen da herum und glotzen auf die Schwarte, als hätte die ein Eigenleben. Die nehmen uns gar nicht wahr."

„Auf Bass umschalten, modulare Frequenzen analysieren, anpassen und einstellen, denen sende ich jetzt eine Botschaft. Sie müssen wenigstens kurz mal zuhören, wir brauchen deren Aufmerksamkeit."

Herilom tippte auf Ihrem Ei Pott, Sequenzen und Codes ein.

„On Air, mein König."

Auf der Insel der Druiden, im Gildehaus der Zauberer, genauer in einem Saal mit einem „Großen Buch", ... das der Ukapoden, kühlte es merklich ab, bis die Luft sich verdichtete. Gleich darauf wurde es wieder wärmer, Bass-O-reflexx Membranen, unsichtbar aber gewaltig, entfalteten sich. Es knackte und Millisekunden darauf, ertönte ein Dreiklang im Meega Drum n Base Code.

„Baaaa Ba Baaaa Baa."

Drei mal.

Alle Magier schauten aus dem Buch auf, nach oben wo das Portal seid einer Weile stand, wie König Eochaid Airem und sein Gefolge.

„Hört zu ihr Zauberer, nichts ist, wie es scheint, alles ist anders ...."

Dröhnt es aus Sub Etha Klanggebern.

„Nicht wir sind es, die euch bekämpfen, unser Volk wird von den gleichen Erscheinungen heimgesucht.

Ein fernes Staatsvolk, vielleicht eine Elite, wir wissen es zur Zeit nicht, macht sich an den Speichen des Rades, dieses Multiversums zu schaffen. Ein Balken konnte bereits durch einen irischen Helden gerettet werden. Im Moment ist er bei uns erschienen, mit 2 weiteren Schlüsseln, die in ein Interface passen, welche die Biegeeinheiten an diesen Streben abschaltet.

„Sobald das geschehen ist, werden diese Zeit und Raumbeben aufhören, zumindest so lange, wie keine neuen Bender umprogrammiert werden, durch einen Hackerangriff".

„Hört euch das an liebe Kollegen, was faselt der Elfling da? Hacker wie jetzt Waldwurze hauen mit ihren Äxten auf einem was,... Interface herum?"

„Wem gehört den dieses Inter Gesicht?"

„Der oder die Geschlagene, ist dann also sauer und frickelt an irgendwelchen Biegern herum, welche das Weltenrad an den Balken verbiegt?"

„Schlüssel, ein Held mit Schlüsseln, Haar Haar zu meiner Zeit trugen Recken Schwerter."

„Diesen Haufen Müll nehmen wir euch nicht ab, ihr Elfen seid das, darin sind sich alle Gilden zum ersten Mal seit dem es Zünfte und Orden gibt einig."

„Wir lassen uns nicht anschmieren, nicht von einem Volk aus Blendern und Nebelkerzen."

„Wer spitze Ohren hat, lügt."

„Betrüger, Diebe und Mörder seid ihr. Von Anbeginn der Menschheit, lebt ihr mit uns im Krieg, auch mit den Trollen, den Zwergen."

All diese Argumente wurden von den Zauberern durcheinander in Richtung der Übertragungsmembran geschrien, gebrüllt unter Verwünschungen.

„Wir werden noch heute Nacht, mit den magischen Orden und Gilden der Druiden, der Hexen und den freien Schaffenden alle Macht gegen euch konzentrieren. Eure Welt wird entkoppelt und abgeschottet."

Polterte GraTHun Berg in seiner belehrend überheblichen Art, den Tränen nahe.

„We dare you!"

Während GraTHun zu den Elfen sprach, veränderte sich um ihn herum einiges. Immer mehr Schalen wurden über Feuer gestellt, Rauch stieg auf, Aromen gaben sich die Hand. Qualm formte sich zu Figuren, erst Grau dann immerfort bunter. Sie begannen zu kreisen, sich zu drehen, und flirrten herum.

Das Buch der Ukapoden, blätterte immer schneller und unendlich als bestünde es aus Milliarden Seiten, überall entstand Licht. Einfach so, es flimmerte und strahlte, verschwand wieder, um an anderer Stelle erneut zu erscheinen.

GraTHun Berg fühlte, eine Hitze aufwallen und interpretierte diese als Zorn gegen die Elfen.

Seine Zunge wurde pelzig, wie Gummi. Kupfergeschmack in seinem Mund, der stärker wurde. Eine Welle, innerlich überkam ihn, aus heissem Schaudern, nur angenehm. Erregung magischer Art fuhr ihm ins Gebein, er spürte Heiterkeit.

GraTHun sah sich um, überall schien dieses Gefühl sich breitzumachen. Seine Gildenkollegen hatten alle diesen Blick. Der an ein frisch geficktes Eichhörnchen erinnert, dem eine geile Blässe, einen Kampf gegen die irren Mienen, zu führen schien. Bei den meisten lag das Verrückte in Führung.

Bei den Elfen beobachte Finith die sterbliche Frau, alles genau.

„Mein König, die Erdlinge verhalten sich merkwürdig."

Sprach Sie den Regenten an und der erwiderte.

„Würden wir uns auch, bei dem Mix den die sich da einpfeifen. Lassen wir sie einfach, die magische Kraft dieser Gilden ist in der Druideninsel gebunden. Würden diese Trottel sie gegen uns einsetzen, wäre das für Teile unserer Welt zwar tragisch, aber die Insel der Druiden würde in der Form, in der Sie gerade ist, nicht mehr existieren. Ob Sie dann zurück zum Ursprung kehrt, in Irland und was mit den Bewohnern geschieht, vermag ich aktuell nicht zu sagen."

Eine tiefe uns bekannte Stimme erhob sich, die des Lektors.

„Ihr gebt vor alles zu wissen. Magie unterscheidet ihr bereits von den Energien des Kosmos und der universellen Lehre. Ihr wisst, dass es nicht nur eure Welt und die der Menschen, Trolle und Zwerge gibt, eine Oork-Sphäre. Aber auch erst seit ihr verbannt wurdet, zu Recht wie mir scheint."

„Vorher war euer Denken nur auf diesen Planeten fixiert. Ihr wisst jetzt aber, das es eure Welt und unzählige andere gibt."

„Elfen besuchen Universitäten im ganzen Multiversum, bilden sich in Künsten, Technik den Ideologien und in Politik. Vergesst dabei eure übernatürlichen Wurzeln nicht."

Ihr seid für die Erdlinge, Erzfeinde. Natürlich nur für diejenigen, die euch durchschaut haben, die erkennen konnten, dass ihr auf Schein, Glanz und Illusion aufgebaut seid.

Die anderen vor allem Kinder halten euch immer noch für Fabel und Märchenwesen. Sämtlichst aber deswegen, weil Sie Elfen nicht sehen können. Nur in den Geschichten und Phatasien.

Alle anderen, die euch gegenübertraten, angelockt von eurer affigen Prahlerei und zur Schau Stellung, die zuerst angetan waren von Elfenglanz und den schönen Dingen, mit denen ihr euch umgebt, wurden umgehend enttäuscht.

Das hässliche abstoßende wahre Elfsein in Koexistenz mit dieser Schwarzen Kunst half, euch zu überleben.

Die Magie in eurer Kultur, ist böse und dunkel, dass meine ich nicht deutend.

Aber auf der Insel Anglesey gibt es alle Formen von Zauberkraft. Dunkle, Weiße und die Grüne der Druiden.

Folgendes würde passieren, wenn diese durchgeknallten da unten sich mit den anderen Gilden zusammen tun würden, nachdem Sie das Buch der Ukapoden befragt haben.

Sie würden die richtigen Formeln aus diesem mächtigen Buch auswählen. Diese Schwarte sorgt schon dafür, dass es die Geeigneten sind, dann zuerst ihre Zauberer Magie beschwören und diese mit der Potenz und Stärke der Hexenzauber und den ausgeprägtesten aller Kräften, die der Natur von den Druiden vereinen.

Euer Planet GlauKom, wäre dann von sämtlichen dämonischen Energien umgeben und isoliert. Blind, welche Ironie zu diesem Namen passend.

Unter Umständen könnten die verschiedenen metaphysischen Kräfte, wenn sie auf eine weitere, nämlich eure, prallen zerstören. Restlos versteht sich.

Den gemeinen Rat und das Multiversum tät es nicht kratzen, aber Prinzessin Etain ist nicht nur meine Nichte, sondern auch Patenkind. Als Pate gibt es Verpflichtungen, denen ich nachkomme. Sie zu beschützen ist eine davon.

„Wo ist der Engel eigentlich?"

Die Frage des Manuskriptprüfers war an den König gerichtet.

„Sie ist bei euren Begleitern Lektor, diesem Svenney und dem anderen Jüngelchen."

„Aiden".

„Wie meinen, Exzellenz?"

„Aiden, der Name des Burschen, egal".

Antwortete der Lektor großzügig.

„Mit der Insel, Anglesey würde wenig passieren, sie ist metaphysisch, schwer zu erklären. Dazu müsstet ihr Elfen schon ein paar Jahrhunderte länger im gemeinen Rat sein und einige Generationen von euch in den Universitäten ihre Abschlüsse gemacht haben.

Aber vereinfacht gesagt, würde nur die physische Insel, die sich Korsika nennt einen Schaden bekommen, eventuell zerstört werden. Was die magisch darüber gestülpte Druideninsel aber nicht tangiert.

Aus diesem Grund wurde es ja auch so gemacht. Zum einen das physische Anglesey in Irland, dass metaphysische Anglesey auf dem Substanziellen zumeist aus Felsen und Fels bestehenden Korsika.

Steine sind der Druiden Macht, müsst ihr wissen. Zwei Drittel aller Energie beziehen sie aus diesen.

Der Grund weshalb ich persönlich vorbeikomme und mich nicht nur auf den Abgesandten irischen Tölpel, den andere als Helden sehen verlasse, ist nicht alleine meine Nichte und Patenkind zu besuchen, sondern von äußerster Wichtigkeit.

Dieser Svenney ist nicht nur absolut unfähig und gefährlich blöd, er ist auch naiv. Dafür hat er was, dass mehr wert ist als Heldenmut. Er hat Glück, zwar meistens auf Kosten anderer, aber es ist Segen oder Fortüne.

Die erste Aufgabe, den primären Schlüssel und das passende Schloss zu finden, hat er gemeistert. Es hat ewig gedauert, aber ist er im Rennen. Die nächsten zwei Code´s hat er bereits und ich weiß, wo die Konsolen stehen, bzw. das Terminal, für den Dual Lock down, der beiden Bender 6 und 8.

Es wäre aber kein Problem gewesen, ihn zu leiten. Der Anlass, warum ich hier bin, ist einfach.

Die Erdlinge trauen nicht einem Elf, aus gutem Grund. Leider aber sind sie auf der Entwicklungsstufe weit unten. Raumfahrt ist unbekannt und wird 2-3 Jahrhunderte dauern. Zwar kennen die Bewohner von Terra, Sterne, Sonne, die einfachsten Zusammenhänge der Astronomie und Physik, aber gerade die mächtigen

Gilden, vertrauen der Magie. Würde die geballte magische Energie, die fließen würde, wenn Hexen, Druiden und die Zauberer zum ersten Mal gegen euch zusammen arbeiten, gegen GlauKom gerichtet werden, wüsste kein Gelehrter, was passieren wird.

Ganz sicher würde GlauKom vernichtet, aber da euer Planet auf dem sechsten Balken liegt und Bender 6 direkt unterhalb auf dem Träger wirkt, ist zu befürchten, dass die Vernichtung auch die Biegeeinheit zerstört.

Es gibt eine Situation, die ebenso schlimm ist, als wenn jemand einen der 10 Bender manipuliert, derart das er seinen Träger nicht stabilisiert, sondern zerstört.

Das wäre, den Bender zu zerstören, und genau das würde passieren, in einer Probabilität von 22 x 10 Hoch 387765, somit extrem stark.

Ist die Biegeeinheit zerstört, bricht der Balken in einer Wahrscheinlichkeit von 94,8873554%.

Ein einziger Träger destruiert noch nicht das Gleichgewicht des Multiversums und das Rad der Welten, aber da 7 weitere Biegeeinheiten außer Kontrolle sind, in der Hand dieser unbekannten Macht, kann dieses Risiko nicht eingegangen werden.

Mir war klar, die Menschheit und die Welt der mystischen Erdenwesen, Trolle und und ... werden euch niemals trauen. Sie werden mangels Wissen der Zusammenhänge, die falschen Schlüsse ziehen. Dehnen in einem Crashkurs alles zu vermitteln, kann nur scheitern. Ihr habt zu Ihnen gesprochen. Sie glauben euch nicht, schlechte Erfahrungen und Unkenntnis der Universen und deren Gesetze, der Astrophysik.

Auf der Erde werden unzählige Götter angebetet, jeder ist natürlich der wahre, der einzige und unfehlbare. Jedermann auf dem blauen Planeten glaubt, aber sie wissen nicht. Dabei heißt es Wissenschaft, nicht Glaubenschaft, das wäre Religion.

Ich komme jetzt zum Punkt.

Gewisse Mächte haben dafür gesorgt das sowohl die Zauberer als auch die Druiden und Hexen, sowie die freien, die gleichen Rückschlüsse gezogen haben, aus ihren Studien.

Sie glauben, wenn Sie das Elfenreich versiegeln oder sogar vernichten, werden die Effekte aufhören. Sie verstehen diese nicht, ebenso wie alle Bewohner auf ähnlich primitiven Planeten. Aber für die absoluten Primaten, sind Götter oder Geister schuld. Für die Erdlinge ihr.

Deswegen haben die Bücher und Orakel auf der Erde alle das Gleiche mitgeteilt.

Sie forderten gewisse und spezielle Runensteine an, dazu sehr extravagante Kräuter. Diese bewirken nicht das der Zauber verstärkt wird, sie sind extrem halluzinogen.

Diese Drogen sind jetzt im Besitz der Magier, die sie im Moment hocheffektiv einsetzen, aber auch bei den Hexen und Druiden.

Der Plan ist, dass alle Gilden völlig unfähig sind, den Weisungen des großen Buchs der Ukapoden zu folgen, denn dann würde das schlimmste passieren. Der Schmöker der Ukapoden lebt übrigens, das wissen wenige. Als Lebewesen, wird auch dieser Wälzer von dem Rauch benebelt und verwirrt, und ist außerstande, die richtigen Sprüche zu liefern.

Parallel werden die Beschwörenden unfähig sein, irgendwelche Zaubersprüche zu zitieren und aus zu sprechen, selbst wenn das Ukapoden-Machwerk der Droge widersteht.

Doppelt gemoppelt hält aber besser.

Deswegen haltet euch jetzt zurück Elfen.

Noch sind einige Zauberer nahezu bei Sinnen.

Sie sollen ihren Hokus Pokus durchführen, ebenso die Hexen und die Druiden, im Grunde werden es drei gewaltige Orgien, wahrscheinlich aber eine einzige, gemeinsame. An deren Ende werden morgen alle Gilden wieder zu sich kommen, nicht mehr wissen, was die kommende Nacht ihnen gebracht hat.

Aber sie werden hoffentlich, wenn das mit den Schlüsseln und den darauf gespeicherten Codes geklappt hat, feststellen das die ominösen Aktivitäten aufgehört haben.

Wenn Zeit und Raum sich durch stabilisierte Biegeeinheiten gefestigt haben, werden sie denken, es war IHR Werk, das gemeinsame.

Vielleicht feiern sie noch eine Orgie, oder zwei sogar drei, aber sie werden das Buch der Ukapoden schließen, ihre Kessel ausleeren, die Feuer darunter löschen und wieder ihr Tagewerk, jede Gilde für sich beginnen."

Schloss der Lektor seinen langen Vortrag und Lumil und Linaven gaben beeindruckt zu.

„Woow, genial das ist ja absolut durchdacht, ihr seid ein Genie ...."

„Wer hat euch denn gefragt".

Brach der Lektor ab, unterstützt von einer Augenbraue, die einen bedenklichen Winkel zeichnete, die jeden Lakaien das Fürchten lehrte.

Nicht nur Vasallen, selbst der König schauderte ob dieses Anblicks.

„Es ist höchste Zeit fortzufahren. Der Held muss jetzt den Dualen Key in das doppelte Terminal einbringen. Ich bin sehr froh, dass mein Genie damals bei der Programmierung der Sicherheitsroutinen, diesen zweifachen Lock Up vorgesehen hat. Damit rechnet der Gegner nicht.

Der denkt und wartet darauf das wir Balken 6 sichern und sobald es getan ist, wissen Sie, wir sind ihnen auf den Fersen. Dass wir jetzt gleich 2 Träger parallel stabilisieren, damit rechnet die niemals. Den nur ich, ich alleine weiß jedes Detail.
Der Gegner wird sich schon wundern wie schnell wir den Balken 6 unter unsere Kontrolle zurückbekommen. Dass Nummer 8 inklusive ist, bringt sie in Zeitdruck.

Im allerbesten Fall, wenn der Feind noch nicht am nächsten Brecher eingehackt ist und die Routinen manipuliert, könnte es überflüssig werden, dass dieser Irische Bastard, die weiteren 7 Codeschlüssel findet und damit die Biegeeinheiten lahmlegt, um das Rad zu stabilisieren.

Wir könnten dann in Ruhe die anderen 7 Terminals der Stabilisatoren umprogrammieren, da sie ja noch nicht übernommen sind.

Ich habe brandneue Firewalls programmiert und mit dem Architekten abgeglichen.

Die neuen Routinen sind nicht mehr so einfach zu hacken, denn sie bestehen aus KI, künstlicher Intelligenz.

Die Programme erkennen jede externe Manipulation, von auswärts zugewiesene Programmcodes alles, was sich nicht mit meinen Denkroutinen vereinbaren lässt. Sämtliches Fremde und dann wird entweder gelöscht, terminiert oder ein Alarm ausgelöst, wenn das System sich nicht 99,99% sicher ist.

Die komplette Bedrohung wäre gebannt. Ich habe diese Firewalls schon bei Inbetriebnahme der Bender programmiert, in dem wissen, das man jedes Programm manipulieren kann.

Ein Steuerprogramm für die Finanzen oder ein Businessplan für irgendeine NGO, kein großes Problem, aber wenn die Speichen des großen Rades betroffen sind ...., natürlich habe ich vorgesorgt.

Der Augenblick zeigt, wie wichtig es war."

„Wir müssen aber jetzt los. Hört auf, die Zauberer weiter zu kontaktieren, ich werde einmal kurz selber zu Ihnen reden, danach trennt, den Technischen schnick Schnack und schaltet alles ab. Die Brut da unten ist gut drauf. Sie werden weit aus besser drauf kommen."

„Hoffen wir es."

„Wo ist dieser „Held"..... Svenney .... Svenney wo seid ihr?"

„Was schreit ihr denn so, ich stehe neben euch."

So der Recke in seiner Antwort.

„Seid wann steht ihr schon hier?"

Fragte die Autorität.

„Wir alle kamen mit euch, Exzellenz."

„Du hast sämtlichstes mitbekommen?"

„Ja".

„Du hast verstanden, was ich erklärt habe?"

„Nein ... nicht ein Wort, der Teil, indem ihr mich dargestellt habt, so negativ, hat mir gar nicht gefallen."

„Spielt keine Rolle, es ist wie es ist! Wir müssen los. Hast Du die beiden Schlüssel?"

Svenney O´Shea grabbelte in einem Lederbeutel, zieht etwas hervor und zeigte es dem Lektor.

„Hier die beiden Schlüssel und 4 Stücke Draht, ein Foto von meiner Bernadette, wie ich sie vermisse. Alles da."

„Gut, LOS JETZT, wir haben etwas zu tun, und zwar umgehend."

18. Bei den Druiden

Nebelschwaden, würzig duftend wabern um ein Haus, das altehrwürdig aussieht.

Mit einem riesigen Turm, wie eine Kirche wirkend, aber ohne Glocke. Dieser Koloss ist nahezu massiv, ein Stein eher ein Felsen, der wie ein Stoßzahn aus der Erde ragt. Er ist behauen und hat die Form eines Obelisken, der mit Runenzeichen übersäht, ist.

Gebaut ist dieses Haus mit Feldsteinen, mit Bergbruch und vor allem Asbest, aus den korsischen Canari Minen.

<u>Mine Canari</u>

Im Westen von Cap Corse (Nordkorsika) der ehemalige Asbestabbau, dessen steile Abbauterassen sich den ganzen Berg hinauf erstreckten.

Ein düster wirkendes Anwesen, wie ein Kloster, mit einer 500m mal 250m mal 500m Mauer, welche das Grundstück umschließt, ebenfalls aus Feldsteinen und Asbest, mit eingemeißelten Runenzeichen.

Die Mauern sind düster, wie hochgezogen und alle 25 Meter ragt ein Hinkelstein, der zu einem Obelisken gehauen wurde aus der Erde und teilt die Steinwand, wie ein Pfeiler.

Auf jedem dieser Pfeiler ist die Spitze ausgehöhlt und hat in 4 Richtungen ein Fenster, mit Gittern. In allen dieser Räumlichkeiten lebt ein oder mehrere Riesenvögel.

Eigentlich sind diese Nester, für Greifen ausgelegt, die Menschengröße oder die eines Pferdes mit Flügeln erreichen.

Nur damit der geneigte Leser eine Vorstellung der Größe und schwere dieses Gildehauses, der Mauer und vor allem der Pfeiler bekommt.

In diesen Nestern, die vom Innenhof des Gildenanwesens via einer Treppe, die außen an dem Obelisken angelegt ist, leben wenige Greifen, viele Raben, Adler, Falken und Eulen.

Vor allem die weisen Uhus.

Warum, wieso und weshalb, ist eine lange Geschichte, welche für meine Erzählung an dieser Stelle keine Rolle spielt.

Aber so viel in einer Zusammenfassung.

Die zahlreichen Steine, Felsen die zu Obelisken gehauen wurden, sind die Kraft und die Energie der Druiden. Wie in Stonehenge, der berühmte Kreis aus Felsbrocken, gilt als das bedeutendste Megalithmonument Großbritanniens. Es besteht aus 32 Gesteinsbrocken, die bis zu 4,80 Meter in die Höhe ragen. Sie bilden einen äußeren Steinkreis und in dessen Inneren fünf Tore.

In Stonehenge haben zwar keine Druiden, die gab es damals um 3000 v. Chr. gar nicht, die gab es erst, als Stonehenge längst bedeutungslos geworden war, am Bau mitgewirkt.

Den Anfang machten Clans, die sich in der Nähe als Bauern niedergelassen hatten.

Stonehenge liegt recht zentral in England. Stonehenge befindet sich in der Nähe der Stadt Amesbury in der Grafschaft Wiltshire. Die Kleinstadt ist etwa 13 Kilometer nördlich von Salisbury und 140 km westlich von London entfernt.

Aber was hat dieser Steinkreis mit dem Gildehaus gemeinsam.

Aus den Steinen, Felsen schöpfen die Zauberer der grünen Magie ihre ganze Kraft.

Gesteinsbrocken dienen als Puffer und Speicher, für diese Energien.

Auch wenn Stonehenge kein Druidenbauwerk ist, so ist es doch von den Erdmagiern als Vorbild für eigene Anlagen hergenommen worden. Ursprünglich diente dieser Ort eher als Begräbnisstätte. Aber nachdem die Druiden die Kraft der Steine, in der Natur erkannten und auf der britischen Insel, vor allem in Schottland gibt es viele solcher Monumente, ihre Macht deuteten, kopierten Sie in dieses System.

Auch wenn das Gildehaus kein Steinkreis aus diesen Pfeilersteinen bildete, sondern eher ein Oval, denn nicht eine der Außenwände war Schnurgerade, stellt es genau solch einen mystischen Ort nach.

Die Obelisken mit den Nestern in der Spitze, sind Energiekanonen. Bei Beschwörungen oder wenn Gefahr droht, werden die Kessel am Fuße des Obelisken befeuert und Tränke gebraut, deren Energie wird von diesem Pfeiler aufgenommen und an den Kopf eben jenes Objektes geleitet.

In deren Spitze ein oder mehrere Vögel sitzen.

Jede Vogelart hat eine spezielle Bedeutung und Gabe.

Raben sind schlau und mystisch, schon Odin der Nordmännergott hatte 2 davon Hugin und Munin, die seinen Augen waren.

Siehe die Erzählung, die Bibel auf dem Giebel, mein erstes Buch.

Adler und Falken sind Raubvögel, mit einem sehr scharfen Auge.

Eulen und Uhus sind weise.

So hat jede Art ihre Bedeutung in der Natur aber auch in der mystischen Welt, der okkulten ebenso.

Diese Geschöpfe der Tier- und Pflanzenwelt sind die animalischen Druiden. Wie die grünen Hexer menschliche Druiden sind, so die Vögel tierische.

Der Kreis schließt sich. Alles dient der Energie und ihrem Fluss.

Droht Gefahr, entladen sich Energiebündel aus jedem der Pfeilerspitzen.

Diese Bündel treffen sich irgendwann mit einem anderen Strahlenbündel, so entsteht eine Kuppel aus Energie, die entweder als Schutzschild dient oder als Energiestrahl gebündelt auf einen Feind gelenkt werden kann.

Sogar über die Dimensionen hinaus, in andere Galaxien oder Welten.

Nur, das war den Druiden nicht bewusst, ebenso wie die Tatsache, dass es andere Entitäten gab.

Der Hauptobelisk oder Turm, war massiv. Nur im unteren Bereich war das Portal, das ins innere des Gilden, Anwesen führte und der Stein durchbrochen.

Ein riesiges Holzportal trennte diese Städte vom restlichen Leben.

Über dem gewaltigen Herrenhaus stand Nebel, Rauch oder Qualm verschiedenster Konsistenz.

Wasserdampf mit Kräuterschwaden aus den großen Kesseln an den Pfeilern, gemischt mit dem Rauch der Feuer. Dazu die divergentesten Schwaden, unterschiedlich in Dichte und Geruch, schwebten oberhalb der gesamten Szene.

Alles vermischte sich zu einem Nebel. Dieser begann ein Eigenleben, welches sich in Wolkenbildung, Energieentladungen wie bei einem Gewitter mit Winden äußerte.

Eine gigantische Kraft war am Wirken.

Für einen unbeteiligten Außenstehenden wirkte die Szene, wie eine riesige Feier in einem Schloss, wenn der Adel das Geld des gemeinen Plebs und Pöbel verjubelte unter Ausschluss eben jenes steuerzahlenden Abschaums.

Ein Vibrieren der Mauern war festzustellen und ... Ja, Trommeln, Pauken. Musik wie aus Kesseln erzeugt. Monoton minimalistisch aber brachial, technoider Sound als Klangteppich in diesem Nebel gefangen.

Rzr der oberste Druide stand etwas erhöht, inmitten dieser Szene.

An jedem der Pfeiler kochten Kessel, stiegen Dämpfe auf.

In der Mitte des Innenhofes brannte ein gigantisches Feuer, gespeist aus Erdgas, das direkt aus dem

Boden kommend, freigegeben wurde und Brennmaterial in Balkenstärke.

Der Feuerkegel war an die 5 Meter hoch und an manchen Stellen der Außenmauer, sah man von außen seine Spitze.

Dort wo dieses Feuer loderte, fraß es den Nebel und Schwaden auf, die ansonsten eine Kuppel über dem Druiden Anwesen bildeten.

Es formte ein Loch, durch das die Sterne zu sehen waren und momentan der Mond.

Überall um jenes Feuer waren weitere Kessel hochgestellt, die über diesem kochten. Abwechselnd ein feuergespeister Kübel, der brodelte und ein umgekehrt aufgestellter, der mit Schlagstöcken rhythmisch von einem oberkörperfreien Zwerg oder Druiden bearbeitet wurde.

Der Takt war monoton, aber gewaltig und mitreisend. Zusammen mit den Dämpfen, die ätherisch waren, vor allem berauschend, erzeugte dieser Mix, eine Trance unter den Teilnehmenden.

Rzr war zufrieden, es verlief genau nach Plan.

Die Runensteine waren angekommen, das irische Kraut, die Beschwörung war im vollen Gange.

„Die Zauberer, wo sind sie? Was ist mit den Hexen, wir nähern uns der Phase II.

Wir brauchen mehr Runensteine und vor allem die Kraft der Magien. Unsere grüne Zauberkraft wird in wenigen Augenblicken stehen. Sie manifestiert sich bereits im Gerüst. Die Pfeiler werden schon grünlich umsäumt und die grüner Energie kriecht zu den Spitzen.

Wir brauchen die weiße und die schwarze Magie, wo sind die geheimnisvollen Gilden?"

Rzr schrie den letzten Satz und schleuderte eine grüne Welle aus Druidenmaterie in das zentrale Feuer. Sofort loderte der Brand auf und wandelte die Materie in pure umweltschonende Energie. Diese schob sich an den Pfeilern nach oben und verstärkte die vorhandene Dynamik.

„Meister, es ist ein wenig zur Mitternacht, sie werden kommen. Ich habe einen Kessel aufgesetzt, als Auge. Der Kübel steht unter dem Obelisken, mit dem Nest unseres Gandalf, der Adler mit den schärfsten Oculus, er sieht auf 10 Kilometern, wie viele Flöhe im Fell einer Maus hausen. Ich habe vor weniger als 5 Minuten einen Blick auf den Wasserspiegel in diesen Kessel geworfen, der das, was Gandalf sieht, wiedergibt.

Die Zauberer haben das heilige Buch bereits beschworen, ich sah merkwürdige Dinge, wie ein Bild in einem Gemälde. Die Magier und dann waren da noch welche, aber diese Personen kann ich nicht einordnen. Den spitzen Ohren nach Elfen.

Auch bei den Zauberern kochen die Kessel, es ist Druck auf den mentalen Schleusen. Ich spüre es selbst bis hierher.

Sie sind dabei."

Sprach Nullkraft den Meister, dessen Kräfte in dieser Nacht verachtfacht wurden, an.

„Hoffentlich vergessen Sie nicht das Abkommen, das um Mitternacht in unserem ehrwürdigen Haus, die große Beschwörung startet.

Auch ich habe einen Blick in einen der Augenkessel geworfen, mir kommen die Zauberer vor, als wenn ..."

„Sie high sind."

Unterbrach Nullkraft.

„Genau und unkonzentriert, dafür aggressiv und selbstverliebt, wie sie eben mal sind."

„Sende einen Boten zur Sicherheit, wenn er sofort losläuft, ist er rechtzeitig vor Mitternacht bei den Magiern, kommandiere einen zu den Hexen um sie zu erinnern."

„Was ist mit denen, hast Du Gandalf ebenfalls in ihre Richtung blicken lassen?"

Nullkraft antworte.

„Ja Meister, auch bei den Hexen laufen die Vorbereitungen. Dieser Svenney ist mit so einem finsteren Typen, der sich Lektor nennt eingetroffen, hat Kräuter und Runensteine gegen Reliquien getauscht und ist umgehend weiter gezogen. Zumindest ist er in der letzten Stunde nicht mehr zu sehen gewesen."

„Und der dunkle Lord, der ihn begleitet hat?"

„Auch nicht, die Hexen bereiten sich schon seit endlosen Minuten vor. Sie schminken ihre hässlichen Visagen, laden ihre Besen und machen sich fein.

Nun ja, was diese Krähen eben als mondän empfinden.

Ich habe sogar einige baden sehen. Ein Anblick der meine Netzhaut peitschte, aber was soll ich tun, Gandalf ist fasziniert. Sein Blick war eisern auf diese Szene gerichtet, sicher wegen des gammligen Fleisches, dieser Kreaturen."

„Also, sie werden kommen?"

Die Frage stellte Rzr.

„Gut aber schickt dennoch Boten zu beiden Gilden, denn ich spüre, hier bei uns … Die Energie steigt, die ersten Kollegen erklimmen spirituelle Leitern und driften ein wenig aus der Realität.

Es ist wichtig, existenziell, dass heute Nacht die Erde gerettet wird, vor diesen Elfen."

„Jaaa Meistaaaaaa."

Nuschelte Nullkraft unterwürfig und machte sich auf den Weg, die Boten auszusuchen, instruieren und zu senden.

Was ihm schnell gelang und so ging alles seinen Gang.

19. Bei den Hexen

Im Gegensatz zu den beiden anderen Orden herrschte im Gildehaus der Hexen keine ausgelassene Beschwinglichkeit.

Eher die aufgeregte Vorfreude, auf den Abschlussball, einer Riege von Cheerleadern, der Highschool.

Sogar Alizon die Oberhexe, die sonst nahezu trocken also streng war, benahm sich wie ein Hühnchen auf Ecstasy.

Sie beschloss sogar, zu Baden.

Ja für den Leser, wie mich kein Ding, aber Alizon, hatte 6 x 6 Jahre nicht mehr gebadet. Wozu denn, jeder der Sie traf und die Nase rümpfte, wurde in einen Lurch oder etwas Entwürdigenderes verwandelt. Nachdem die ersten Amphibien mit dem Antlitz einiger Dorfbewohner gesichtet wurden, verzog kein cleverer Bürger mehr die Nase.

Ansonsten hielt man sich den Hexen gegenüber mit Kritik zurück. Vor allem Äußerlichkeiten betreffend.

Eusebia ihre Assistentin, befreite sich von einigen ihrer unter und Unterröcken. Insgesamt 13, was darin zu erklären ist, dass in etlichen Unterkleidern Taschen eingenäht sind, die sämtlichst Mögliches enthalten. Vor allem Notrationen für mehrere Tage, aber auch Wasser und jede Menge Waffen sowie unzählige Tiegel, mit Pasten, Salben und Cremes. Beutel mit Kräutern und alles, was eine Hexe so braucht.

Das ganze noch einmal als eiserne Reserve, dreifach angelegt.

Dazu jede Menge die eine Hexe nicht benötigt und ansonsten niemand, aber haben, ist besser als brauchen!

Heute wollte Sie glänzen, warum auch immer. Eusebia hasste Menschen, Personen allgemein und nicht einmal Tiere ließ die an sich heran.

Die Assistenten der Oberhexe war der Typ unnahbar, in sich gekehrt. Nicht bestechlich, gerecht und besonnen, die Ideale Stellvertreterin.

Hart wie Salz, so würden alle ihre Schwestern sie beschreiben.

Heute war sie für ihre Verhältnisse albern, sie lächelte sogar ein wenig.

Nachdem Sie sich von 12 der Unterröcke befreit hatte und von 5 Lagen Oberbekleidung. Sich überredete den neuen Rock, den Sie niemals getragen hatte, weil er einen Schlitz hatte, mit der glänzenden Bluse zu kombinieren, erkannte niemand sie wieder.

Eusebia sich selbst nicht.

Locasto erschrak ob ihres eigenen Anblicks, war aber sichtlich angetan, ebenso Jadison.

Die zwei hatten sich zuerst am meisten gewehrt, ihrem Bedürfnis der Grund und Tiefenreinigung nach zu geben. Von den Druiden hielten die beiden seit Ihrer Gruftizeit und Hexenschülerinnen Daseins, gar nichts.

Von den Zauberern noch weniger, wegen deren Arroganz und Überheblichkeit.

Aber wenn man sich schon in die Niederungen begibt, dann im besten Aufzug.

Ja Gewänder haben Hexen oft reichlich, nicht im Schrank, sondern übereinander am Körper. Die Frage, warum die meisten Magierinnen „mollig" sind, findet in dieser Tatsache eine Antwort.

„Feiern, welch ein schönes Wort."

Lies Eusebia, sich vernehmen.

„Ja und nicht nur zu Walpurgis und in bestimmten Mondnächten, Samheim, Yule, Imbolc, Ostara und ...".

„Acht Feiertage sind einfach zu wenige und die meisten machen so keinen Spaß, all diese Riten, Zeremonien, Beschwörungen."

„Samheim ist spaßig, später das sehe ich in meinen Visionen werden Kinder an diesem Tag in Kostümen um die Häuser ziehen."

„Ich mag Yule, die Wintersonnenwende, all die Feuer, die entzündet werden, die Talglichter und das Feuertanzen."

„Ha, da ist Imbolc viel romantischer, weiße Kerzen, wohin man schaut."

„Ich liebe Ostera, wenn die Hasen die Eier verstecken, all die Kinderlein, die so glücklich schauen."

„Kinder, Kinder überall, wohin man sieht, igitt ich mag diese Blagen nicht, außerdem ist dieses Fest sehr aufwendig, man kommt ja gar nicht zu sich selbst."

„Mein schönster Hexenfeiertag ist Litha, der längste Tag im Jahr, bis spät ist es hell, die Sonne mag gar nicht untergehen ...."

„Blödsinn, welche Zauberin steht denn auf Helligkeit, außerdem die ganze Nacht sind wir Hexen beschäftigt, die bösen Geister ab zu wehren. Da fällt mir Besseres ein."

Alizon fuhr zwischen das aufgeregte Geschnatter, bevor es zu einem Streit kam. Wenn Hexen einmal loslegen, dann fliegen die Fetzen. Meist deshalb weil Schwarzkünstlerinen an sich streitbar sind.

Die Redewendungen Du garstige alte Hexe kommt nicht von ungefähr.

„Mädels, tummelt euch. Es nähert sich Mitternacht und wir haben noch ein Stück des Weges. In Anbetracht dessen, dass einige von euersgleichen, mit völlig unterpowerten Altbesen unterwegs sind oder wie Gita und Moll ihre Besen nie anspringen, wenn es mal eilig ist, schlage ich vor, Los geht es."

Ein Raunen, lag neben einem ölig stechend aber doch angenehmen Wohlgeruch in der Luft.

Hexenparfüm Eau de Hixi, der Star des okkulten Duftes, kämpfte gegen Black Magic Woman und Poison, ein Duftwasser aus Frankreich von Dior, auch wenn Christian zu dieser Zeit gar nicht lebte.

In einem Nebengelass kam Gita, kopfüberhängend zu sich. Sie war an einem Andreaskreuz befestigt und hatte Gewichte an den Brustwarzen, ihre Lenden schmerzten und ansonsten, sah sie lädiert aus und blutete leicht nach.

„Pass doch auf wo Du hin folterst, blaffte sie den Father Keith, nicht zu heftig an und fügte gurrend hinzu, das mit den Kerzen und dem Wachs, hast Du nicht verlernt, mein harter."

„Wie in alten Zeiten, wie habe ich das vermisst."

Gab Keith zu.

„Deine Methoden sind gewaltig."

„Nicht nur meine Hoden, Deine Augen waren beim Schänden verbunden, aber gespürt musst Du es doch haben, das Machtvolle."

„Du bist so grausam kreativ."

„Ja, ich belege Pizza mit Ananas."

„Häng mich ab, ich muss los. Bei der Druiden Gilde verbinden wir unsere Magie gemeinsam gegen die Elfen."

„Du hast das Codewort nicht genannt, solange arbeiten wir weiter, Hexchen."

„Mach mich sofort los, Du Arschloch".

„Da war es ja, das Schlüsselwort. Bist Du sicher, dass Du nicht noch ein wenig abhängen magst".

Im Größensaal der Hexenzunft war die Aufregung zum Anfassen, die Luft war statisch geladen, stellenweise entluden sich Blitze.

Das Tor flog auf, ein Wind wehte in den Saal, löschte alle Feuer und die Fackeln samt den Kerzen.

„Auf die Besen und los."

Die ersten Hexen waren vor dem Gildehaus, zerrten Ihre Auskehrer aus den Verschlägen oder wo sie sonst parkten.

„Mist, springt nicht an, zulange im Kalten gestanden."

Entfuhr es Locasta.

Aus allen Ecken fluchte es.

„Scheißbesen, verreckt noch eins."
„Willst Du vielleicht mal, ...spring an Du Dreck."

„Upps der falsche Besen, einen Fegrrari kann ich mir nicht leisten, hiihi. Wem der wohl gehört?"

„Runter da ist meiner."

„Mist, ich wollte den Reisig letzte Woche noch auswechseln lassen, das kommt davon, wenn man immer nur runderneuern lässt."

Eusebia stand verzweifelt vor ihrem Kehrboliden, mehrfach hat Sie ihn angeworfen, schaffte es aber nicht ab, zu heben, er gewann keine Höhe.

„Dann düse den Oldi eben bodennah, brauchst nur etwas länger durch die Gassen, als über die Dächer."

„Gut ich flieg los, wir treffen uns bei den Druiden."

Die ersten Hexen starteten durch, was ein Chaos, kein Wunder das die meisten ihre Besenscheine bereits abgenommen bekommen haben.

Die Erste startete fast senkrecht nach oben.

„Die Landeborsten sind noch ausgeklappt und du sitzt auf der Besenunterseite."

Zu spät, die Senkrechtstarterin war dem Kampf mit der Schwerkraft erlegen und steckte in der Wiese. Ihr Besenmobil entzwei, der Hut zerdrückt aber ansonsten fit.

„Kann ich bei Dir mitfliegen?"

„Der Besen ist zu schwach und nur ein 2-Takter, ein Trabant. Ich musste schon meinen Kochkessel Moll mitgeben."

„Ist Moll schon los?"

„Ja, grad eben, schau sie wäre fast am Wetterhahn hängen geblieben, so wie der sich dreht, könnte man Korn damit mahlen."

„Mädels, hat jemand den ADBC (Allgemeiner Druideninsel Besen Club) gerufen, da ist eben ein Gelber Engel gelandet."

„Ja hierher, herbei ... mein Sportbesen war längere Zeit außer Dienst, wegen Schwangerschaft, hat 3 Handfeger zur Welt gebracht und irgendwas stimmt jetzt nicht."

„Dann schauen wir mal, sicher nur falsch gebunden am Schaft, na da haben wir es doch schon ..., Zündung!"

„Läuft, baaam angesprungen auf Schlag, sauber."

„Die Mitgliedskarte bräuchte ich mal eben, Sie sind doch Mitglied?"

„Nein ohne Glied, aber wir sind alle auf dem Weg zu den Druiden, da vermuten wir viele davon."

„Also wenn Sie nicht im Club eingetragen sind, dann muss ich den Einsatz berechnen."

„Im Club, na klar bin ich im Verein, hier meine Runen Karte."

„Woow seit 131 Jahren Mitglied, ah sehr gut die Plus Mitgliedschaft, ich empfehle Ihnen ein Upgrade auf eine Auslandskrankenversicherung, falls Sie öfters mal weiter wegwollen."

„Nöö, nur über diese Insel."

„Dessen ungeachtet einen Rechtsschutz werden Sie brauchen."

„Ich äääh bin kein Linkswähler, von daher muss ich mich vor den rechten nicht schützen, aber danke."

„Einmal unten in der Ecke unterschreiben, dann hier und Moment, ja da bitte mit Ort und Datum."

„Erledigt."
„Wohin soll der neue Kupferkessel geliefert werden?"

„Häääh?"

„Den Sie gerade bestellt haben, da steht es. Wenn Sie 3 neue Mitglieder vorschlagen und die bei uns eintreten, bekommen Sie den Kessel als Werbegeschenk. Sie wollten doch zu den Druiden, richtig?"

„Ja, die mit Gliedern, ich hör mich um."
„Phantastisch."

„Ach noch was, meine Runenkarte läuft bald ab, bekomme ich die neue automatisch."

„Sicher."
„Danke."

„Nicht dafür, gute Nacht."

Die ersten Hexen waren unterwegs, andere in der Startaufstellung, die meisten verzweifelt, ob der Borstigkeit ihrer Fluggeräte.

„Neue Besen fliegen gut."

Jubilierte Gita, die einen Hybrid, Kehrbesen und Schneeschieber, als Vorführmodel erst fast neu erstanden hatte. Sie schwang sich auf, lies das Fluggerät mit High Speed um sich selbst kreisen, flog 100 Meter und machte eine Vollbremsung vor dem Father Keith.

„Steig auf Großer, ich flieg in Deine Richtung."

Weg waren sie. Auch die anderen alten und jungen Weiber machten sich auf den Weg. Der Platz vor dem Gildehaus leerte sich.

20. Bei den Zauberern

Im Zunfthaus der Magier roch es durcheinander. Bitter wie Galle stand über manchen Töpfen, aber auch Aromen feinster Kräuter lagen in der Luft.

Die meisten Magier auf dem Boden, sabbernd vor sich hinbrabbelnd. Einige saßen im Lotossitz und wiegten Ihre Oberkörper vor und zurück, andere in Konkurrenz von rechts nach links. Etliche waren bewegungslos, starrten nur mit Augen wie Wagenrädern.

Es gab Grüppchen, die nur dümmlich lachten und gackerten, andere stießen Schreie aus und wunderliche Laute, welche einige sogar verstanden oder vorgaben, es zu tun.

Dann gab es diejenigen, die sich in die Mensa verzogen hatten und mörderisch fraßen. Essen, diese Bezeichnung würde irreführen, denn diese Personen schaufelten, was sie grabschen konnten, in den Mund.

Der gemeine Kiffer unter den Lesern wird jetzt an den Fressflash denken und damit zu 100% richtig liegen.

Innerhalb von 30 Minuten waren an die 5 Kessel mit je 20 Kilo Pudding, vor allem Schoko und Vanille geleert worden. Diese 100 Liter, standen aber in keiner Konkurrenz mit der Weinkeller Brigade, die bereits 256 Flaschen des feinsten Rebensaftes geköpft hatten und jetzt dazu über gegangen waren, sich unter ein Fass zu legen und den Inhalt direkt Oral einzuflößen.

Bedächtiger ging es im Bierkeller zu, indem GraT-Hun Berg verweilte, mit glasigen Augen zu einem Grüppchen fleißiger Zecher schielend.

„An dem massiven Hektoliter werden sie scheitern."

Dachte GraTHun sich.

„Aber es sind ja auch nur zehn, halt nein fünf ... doch zehn. Warum sitze ich doppelt hier."

GraTHun schaute in einen der polierten Messingkessel.

„Irgendwas hatte ich doch vor, hatten wir zu tun. Da bin ich sicher."

Lies Gildemeister Berg seinen Gedankenfaden weiter abrollen.

„Hey, ihr da drüben, es ist jetzt an der Zeit, beeilt euch."

„Soweit für was?"

„Ich hatte gehofft, Ihr sagt mir das, habs vergeschään, mu muss abba wischtisch schein. Isch gann misch nisch um alles kümmern, will isch au nisch."

GraTHun ließ seine grobe Faust auf den Hocker neben sich, den er beim Setzen nicht getroffen hatte, hernieder krachen. Der Schemel gewann den Disput mit der Faust, indem er heil blieb.

GraTHun quittierte den Knackslaut seiner Hand mit einem derben ...

„What a Fuckshitt, Fuck, Fuck, Fuck"

Gehässiges Lachen aus der anderen Ecke des Raumes, das aber abrupt abstarb, als das Gilden Oberhaupt einen seiner giftigsten Blicke aufsetzte.

„Meister, wir müssen zu den Druiden, es ist bald Mitternacht."

Beschwichtigte ein dünnes Stimmchen, aus jener Ecke.

„Den Druiden, diese Ökomagier, diese Grünlinge mit ihren Komischen ..., was sollen wir denn da."

GraTHun klang 4 Stufen nüchterner, ein Adrenalin Einschuss lies ihn, wie gewohnt klar denken.

Was nichts bedeutete, da sein Nachsinnen sich meist nur um CO_2 Emissionen und magiegemachte Klimaerwärmung drehte, was völliger Blödsinn war, wie 90% seiner Theorien.

Deswegen ist, klar denken, geschmeichelt, und zwar sehr.

„Meister, die Beschwörung, zusammen mit der Hexengilde und den Druiden. Habt ihr das vergessen?"

„Quatsch ich versiebe nie etwas und gar nichts. Klar Druiden, Hexen. Beschwörungen. Wie spät ist es?"

„Sechshundert Sekunden bis Mitternacht, Meister."

„Und da sitzt ihr hier rum und sauft, gut das ich nachgesehen habe, faules Pack."

Wieder drosch er mit seiner Faust auf den unschuldigen Hocker, der aber unverletzt blieb.

„Auuuuaaaaaaaa, Auuutsch, schaaadaaaamte Kacke."

Polterte GraTHun Berg.

„Meister aber Ihr ward doch schon vor uns im Bierkeller, habt uns in diese Ecke verwiesen, sollten das Bockbier testen."

„Vor euch hier, ja aber nur weil ich wusste das ihr faulen Drückeberger mir folgt. Deswegen bin ich hergekommen, prophylaktisch quasi, sag ich mal und das war verdammt richtig, los auf mich Halunken, schafft euch hoch ins Oktav, wir sammeln uns dort."

Sprachs und tobte aus dem Bierkeller, die dem Hocker unterlegenen Hand schüttelnd und reibend.

Im Oktav angekommen fand er seine Magier Kollegen fast nur völlig bekifft vor. Die Brennschalen und Räucherschwenker waren nahezu nieder gebrannt, es stand ein dichter Nebel in dem fensterfreien Saal. Ein süßlicher angenehmer Duft, GraTHun inhalierte tief und nochmal und erneut und wieder.

Dann wiederholte er das ganze und schaffte es nahezu alleine, die dicke Luft verschwinden zu lassen.

Die pochenden Schmerzen in seiner Hand waren vergangen, wie auf einen Schlag weg.

„Was bin ich doch ein harter Hund."

Lobte der Gildenfürst sich selbst, weil es sonst keinen gab, der es für ihn tat.

„Meine Brüder, seid ihr fertig."
GraTHun schaute sich um, keinerlei Reaktionen man nahm ihn nicht mal wahr.

Das war so, seit seiner Wutrede über Klimaschutz und weil ihn ansonsten die meisten der Gildenbrüder für ein selbstverliebtes, arrogantes Arschloch hielten, ignorierte man ihn.

„Hopp, hopp legt die Runen der Ankunft und der Abreise auf das Feld der örtlichen Verschiebung. Bildet magische Kreise darin und öffnet ein Tor zu den Druiden, wir sind spät dran, die Stunde ist vorgerückt. Nehmt die restlichen irischen Kräuter mit, die Runensteine und ein oder 2 Fass Wein und Bier."

Wer weiß was diese grünen Stümper bei sich horten und ich mag gar nicht fragen müssen.

Seid Ihr euch alle, der Lage bewusst in der wir stecken? Wisst ihr überhaupt, worum es geht?

Ein Schweigen antwortete auf die Fragen.

Gemurmel füllte den Saal, schwoll an und dann kamen die ersten Zauberer zu sich, blinzelten in die Runde und schauten recht bescheuert um sich.

„Das mir das Fäääääääääährdich wiiiaaad, macht hinne, die Nacht ist kuuuuuhuuurz, Du da Langer wie spät ist das?"

„Meister 200 Sekunden bis Mitternacht."

„Näh nä, imma das Gebummel, nu los, Runnen steine auslegen, Ziel beschwören, Kreise zeichnen, die Magie auf das Gildehaus der Druiden lenken, ich will nicht als letzter nach den Hexen kommen, am Ende müssen wir die Ganze zeit stehen. Bier holen Wein und zack zack."

Wallung kam in die Meute, widerwillig setzten sich die Zauberer in Bewegung.

„Kommandieren kann der Schwätzer, aber selbst anpacken."

„Was der anfasst, geht doch kaputt, wie neulich, als er die neuen Weinregale zusammen genagelt hat. Nullkraft musste ihm drei Nägel aus der Hand ziehen, was schwer war, da 2 davon am Regal festhingen".

Schadenfrohes Gelächter überall

„Wisst ihr noch, wie er auf dem Scheißhaus festhing, das war ja mal ein Ding."
„Ja dolle Wurst, war das".

Alles lachte schallend.

„Jooh ne Wuaast hadda och ne Rolle jespielt, Waa."

Eckaard Zwerchfell war das. Das Lachen brandete auf. Zwerchfell setzte nach.

„ Hilfäää Hilllfäää kannste Mol kiecken, ich glaub meine Wuaast lappt.

Äffte er den erhabenen Meister nach.

Das ganze Oktav bebte vom Lachen und Schenkelklopfen, die ersten Magier brachen nieder und schlugen mit den Fäusten auf den Boden.

„Wisst ihr noch? GraTHun der Schwimmer, wie er hier ankam und gar nix wusste. Wie er den Klärteich mit dem Ententeich verwechselt hat. Mit Anlauf und Taucherbrille in die Gülle, dann isser durchgekrault, wie ne Nutte in Venedig kam wieder raus und fragte Grr Ähorm. Du kannste ma kucken, ich glaub, ich habe da Dreck am Mund.

Alles brach hernieder, die ersten Magier bekamen vor Lachen keine Luft mehr. Die noch japsen konnten, äfften immer wieder diesen Satz nach.

„Ich glaub, da ist Dreck am Mund".

„Hääääääärlisch, Hääääääärlisch."

Quiekte Grint der Harmlose, dem Ersticken nahe.

Zwerchfell legte nach.

„Da war mal das Problem, das überall in unserem Park diese Holzpfähle aus dem Boden wuchsen und GraTHun die unbedingt alle selber fällen wollte. Wahrscheinlich weil es sein Werk war. In magischen Dingen ist der ja noch blöder.

Nullkraft hat ihm die okkulte Motorsäge geliehen und ihm gesagt, mit dem Ding schaffst du 100 Pfähle am Tag.

GraTHun nahm das Ding und legte los, am ersten Tag schaffte er 22 Stück. Unser damaliger Boss schimpfte ihn und sagte, die Eumel wachsen wie wild, schneller als Du sie umsägst.

Am nächsten Tag, strengte er sich richtig an, machte aber nur 25 Stück und bekam seinen Einlauf.

Am darauffolgenden Tag fing er sogar eine Stunde früher an, schaffte wieder nur 24.

Dann rannte er wütend zu Nullkraft, ranzte ihn an, was an dem Scheißding denn magisch oder motorisch sein soll, Nullkraft nahm die Säge, zog an dem Seil und die Säge röhrte los. Der ganze Raum vibriert. „ROOOAAAAAARRRR!"

Darauf der GraTHun „Hä, was ist das denn für ein Geräusch?"

Jetzt gab es kein Halten, der Saal bebte, sogar das Buch der Ukapoden wackelte und vibrierte und änderte seine Farbe fortlaufend. Dann ging der Wälzer sogar dazu über, die GraTHun Stories zu visualisieren, er projizierte Fotos und kurze bewegte Sequenzen an die Wand, der Buchdeckel klappte auf und zu, vor Lachkrämpfen geschüttelt.

„Oh oooh."

Grint der Harmlose stieß diesen Laut aus und alle schauten ihn an. Er schielte zur Tür und die Blicke folgten ihm.

GraTHun Berg stand da und füllte die Tür komplett aus. Puterrot war sein Gesicht, einige Adern am

Hals traten in Konkurrenz, zu einer pochenden puckerenden an der Stirn.

Der Mann stand unter Dampf, das war leicht zu erkennen.

„Ihr, ihrrrrrrrrrrrrr Arschmaden, ich laufe los, in der Annahme ihr folgt mir, besorgt Bier und Wein und macht alles fertig, dreh mich um und keiner kommt nach. Was sehe stattdessen, nachdem ich die Treppen wieder abgestiegen bin? Ihr Kakerlaken kugelt auf dem Boden und macht euch lustig, schafft eure Ärsche hoch. Sofort hopp hopp, los jetzt hier gehts lang, Herrschaften."

Zwerchfell ging an GraTHun vorbei.

Er konnte nicht an sich halten, der Drang war zu stark.

„Können Sie mal guggn Meister, ich glaub, ich hab da Dreck am Mund."

Da blieb kein Auge trocken, die ganze zugekiffte Zaubererbande platzte los, wer nicht daniederbrach, klopfte sich auf die Schenkel oder versuchte den Lachkrampf, durch Schädel an die Wand schlagen zu unterdrücken. Erfolglos, ein Lachflash folgte dem nächsten. Außer Rand und Band würde die Situation treffend beschreiben.

Normalerweise fürchten die Gildenmitglieder, den wuchtigen GraTHun und würden sich nie offen wagen, ihn zu kritisieren. Den mit Kritik konnte GraTHun nie umgehen, er war autoritär, rechthaberisch und ging jedem der Brüder auf den Sack.

Gefürchtet waren die Reden, die Endlosen Schwafel Orgien und vor allem die Themen. Der oberste Magier Abteilung Buch der Ukapoden drohte offen damit. Wer nicht spurte, musste rechnen bei ihm eine Vorladung (Audienz) zu erhalten, wurde auf einem Stuhl festgeschnallt und durfte sich endlose Monologe anhören.

Schlimm war die kollektive Folter, wenn GraTHun seinen Sermon vor versammelter Mannschaft absonderte. Geteiltes Leid halbes Drangsal, diese Phrase verlor ihre Glaubhaftigkeit. Kaum eine Rede verging, ohne das sich irgendjemand selbst lobotomierte in dem er sich einen Bleistift in die Nase steckte und dann den Kopf auf die Tischplatte krachen lies, damit der Stift ins Gehirn eintrieb. In letzter Zeit setzte sich die Stereo Variante durch, Griffel in beide Rotzlöcher und hepp.

Sicher ist sicher kommentierte Fraag van Pfählen, bevor er auf einem der Strafansprachen, die Nasenlöcher mit frisch gespitzten Bleistiften bestückte, um sich feige aus der Ansprache von GraTHun zu stehlen.

Die Zunft der Zauberer fürchtete um seinen Fortbestand.

Sogar die Gilden der Verbrecher, der Schwätzer, auch die Wache schickte Abtrünnige und Delinquenten zu den Zauberern, wenn GraTHun wieder eine seine Reden hielt.

Im Grunde verdankte die Gilde der Magier ihren Wohlstand GraTHun Berg, der Massen an Gasthörern anzog. Auch wenn diese nicht freiwillig kamen. 98% waren auf Gestelle gefesselt, wurden zu ⅔ eingegraben oder anderswie bewegungsunfähig gemacht.

Sogar die spanische Inquisition, brachte ihre Hexen und Ketzer zu den Referaten des GraTHun Berg.

Die Inselwache folgte und so wurden Kandidaten für ein Verhör, zuerst zu diesen Schwafelrunden verbracht. Später drohte man damit, dass wenn das Geständnis nicht sofort kommt und umfassend, muss der Häftling eine weitere Rede des notorischen Schwätzers ertragen. Die Selbstmordrate in der Untersuchungshaft ist seitdem zwar um 80% angestiegen, aber die Zahl der Hinrichtungen ging um den gleichen Wert zurück.

Vorbeugende Todesstrafe, wurde das in Fachkreisen genannt.

Ein unschlagbares Geschäftsmodell.

„Hnnnrraaarch, Ihr Saubeutel, wasserköpfige Breischeißer, Halunken und Lumpentunker, schafft euch jetzt hier Raus und baut das Portal auf, damit wir zu den Druiden aufbrechen, ansonsten lauft ihr hin."

Eine puckernde Ader über seiner Stirn verriet, dass GraTHun Berg stinksauer war.

Bedröppelt drückten sich die Mitglieder der Gilde an ihrem Meister vorbei und machten sich auf den Weg in den großen Saal, wo die anderen Zauberer warteten. Sie legten die Runensteine aus, malten Zeichen auf den Boden und rhababerten Formeln, nuschelten in Latein, Altgriechisch und weiterer Sprachen irgendwelche Zaubersprüche.

Man spürte sie, die Magie. Sie zog sich zusammen, expandierte, wurde als violettes Licht das sich in die Spektralfarben brach sichtbar und unsichtbar. Nebelschwaden stiegen auf, es roch nach Eisen, Schwefel und Zimtplätzchen.

Es passierte vieles, sicher weil jeder der Magier vor sich hinzauberte. Bei den Zauberern ist es eben so, dass sich egal wer, über jedermann seiner Kollegen stellt. Besser können tun es alle.

Henek, der Gebogene wie er genannt wird, weil er ein extrem verkrümmtes Rückgrat hat, was angeblich von seiner Sucht zur Masturbation herrührt, hob die Hände. Er faltete Sie über dem Kopf und es bildete sich etwas Kreisförmiges, Flimmerndes, dass er von sich wegschob und es sich dabei vergrößerte.

Mitten im Raum blieb das Gebilde in der Luft stehen und begann sich um sich selbst zu drehen, gemächlich ohne Hast trat Henek der Gebogene vor das Objekt.

„Das, Gentlemen ist unsere Tür zu den Druiden, wir müssen jetzt nur genau festlegen, wo wir heraustreten. Es wäre ärgerlich wenn wir mitten auf der Straße herauskommen und eine Kutsche in dem Moment die Stelle passiert. Ich schlage vor, wir lassen die Tür genau auf dem Vorhof des Gildehauses aufschwingen."

Lurg der Zahnlose stellte fest.

„ Whir müffen Abba all fum felben Feitphunkt erffeinnen. Daff iff viel Fffpäktakulärer, alff ffen wir einffeln eintrudeln."

„Hört hört, Recht hat er, benutzen wir lieber meine Magie, ich habe ein orphisches Pentagramm, wir alle stellen uns auf dieses und wenn ich die Formel aufsage, umschließt magische Materie unsereins und bringt uns dorthin, wo wir wollen."

Der Vorschlag wurde von Quarz, einem Trollzauberer unterbreitet. Eigentlich sind Trolle keine magischen Wesen. Eher Unwesen und Quarz war so ein Trum von 2,5 Metern, mit Armen die zu Boden hingen und riesigen Muskelbergen, aus Stein oder Tiefquarz.

Seine Söhne Kies und Schiefer waren ihm ähnlich, nur aus anderem Stein gebildet. Schiefer sah ziemlich schäbig aus, weil sein Körper ständig zerbrach und schuppte. Verstecken konnte er sich nicht, denn man brauchte nur seiner Spur aus Schieferteilen zu folgen und fand ihn so.

Zur Magie kam diese Familie, weil Quarz sich in Sieglinde Schraubenzahn verliebte, sie sich einfach nahm und ohne ihr Einverständnis abzuwarten, mit der Zeugung von Kies und Schiefer begann. S. Schraubenzahn, war aber eine Dorfbekannte und mächtige Hexe. Nicht mal eine Hässliche, eher war sie sogar hübsch, weswegen die anderen Magierinnen sie nicht leiden konnten und aus der Gilde ausschlossen.

SS war immer schon gegensätzlich, zu den meisten Hexen, hübsch eben. Sie versuchte es, zu kaschieren, indem Sie mehre Lagen Lumpen übereinander trug, um unförmig zu wirken. Ihr Gesicht beschmierte sie mit Ruß und anderem Dreck. Sieglinde hatte ein zu großes Herz und war zu gut, so dass sie extrem böse spielen musste, damit das Image einer Hexe nicht zerstört wurde. Sie gab sich alle Mühe hexenhaft zu wirken und achtete darauf einen schlechten Ruf zu haben.

Als Quarz sich eines Abends die Hand lesen lies, was aber nicht funktionierte, da Trolle aus Stein bestehen und keine Handlinien haben, lass Schraubzahn eben aus Eingeweiden.

Was sie dort sah, erschreckte sie gewaltig. Nicht alleine, weil Trolle gar keine Innereien haben.

In den Därmen konnte sie sehen, dass Quarz sich in sie verliebt hatte, und Unholde sind nicht dafür bekannt, sich unter Kontrolle zu haben. Weder gefühlsmäßig im Guten noch weniger im Zorn.

Sie sah mehr, konnte es aber nicht glauben und schrieb diese Visionen dem Verfallsdatum der Kuddeln zu, aus denen sie eigentlich eine Suppe köcheln wollte.

Doch bevor Quarz, Sieglinde seine Gefühle beichten konnte, übermannten sie ihn, und zwar gewaltig. So ergab es sich umgehend, dass die Hexe ihre Vision erfüllt sah.

Nachdem Quarz seine Gefühle unter Kontrolle hatte, war das gar nicht mehr nötig, denn er hatte mit der Schändung fertig.

Sieglinde, die er während des Aktes voreiliger Begierde „Siggi Siggi" begurrte, in seiner tiefen barschen Stimme, war fassungslos.

„Zwei, nicht mal beide Minuten hält ein Steinkerl wie Du seine Lanze aufrecht und dann kannst Du es nicht mal zurückhalten und den Winzling herausziehen. Ich wäre gerne gefragt worden, ob es mir recht ist. Verwechselst Du mich mit einer Dirne? Schau her, was mir da aus der Spalte tropft, nein sich ergießt, sieht aus wie Flussspat Du Schwein, elendes."

„Mir leid, das tut."

Entgegnete Quarz, dem es nicht leidtat. Es hat ihm zu gut gefallen.

Lange Rede gar kein Sinn, aus den Lenden der Sieglinde Schraubzahn entsprangen die beiden Knaben Kies und Schiefer, zweisteinige Zwillinge.

„Verflucht sollst Du und die Deinen sein."
Sprach Sieglinde, als Quarz mit einem Strauß Blumen und einer Schachtel Konfekt an ihrem Bett erschien, in dem sie entbunden hatte.

Anscheinend mochte sie keine Blumen oder Naschwerk, vielleicht beides.

„Ich verwünsche Dich und die Deinen, in jeder Vollmondnacht erstarrt ihr alle zu Stein, nachdem eine dämonische Kraft euch an die öffentlichen Toilettenhäuser gezogen hat. Mit heruntergelassener Hose seid ihr dann Freiwild, für die Schwulen, nur eure Hintern das Gemächt wird weich und aus Fleisch, nein der Unterleib, der ganze. So soll es sein."

Quarz war erfreut so glimpflich davon gekommen zu sein, er hatte schlimmste Sachen gehört von dieser Hexe, was sie anderen antun konnte. Er überlegte kurz und freute sich, dann schaute er auf einen Kalender und war aufgeregt, der nächste Vollmond ist schon morgen.

„Hier nimm Deinen Wurf an Dich, glaubst Du ich nähre diese Scheusale an meinem Busen. Weg mit ihnen sonst werf ich sie in den Fluss. Hau jetzt ab."

„Schönen Abend Miss Schraubzahn."

Wünschte Quarz beschwichtigend und dankbar, bevor er die Tür hinter sich zuzog und dabei aus den Angeln riss.
Quarz hatte seit seiner Kindheit Probleme, seine Kraft einzuschätzen.

„Die Blagen, Du hast diese beiden hässlichen Ausgeburten vergessen."

Schrie Schraubzahn und warf einen mütterlich liebevollen Blick auf die beiden, die zum Glück gar nichts von Ihr hatten, auch nicht vom Vater.

Quarz hatte erst Freude an dem Fluch, aber irgendwann wurde es ihm zu heftig. Vor allem als seine beiden Söhne älter wurden und der Unsegen sie ebenfalls heimsuchte.

So suchte er Rat bei den Zauberern, dass diese den Fluch zurücknähmen.

Leider können Schwarzkünstler Hexenflüche nicht direkt rückgängig machen, es sei denn unter Ihresgleichen, den Magiern.

Beruflich war Quarz recht flexibel, er hatte die meiste Zeit als Geldeintreiber und Schläger gearbeitet, als Knochenbrecher oder beim Metzger. Er war gut, indem was er tat, denn er machte es gerne.

So wurde er Zauberlehrling. Bei keinem Geringeren als Gr Ähmhorn, der Quarz einiges beibrachte. Nicht alles, den Zauberer sind von Natur aus misstrauisch, dulden keinen Ebenbürtigen neben sich und schon gar niemanden über sich.

Quarz war mit Recht und stolz der einzige Troll in der Gilde und er war ein begabter Zauberer. Seine Söhne kamen nicht nur äußerlich, nicht nach ihm. Sie waren unbegabt in der Magie.

Ob die Familie Quarz den Fluch bannen konnte, ist mir als eurem Autor nicht bekannt und völlig egal. Ich weiß nicht mal, ob Quarz und die Seinen irgendeine Rolle spielen, in meiner Beschreibung. Wenn dann werde ich darauf eingehen. >>>>>> Anmerkung des Erzählers.

Inzwischen waren die Hexen alle unterwegs, knapp die Hälfte der Besenboliden standen, lagen dort herum. Technische Probleme, die Mitglieder der Zunft bildeten Flug Gemeinschaften und flogen mehr oder weniger in Richtung der Druiden Gilde. Die einen über die Häuser, andere durch die Gassen, im Tiefflug, denn nur wenige Besen waren für zwei und drei Hexenleiber ausgelegt.

Es wurden große Kehrbesen hergestellt, aber die waren bei den eigenbrötlerischen alten Weibern eher verpönt.

Ein Fehler, der sich am heutigen Abend rächte, da alle Gildenmitglieder gemeinsam Ausgang hatten, weil sie zu den Druiden mussten.

Aber jetzt waren sie unterwegs, mit flatternden Röcken, ihren Hexenhüten ihren Taschen und allem Zeug.

Auf dem Weg zur großen Beschwörung, der ersten gemeinsamen und die meisten Hexen waren mehr als aufgeregt. Ja da lag etwas in der Luft, es kribbelte in ihnen. Im Bauch den Gedärmen, manchen zwischen den Schenkeln, wo Sie gar nichts vermutet hätten, was da kribbeln könnte.

21. Druiden, Hexen, Zauberer
Der ganze magische Zirkel

Quarz hatte alle Vorbereitungen abgeschlossen, als GraTHun Berg und die Magier die am Ritual im Oktav teilgenommen haben, den Saal erreichten.

Er stand in der Mitte des Pentagramm, okkultes Licht zuckte, es pulsierte.

„Zu den Druiden, auf den Vorplatz sollst Du uns bringen."

Sprach der Trollmagier zu seiner Schöpfung.

„Kommt jetzt alle, es ist Zeit, in wenigen Sekunden ist Mitternacht und zu früh erscheinen ist unser unwürdig, ebenso das zu späte."

„Kommt Brüder auf, auf, die Magie beginnt sich zu verfestigen, erscheint schnell, es geht gleich los".

Die Zauberer stürmten auf Quarz zu und waren froh, dass es endlich losging. GraTHun verzichtete auf eine langatmige Rede, es waren nur wenige Sekunden bis Mitternacht.

Alle Zauberer waren bereit und umklammerten sich und Quarz, der in seine Tasche griff, ein Pulver hervorholte, es über seinen Kopf warf und dieses jeden Anwesenden einhüllte. Sodann sie sich erst durchsichtig darstellten, schnell aufgelöst waren und sämtliche Nebel, Energieblitze und was sonst alles zuvor zu sehen gab, auf einen Schlag weg war.

Wie die Zauberer.

Vor dem Gildehaus der Druiden kamen die ersten Besengeschwader an.

Einige manierlich, andere vor allem die jüngeren Hexen in halsbrecherischen Flugmanövern, die in Bremsorgien ausarteten. Wieder sonstige im Steilflug, kurz vor dem Aufprall zogen sie den Besen hoch, seitwärts um in einem spektakulären Manöver zu landen, was nicht allen so gelingen wollte. Dennoch waren die Crash´s beeindruckend, manche plump andere fast anmutig. Im Zusammenhang mit den verschiedenen Scheinmanövern legten die Hexen einen grandiosen Auftritt hin.

Dieser sollte getoppt werden.

Bevor die Hexlein behände, steif oder sonst wie von Ihren Kehrwerkzeugen absteigen konnten, flimmerte die Luft, es knisterte und übernatürliche Energie entfaltete sich.

„Was ist das denn?"
Gita stellte die Frage mehr sich, als dem Father Keith der hinter hier auf dem Besen saß.

„Auaaaa was ist, …zum Henker, da schaut ein Bein aus mir…"

„Giirgs, da ifft faaff im mein Munff, faff iff faff fden??"

Beim näheren Hinsehen stellte man fest das die Hexe Mom, eine Art Fleischwurst in ihrem Mund hatte, die von innen nach außen zeigte.

Überall auf dem Vorplatz hörte man Furien fluchen, manche schrien gellend und Zauberer waren zu hören.

Mitternacht, Punkt und auf Schlag der Kirchturmglocke.

Reihenweise kippten die Hexen von ihren Besen, es gab viele aua´s, es war ein sich winden und wursteln.

Aber was war passiert?

Die Gilde der Magier und die der Hexen trafen zum exakt gleichen Zeitpunkt auf dem Vorplatz der Druidengilde ein.

Die Hexen physisch, während die Zauberer sich materialisierten, teilweise innerhalb der Hexenmoleküle.

Magischer Unfall, würde die Nachtwache in das Protokoll vermerken, aber die rief niemand. Denn wozu sich zwei Probleme aufhalsen, dass weswegen man sie anruft und dann die Wache selbst.

Ein Haufen Dilettanten, meist aus der Politik verbannt wegen Unfähigkeit, obwohl man die genau deswegen zuvor dort untergebracht hatte. Aber wer zu raffgierig wurde, das waren alle ohne Ausnahme und sich mehr als 33 Mal Erwischen lies, endete in der Wache. Gab es dort keine Planstelle, eben in die Nachtwache oder wurde zu einem Himmelfahrtskommando abkommandiert.

Das gesamte Desaster auf dem Vorplatz der Druidengilde, dauerte keine 2 Minuten.

Aber die verkeilten, ineinander verketteten Körper zu sortieren und zu trennen, war eine Sisyphus Arbeit.

„Ääärch, was ist da Hässliches in mir?"

Schrie Annabell Fürchtvornix, die Schriftführerin.

„Gestatten, ich müsste mal kurz aus Ihnen aussteigen, irgendwie bin ich in Sie hineingeraten, Mergol Kleinvieh, mein Name. Illusionist fünften Grades."

Stellte sich der Körperbesetzer höflich vor.

„Bitte, ja so müsste es gehen, einen Augenblick wo ist denn mein Zauberstab, ... ach sieh an der Schlingel, ihr Hexen habt da ja ein feines Futteral, zwischen den Beinen."

Die Zauberin keifte und dann zitterte sie leicht, als Mergol Kleinvieh den Zauberstab an sich brachte, 3 Mal auf den Körper der alten Schachtel deutete und unverständliche laute murmelte.

Im gleichen Augenblick stand er neben der Hexe und lächelte Sie an.

„Nichts für ungut meine Dame, wir haben in unserem Gildehaus das Buch der Ukapoden beschworen und die Kollegen sind nicht ganz beisammen, muss an den Kräutern liegen, die dieser Ire mitgebracht hat. Sicher könnte dieser Unfall vermieden werden."

„Wäre er das?"

Fauchte der alte Faulzahn von einer Hexe.

Rings um die beiden wiederholen sich ähnliche Szenen, teilweise widerwärtigere, meist aber nur kompromittierend.

Etliche der Hexenkopter steckten mit ihrem Stiel in Körperöffnungen, in die sie nicht hineingehörten, waren aber leicht zu entfernen.

Der Schmutzfilm an den Stielen führte in späteren Zeiten, als dann die Autos auf den Straßen das Bild prägten, für das Blechkleid, zu der Bezeichnung Kot Flügel.

Zumindest wurde mir das so übermittelt und nur so gebe ich es weiter.

Die meisten Crash's waren glimpflich verlaufen und nicht der Rede wert.

So manches Hexlein war einem Magier nahe gewesen und wenn auch garstig und hässlich, von jenem Zauberer mit Komplimenten gespickt worden. Galanterien hören Hexen eher selten bis nie.

Und doch waren sie Frauen. Magier gehörten normalerweise nicht zu den galanten Männern, an Weiblichkeit hatten Sie kein Interesse und Schwarzmagierinnen mochten sie schon aus beruflichen Gründen nicht.

Während Magier beschwören, verfluchen Hexen eher. Es war und ist zwar die gleiche Zauberei, aber die Techniken unterscheiden sich doch erheblich.

Das solche Schmeichelei zu hören war und so allerlei errötetes Weibsvolk, lag eher an den Kräutern, welche bei der Beschwörung des Buches der Ukapoden verbrannt wurde. Die allermeisten Zauberer sind ja in äußerst beschwingter Stimmung aufgebrochen, was ihnen jetzt zu gute kam. Hexen sind normalerweise unausstehlich, es gehört zu ihrem Charisma, zu ihrem Wesen.

Die große, erste gemeinsame Beschwörung, wäre sonst schon hier, vor dem Gildehaus zu Ende gewesen.

Im Inneren des Zunfthauses wurde man unruhig.

Rzr der große Lehrmeister wurde von Nullkraft gerufen.

„Meister Sie sind da."

„Wer."

„Alle, die Zauberer und die Hexen, sind auf dem Vorplatz."

„Schickt sofort die Lakaien das Tor öffnen, hopp hopp, herein mit ihnen, alle unsere Kessel sind unter Dampf, wir brauchen mehr Kräuter und zusätzliche Steine."

Man beeilte sich und das Tor wurde geöffnet, aber niemand kam hereingeströmt. So machte Rzr sich selbst auf den Weg zum Tor und staunte nicht schlecht über das, was sich ihm darbot.

Auf den ersten Blick sah es entweder nach einer Orgie oder dem Ende einer Schlacht aus.

Aber da Rzr weder an einem Geplänkel noch jemals an einer Ausschweifung teilgenommen hat, war ihm das egal.

„Kollegen, meine lieben Kolleginnen aufs herzlichste Willkommen zu unserer Nacht der Nächte. Ihr seid genau rechtzeitig gekommen ...."

„Ich nicht."

Beschwerte sich Lupinia, die immer noch Teile der Hand von Gniilch dem Grottigen, zwischen Ihren Schenkeln hatte, ohne es eilig zu haben, diese zu entfernen. Vor allem weil Gniilch an der Hand dranhing und diese angenehm zu bewegen vermochte.

„Gehen wir doch miteinander hinein, die Feuer brennen, die Kessel dampfen und die grüne Magie arbeitet auf Hochtouren. Vereinigen wir unsere Kräfte, treten näher tretet ein, dann könnt ihr wieder rausschauen."

Nahm Rzr seine Rede erneut auf, dreht sich um und ging auf das Haus zu.

Einige Hexen folgten ihm, wenige Zauberer taten es ihnen nach. Die meisten der Magier aber, benahmen sich albern, dafür intensiv.

Am Ende konnten fast alle Unfallteilnehmer voneinander getrennt werden, die magische Wirkung half am effektivsten. Andere wollten gar nicht abgeschottet werden, die Kräuter, welche die Magier intus hatten, spielten dabei eine Rolle.

Sie halfen enorm, den Widerwillen Hexen gegenüber, vor allem wegen ihrer Hässlichkeit, zu überwinden.

Man war sich in Zaubergildenkreisen einig.

„Naaannnuuu die sehen aber guddd auuhhaus, häddich gar nich gedacht."

„Sssoo vom nahehem betrachtet, bessa als in den Visionen oder deheeheen Übertragungen auf Wasserflächen."

„Soso Söön, die Warzen sssiihind nich ma nich sso groß."

„Kuck ma, die schwarze Hexe, die hat sich jemanden mitgebracht, den kenne ich gar nicht, sieht wie ein Pfaffe aus."

„Issss auch aaiinaa, iss das. Hat den Iren hergebracht, Schwennny Oschi oder scho!

Plötzlich bebte die Erde, das tat sie seit Tagen und nicht nur das sie grummelte und grollte. Aber jetzt wurde es schlimmer. Sie rüttelte in zwei Richtungen seitwärts, dann in vier Dimensionen und zuletzt auf und ab.

Immer wenn diese „Erdstöße" aufkamen, tauchten Schattenwesen, aber auch wahre Wesenheiten auf, vor allem welche die es auf der Erde so nie gegeben hat und nicht gibt.

Wir wissen ja, woher diese Beben kommen, es ist nicht aus dem Erdinneren, nein es sind die Balken die bald zu bersten zu drohen. Die Bender biegen und brechen auf Volllast.

Die Situation wurde immer skurriler und unüberschaubarer.

Es gab die reale Sachlage, die Urgewalt des Multiversums, das Beben an den Speichen des universellen Rades, das alles in Balance hält. Das jedes Universum, parallele Sphäre, aber auch die Integrierten voneinander trennt.

Jetzt war alles in Unordnung und die einzelnen Kosmen überlappten sich, hingen über und vermischten sich.

Die andere Situation war die, alle magischen Zirkel, Gilden auf der Druideninsel waren sich eins, schuld sind die verbannten Elfen. Diese sind zu bekämpfen und genau dafür traf man sich an diesem Ort.

Gemeinsam würden die Gilden die Beschwörung beginnen und alle Magie binden, um den Elfen einhalt zu gebieten.

Wieder eine andere Situation ist jene, dass die Zauberer weit entfernt von Gut und Böse sind. Den beim Blick ins Buch der Ukapoden im Oktav der Zaubrergilde, wurde reichlich Rauch aus wirkstoffreichen Pflanzen inhaliert und das eine oder andere Fässchen geleert.

Den Druiden wurde das Gleiche zuteil und die Grün Magier waren dementsprechend gut drauf.

Bei den Hexen gab es die einzige Fraktion, die nüchtern verblieb.

Leider aber spielten bei den meisten die Hormone verrückt.

Das sich nahezu alle der Weiber, während des Unfalls mit den sich materialisierenden Zauberern, verklebt und verbunden hatten, machte die Hormonschübe nicht weniger.

Kurz, die Hexen benahmen sich absolut nicht hexenhaft. Das wiederum war ihnen vergönnt, aber nur an den speziellen Hexenfeiertagen, wo man sie nackt herumfliegen oder um Feuer tanzen sehen konnte.

Diese Nacht war eine andere, die wichtigste, und doch ist es so gewesen.

Der aufmerksame Leser weiß, dass von den Elfen gar keine Gefahr ausgeht, dass alles im Multiversum passiert und der Feind dort zu finden ist. Das Svenney O Shea, der Lektor, Aiden und der Father die nächsten beiden Schlüssel schon besitzen und nur in das Terminal zu verbringen haben. Genau das ist der Vorteil, Ihr und ich wissen das. Aber die heute vereinigten Gilden eben nicht.

Ebenso wenig wie alle, wie sie sich da treffen, irgendetwas über das Multiversum wissen.

Sie haben keine Kenntnis von diesem Rad, den Balken oder Streben, an dem die Biegeeinheiten zerren und reißen, nachdem Sie von einer fremden unbekannten Macht gehackt worden sind.

Auf der Druideninsel zählt heute Nacht nur eines, der Machtkampf zwischen der terrestrischen Magie und der des Elfenreiches.

Und doch wird der wahre Kampf, woanders gefochten.

22. Elfenland

Auf GlauKom I dem Planeten der Elfen sind alle angespannt und hoch konzentriert.

Anwesend sind der Lektor, König Eochaid Airem, der Leprechaun und einige Vertraute des Regenten.

Aiden hat sich mit Prinzessin Etain zurückgezogen und im Moment sind beide nicht wichtig.

„Es scheint, der Plan geht auf. Die Gilden auf der Erde, genauer auf der Druideninsel, halten die Elfen für die wahre Gefahr und sie glauben sie werden euch besiegen, heute Nacht."

Lies sich der Lektor, vernehmen.

„Ja doch was folgt jetzt, dieser irische Trottel hat 2 weitere Schlüssel, die für die Terminals 6 und 8 passen sollten, aber wo sind diese Konsolen?"

Fragte der Herrscher über die Elfen.

„Alles zu seiner Zeit."

Der Lektor schaute angespannt und besorgt. Er wusste, dass die Terminals auf GlauKom I installiert waren, und wo. Denn er hatte Sie ja dort untergebracht, als Sekurität.

„Ihr kennt euren Palast sicher in allen Winkeln, wisst um eine jede Funktion?"

Fragte er.

„Natürlich, sämtliche Kammern, Kerker und Zinnen."

Eochaid Antwort kam ohne Verzögerung.

Der Lektor schaute sich um, sein Blick erfasste den Saal, in dem sie sich befanden, alles in Elfenstile auf Illusion und Blendwerk aufgebaut, überladen mit schönen Dingen. Tand wie es der Lektor nannte. Aber es war alles sinnvoll angebracht und übersichtlich arrangiert.

Ein König hatte einen Thron zu haben, so auch der Monarch der Elfen.

Der Thronsessel war gigantisch und der Blick des Lektors blieb an diesem Möbel haften.

„Wenn dem so ist, was wisst ihr über euren Herrschaftssitz?"

Der Lektor deutete auf den Thron.

„Nun, er besteht aus Mineral, wir Elfen mögen kein Metal, auch Gold nicht. Kern ist ein magischer Kristall im inneren. Um diesen Kristal herum ..."

„Was kann dieser Stuhl? Ist er nur dazu da, euer Hinterteil zu stützen und euch wichtig und erhaben wirken zu lassen?"

„Natürlich nicht, bei Gefahr ist dieser Thon ein Shuttle, er verwandelt sich in ein Luftschiff, einen Raumgleiter, um die wichtigsten Angehörigen der Regierung schnellstens in Sekurität zu bringen."

„Wo bringt euch diese, sagen wir Rettungskapsel denn hin?"

„In Sicherheit."

„Ach was und wo genau liegt diese Obhut?"

Der Lektor zog eine Augenbraue nach oben.

„In die Berge von Arag Ort, dort gibt es im Felsen eine riesige Höhle, in der das gesamte Volk der Elfenplatz findet und eine Extra etwas besser ausgestattete Felsengrotte für uns die Ailill.

Auf dem 14 786m hohen Vacaputepattapetel befinden sich Sendemasten für das Internet, den Hyperfunk und eine Rettungskapsel für die Herrscher von GlauKom I."

„Genau dort müssen wir hin, da befindet sich das doppelte Terminal und die Sendeeinheit für den Impuls, der die Bender abschaltet."

„Aber, wenn ich es richtig verstanden habe, müssen beide Biegeeinheiten das Signal genau in der gleichen Nanosekunde erhalten. Weil sonst ein Brecher abgeschaltet wäre, während der andere noch am Biegen ist, wodurch der Balken des aktiven Benders, sofort zerstört wird."

Die Augenbraue des Lektors schob sich wieder auf den angestammten Platz.

„Exzellent formuliert und erkannt, genau das wäre das Problem. Die Träger 6 und 8, sollten sie gleichzeitig außer Kontrolle sein, müssen exakt auf die Nanosekunde, von der auf sie wirkenden Gewalt befreit werden. Anderenfalls bricht einer der Träger und die Dimensionen, Parallelen Universen in diesen Sektoren des großen Rades, würden sich für alle Zeit vermischen, überlagern oder wie auch immer. Außerdem wäre der erste Träger zerstört. Das große Rad würde es überleben, selbst den Bruch weiterer Speichen in diesem Gebilde, maximal aber vier. Die verbleibenden Träger sind ausreichend dimensioniert, allerdings wären die Sektoren dazwischen im ewigen Chaos."

Der extrem schwarz gekleidete mächtige Mann nahm seine Brille ab und putzte sie nachdenklich, worauf einer der Vertrauten des Königs eine Frage in den Raum stellte.

„Wie soll das aber funktionieren? Von unserem Standpunkt aus gesehen ist der Balken No 6 sehr entfernt. Was den Träger No 8 dazu verurteilt noch extrem weiter weg zu sein. Auch wenn ich am Hofe meiner Majestät für die astrologischen Weissagungen zuständig bin, kenne ich die Gesetze der Mathematik ebenso wie die der Physik."

„Interessant fahren Sie fort."

Die Augen des Lektors verengten sich zu Schlitzen, sein Lächeln nahm wieder diese vertraute Grausamkeit an. Diese Art, die dem Angelächelten jeden Mut nehmen, die Beine wie mit Pudding erfüllt wirken lässt.

„Äaah, was ich sagen will ist ...."

Schweiß trat auf die Stirn des Vortragenden, er rann. In Sturzbächen und der Lektor verfolgte dies wohlwollend. Auch das der Astronom oder Astrologe in den Knien zitterte. Aber er fasste sich und fuhr fort.

„Vorausgesetzt, dass wir das Signal, den Impuls vom Vacaputepattapetel absenden, wird es eine Verzögerung geben. Es kann gar nicht anders sein, selbst wenn wir das Signal splitten, also den entferntesten Empfänger zuerst beschicken, die Laufzeitdifferenz der beiden Impulse exakt auf die Nanosekunde ausrechnen könnten, es wird nicht klappen!"

Das Lächeln des Lektors spaltete seinen Kopf in eine obere und untere Hälfte, gewann dabei an Spott und Grausamkeit.

„Was Sie nicht sagen, Sie alter Mickerling, da haben wir aber jetzt ein Problem nicht wahr, alles scheint umsonst gewesen zu sein. All diese Mühe und Plage, die Schlüssel zu bekommen."

„Das ist ja entsetzlich, was machen wir denn? Wieso ist euch das vorher nicht eingefallen, das ist ja abscheulich, Wachen ergreift diese Person."

Eochaid Airen sprach dies und deutete auf den Lektor.

Firith die sterbliche Frau, schrie auf. Sie fasste sich an die Stirn, wurde kreidebleich und sank zu Boden.

Das gleiche Schicksal erfuhren einige weitere Elfen Adeligen und ein großer Teil der Damen.

Die Wache eilte auf den Lektor zu, in Harnisch und mit klassischen Elfenwaffen, dem Pfeil und Bogen.

Er, der mächtige Manuskriptprüfer stand unbewegt nur da, schaute einen nach dem anderen, in der Garde des Königs an. Einer folgend dem nächsten, fing an zu schwitzen, zu zittern, und mancher Pfeil löste sich, meist endete der tödliche Flug im eigenen Fuß oder dem Harnisch der Kollegen.

Der unnahbarste ging, nein es war ein Bewegen, wie auf Rollen stehend ohne die Beine zu rühren, als würde ihn etwas ziehen, auf den König zu und ohrfeigte ihn. Schweben würde es treffen oder schwebte der Monarch auf den Lektor zu, es ist unwichtig.

„Was erlaubt ihr euch?"

In Rage zeigt der König erneut auf den Cheflektor.

„Ergreift den Kerl, legt ihn in Ketten, sofort in den Kerker."

Der Vortrag des Königs wurde von einer schallenden Ohrfeige bestätigt. Das Lächeln des Darklords der so viele Gestalten hatte, wich einem Grinsen. Die Augen blieben kalt, wurden aber erheblich bedrohlicher sie absorbierten das umgebene Licht, saugten es auf wie ein schwarzes Loch. Die Garde ging einen Schritt zurück, um zu üben, wie sich weitere Maßnahmen nach hinten bewerkstelligen ließen. Dabei waren sie erfolgreich. Die Distanz beruhigte sie.

Der König hatte die gleiche Intuition und der Lektor bemerkte dies mit Genugtuung.

„Ihr Kretins, armselige zerbrechliche Elfen. Ihr denkt also ich scheuche diesen irischen Bastard um die Welt. Überlege mir wie wir diese mittelalterlichen Spinner auf der Erde besänftigen. Die Schlüssel von Ihnen bekommen, ohne sie in das Große und Ganze einweihen zu müssen und scheitere dann an eurer erbärmlichen Wissenschaft und Physik?"

Er ballte eine Faust, grüne Energie bündelte sich in ihr, und er schleuderte diese zu dem unglücklichen Astronomen.

Ein Raunen ging durch den Saal, jeder Anwesende war auf eine Explosion oder Ähnliches vorbereitet, zu Ungunsten des Delinquenten.

Nichts dergleichen geschah, die Energie legte sich wie eine grüne Aura um den Astronomen.

„Er, er ist der Einzige, der hier mitdenkt. Alle anderen Gelehrten oder sollte ich sagen, geleerten sind Idioten. Deppen, Kretins angeführt von einem König, der nur ein Blender ist. Wieso ist denn keinem von euch das vorher aufgefallen, hat sich den jemand einen Kopf gemacht? Nein natürlich nicht.

Der oberkluge Leprechaun, macht dieser Monarchie Ehre, Linawen und Lumil, die ihr doch so gerne belehrt, nicht einmal meine geliebte Nichte, die Prinzessin, die mit Abstand die klügste unter euch ist, hat es bemerkt.

Der da ..."
Der Lektor zeigte auf den Astronomen.

„Der da hat das Problem erkannt. Ja, was machen wir alle den jetzt? Irgendwelche Vorschläge?"

Der Lektor lächelte wieder dieses grausame, schreckliche Lächeln und verbreitete eine Ahnung, als würde er welche haben.

Ja natürlich hat unser Lektor nicht nur eine Vorstellung, er hat wie immer eine Lösung.

„Ihr Primitiven kennt nur Funkwellen, Richtstrahlen, Vektor basierte Frequenzen ..."

„Internet, Intranet kennen wir auch."

Unterbrach Lumil ungefragt und fing sich einen Blick ein, der ihn zwang, sich selbst eine rein zu hauen.

„Internet funktioniert doch nur Lokal oder per Supraleiter und Hyperfunk Multi universell. Aber selbst die Technik der Wufea und der WVrangondit von Epsilon VI die mit 100/250/600/ und im XXL Paket mit 100facher Lichtgeschwindigkeit überträgt, ist zu langsam.

Deswegen habe ich zum Internet das OUTernet entwickelt, schon vor einer Weile, zu meinem persönlichen Gebrauch.

Vorteil des OUTranet ist das jede Dat- Ei, also sämtliche eiförmige Information oder codierte Paket quasi innerhalb einer zehntel Nanosekunde, an jedweden Ort, an jeder Koordinate im gesamten Multiversum ist."

Der Lektor lies, seine Worte wirken und schaute ihnen wohlwollend hinterher.

„Aber wie soll das den funktionieren, kein Teilchen ist schnell, klein genug um ohne Raumzeitkrümmung auf elementaren Warp zu kommen. Ein simpler Hyperraumfunkspruch von der Erde zum Mars benötigt Minuten."

Linawen stellte diese Frage.

„Was war zuerst da, das Huhn oder das Ei?"

Der Lektor Glucke lauernd in die Runde.

„Was, wer, Ei?"

„Huhn, Häää."

Linawen und Lumil schauten sich fragend an.

„Ja, beantwortet die Frage, wer war zuerst da, Ei oder Huhn?"

Firth die sterbliche Frau, die eine kluge Grazie war, erhob sich von ihrem Platz, ging auf den Lektor zu und sagte:

„Beides war zugleich da, weil es sonst keinen Sinn macht."

Aber das Henne-Ei-Problem – ausgedrückt durch die Redewendung:

„Was war zuerst da: die Glucke oder das Ei?" – bezeichnet als Redensart eine nicht zu beantwortende Frage nach dem ursprünglichen Auslöser einer Kausalkette, deren Ereignisse wechselseitig Ursache und Wirkung darstellen. Mathematisch liegt ein Henne-Ei-Problem vor, wenn sich Beziehungen nicht topologisch sortieren lassen, keine Halbordnung bilden."

Der Lektor pfiff lobend durch die Zähne und machte eine leichte Verbeugung, der Anerkennung. Eine Geste die er sich nur für besondere Anlässe aufhob und die bei den Elfen bisher niemand dargeboten bekam. Er zauberte ein verhältnismäßig mildes Lächeln auf sein Gesicht, was bedeutet, dass die Umstehenden sich nur unwohl fühlten, anstatt maximal. Er fuhr fort:

„In der Logik steht das Henne-Ei-Problem als Metapher und hinterfragt, ob es eine letzte Begründung gibt, einen,"

>>Grund an sich<<

„Wie es Arthur Schopenhauer formuliert. Als Beispiel wird das Fallen eines Gegenstandes genannt. Warum fällt ein Stein herunter?"

„Jede Antwort, z. B. hier „Wegen der Anziehungskraft", kann sofort weiter hinterfragt werden:"

„Warum gibt es eine Gravitationskraft?" Usw.

Das, was hier auf den ersten Blick nach der Frage über dem Grund aussieht, ist in Wahrheit nur die Erkundigung der Ursache.

Der Unterschied zwischen Hintergrund und Prämisse wird deutlich, wenn man sich klarmacht, dass eine Ursache immer nur in einer Kausalkette mit Zeitschiene denkbar ist. Der Grund ist nur dann einer, wenn er das Fundament bildet und nicht selbst Folge von etwas ist.

Ethisch gesehen steht das Henne-Ei-Problem in der Nachbarschaft zum Tautologiedilemma.

In der fehlenden Begründbarkeit moralischen Handelns, die in einem Zirkelschluss endet oder sich aus sich selbst begründet.

Biologisch gesehen, war zuerst das Ei, als Zelle vorhanden aus dem dann der erste Vogel geschlüpft ist, aber in der logischen Betrachtung gibt es auch hier Widersprüche.

In der jüdischen und christlichen Tradition galt die Frage als gelöst. Nach dem biblischen Schöpfungsbericht erschuf Gott Fische und Vögel:

Der Herrgott segnete sie und sprach: Seid fruchtbar und vermehrt euch und bevölkert das Wasser im Meer und die Vögel sollen sich auf dem Land vermehren.>>

Genesis 1,22 (Anm.. des Erzählers)

Ergo, war der gefiederter Freund zuerst da, für die Gläubigen.

Firith kam näher, furchtlos was den Lektor zu amüsieren schien, auch wenn er das niemals sonst erlebte.

„Was ehrenwerter Lektor hat eine Henne, ein Ei mit der Frage zu tun, wie beide Signale in der gleichen Nanosekunde 2 unterschiedlich entfernte Ziele erreichen kann?"

„Eine gute Frage, die ich mir vor der Existenz des OUTranet gestellt habe, nur umgekehrt, wie gelange ich an mehrere Orte verschiedenster Distanz gleichzeitig? Ich lebe schon eine gute Weile und lenke nicht umsonst die Geschicke des Multiversums. Auch bin ich aufgrund meiner Eigenschaft belesen, jedes Buch, das je geschrieben wurde, habe ich korrigiert. Ein gewisses Wissen würde ich mir anerkennen und infolge vieler Probleme in diesen Welten, war es unumgänglich, überall gleichzeitig sein zu können. Mit primitiven Portalen, den neusten Techniken gelingt es nicht. Körperlich kann ich immer nur von A zu B dann C usw reisen. Natürlich auch direkt zurück von jedem Punkt, nach A."

„Aber Messwerte sollten schneller unterwegs sein können und so habe ich festgestellt, wenn man Daten in Dat-Ei Form packt, erledigt die Kausalität das Problem, von selbst."

„Die Biegeeinheiten an unserem Rad der Welten sind äußerst wichtig, dem war ich mir immer bewusst. Beim Bau dieser Konstruktion war es mir unerlässlich, Sicherheitsmaßnahmen zu ergreifen, falls die Bender außer Kontrolle geraten."

„Erstens das die Bendereinheiten nur in einer bestimmten Abfolge, ein oder ausgeschaltet werden können, aber auch bedient, leider hat der Aggressor diese Reihenfolge herausgefunden. Wie man sieht. Aktuell sind 6 und 8 aus dem Ruder."

„Zweitens habe ich von jeder Biegeeinheit, mehrere Sicherungskopien und 100% sichere Startsequenzen, auf 10 „Schlüssel" verteilt."

„Drittens das OUTernet entwickelt und schon tausende Male getestet, es funktioniert."

Von sich selbst überwältig schaute der Lektor sich um.

„Aber."

Fragte Firith die schon bald sehr sterbliche Frau.

„Der Zusammenhang zwischen Ei, Huhn und unserrem Problem?"

„Wie ich es bereits ausgeführt habe, ansonsten gibt es keinen, wozu? Nun wird es Zeit, die Anomalien werden immer stärker."

Tatsächlich, mitten im Saal kreuzte eine Elefantenherde und eine Mingalesische rhomboiden Prozession den zwölften Raum, der sich seit einigen Minuten immer wieder an der Saaldecke auf und abermals zu faltete. Wobei jedes Mal beim öffnen, Dreck und Kot sowie undefinierbare Dinge auf die Elfen regneten.

Ein kurzer Blick zu den Druiden wäre meiner Meinung angebracht.

Im Gildehaus ging es zur Sache. Der große Druidenmeister Rzr nahm GraTHun Berg in Empfang und zeigte ihm die Fortschritte der Beschwörungen.

An allen Ecken und enden brannten Feuer, auf denen Kessel standen, Fackeln loderten und Schalen mit Ölen und geweihten Kräutern. Es roch wie beim Baader in Dun Bleisce Don, der Hurenfestung.

Anm. des Erzählers Band 2 Die Festung der Huren.

Ja Kräuterduft, Schwaden des Ore´s welches man in Bahnhöfen auf den hinteren Gleisen wahrnimmt oder in Rigaer Str. in Berlin.

An jedem Pfeiler der Mauer brodelte es und über die Szene legte sich eine Wolke aus Rauch und Dampf. Blitze kleine Entladungen zeugten von der sphärischen Energie, die sich bildete.

In der Mitte saßen Druiden auf dem Boden und schlugen auf Trommeln ein, monotone Rhythmen.

GraTHun Berg ertappte sich dabei, wie er anfing, mit den Fingern zu schnippen und dann sein Haupt vor und zurück wiegte.

Die ersten Hexen begannen in den Rhythmus einzusteigen, bewegten ihre wenig anmutigen Körper zu den Trommeln.

Nachfolgende Hexen, deutlich jüngere Hexenschülerinnen, die erst wenige Hexensabbate erlebt hatten, betraten die Szene. Sie brachten den bejahrten Hexen ihre Ehrerbietung, einige knicksten sogar und die alten Schachteln, gaben den Novizinnen Zeichen.

Anscheinend bedeuteten die Signale eine Erlaubnis. Sofort brannten Tabakröllchen, die jungen Magierinnen zogen daran und bliesen Rauchkringel in die okkulte Wolke aus reiner Energie. Dann begannen Sie einen Trank, den sie mitgebracht hatten, an die alten Vetteln zu verteilen, die mit gierigen Blicken genau überwachten, dass keine mehr, als ihr Zustand davon abbekam.

Als letze teilten die jungen Dinger sich den Rest. Sie schauten sich verstohlen an, als Jabbadieke eine wahrlich schöne Hexe, mit endlosen Beinen, die sie in klobigen Stiefeln verstecke, einen Ziegenschlauch unter ihrem Umhang hervorholte, und den Inhalt in den Rest kippte und mit Ihren Schwestern teilte.

„Jadong, aus Siam. Ich komme gerade aus Irland, dort gibt es einen Baader und einen Captain Lang aus dem Land des Lächelns, der ihm das Zeug frisch geliefert hat.

Der Baader der zweifellos auch ein Magier sein muss, hat mir gezeigt, wie man die Flüssigkeit eindampfen kann, übrig bleiben Kristalle meist Minerale, die in Schnaps aufgelöst werden wie hier oder man raucht den Juwel."

„Hast Du einen Stein dabei."

Fragte Giddlinde, eine Trollhexe mit einem enormen Vorbau.

Jabbadieke gab ihr eine flache Platte, die Giddlinde sofort über eine Flamme hielt, die aus ihrem Finger zu kommen schien.

Dann bröselte sie etwas von der Platte ab und mischte die Substanz in einen schwarzen Tabak. Das Ganze rollte sie konisch zu einem Rohr aus Papier.

Beide Hexenanwärterinnen grinsten, betrachteten die Tröte, die von Giddlinde sofort in Brant gesetzt wurde. Abwechselnd zogen die am Ende der Röhre und reichten nach einer Weile das seltsame Ding weiter. Diese Gabe löste bei den anderen Hexenschülerinnen Begeisterung aus.

Rzr beobachte das Ganze mit Gemischen Gefühlen, einerseits war er angetan von Jabbadieke und einigen anderen Junghexen, andererseits fand er das Auftreten und was er sah dem Anlass nicht angemessen.

GraTHun war jetzt völlig im Beat angekommen.

„Links den Huf und Rechts den Huf ja das ist der Magier Grove."

Die Trommeln wurden lauter, es gesellten sich immer mehr Druiden zu dem Kreis. Bongos Schlagwerk aller Größe wurde angeschleppt. Jeder neue Schlagzeuger brachte erst einmal den Rhythmus durcheinander aber nach wenigen Takten, liefen die Drums synchron.

Es fing langsam an, der Boden vibrierte und immer öfters sah man Leute, Tiere und Dinge, die überhaupt nichts mit dem was hier ablief, zu tun hatten.

Roboter, die aussehen als wären sie selbstfahrende Mülltonen, gefolgt von tuckig wirkenden goldenen Androide, tauchten einfach so auf. Die allermeisten waren ebenso schnell verschwunden, andere setzen sich zu den Drummern.

Ein großer Maschinenmensch, klappte seinen Brustharnisch auf, eine hydraulische Klappe schwenkte nach unten und plötzlich drehte sich etwas auf einem Teller, Lichter blinkten an dem Ding auf, die nicht natürlich waren. Dann setzte ein gewaltiger Druck auf die Ohren ein. Wuppen wappen wuppen Wappen, iiiipen babben...iiiitsc iiiitsch ...

Bassbeats mit 150 Phone passten sich dem Rhythmus der Trommler an und bald verschmolz alles zu einem Sound.

Bei den Hexlein war es Gitta die ihren Father Keith umtanzte, mit obszönen aufreizenden Bewegungen, was vom Father schnell erwidert wurde und den Hexen Anwärterinnen direkt als Vorlage diente.

Jabbadieke movte gekonnt auf das freie Stück Boden, welches man heute den Dancefloor nennen würde und bewegte ihren Traumkörper, tanzte den Father an. Gita bemühte sich mehr, geiler, vulgärer anturnender zu sein.

Nachdem das Rauchrohr niedergebrannt war, die Hexlein dem letzten Rauch-Ring auf seinen Weg in die Wolke, nachgeschaut hatten, bewegten sie sich zu ihren Schwestern.

Jetzt wurde aus den Kesseln, die überall brodelten, die Inhalte geschöpft und an alle verteilt, Suppe war in keinem Pott.

Sämtliche Schalen wurden erneut und wieder mit Kräutern gefüllt, die dann verbrannten. Die Wolke wurde dichter und sie kam immer weiter nach unten.

Derweil wurden die Abnormitäten abermals und wieder krasser.

Mehr als 2 Dutzend male, schien es der gesamte Zirkus hier wäre in das Weltall geschleudert worden, hinter den Mauern des Gildehaus wuchsen monströse Hochhäuser, die mit Rutschen verbunden waren, gläsernen Röhren durch die Personen zu gleiten schienen. Ein riesiger Donnervogel, der einen Schweif aus Feuer oder Dampf hinter sich herzog, überflog das Gelände.

Einer der Gäste sah das, tippte den neben sich an und sagte,

„Du schau mal die sprühen wieder, Chemtrails."

„Du bist so ein Chemtrail, Du Verschwörungstrottel."

Immer schlimmer wurden die Zeitverschiebungen, 30 Minuten lang war der ganze Beschwörungsplatz in einer Zeitschleife von 4 Sekunden Dauer gefangen.

Als wenn eine Platte hängt, nur das zusätzlich das visuelle Bild sich ständig wiederholt.

Das Gildehaus drohte aus allen Nähten zu platzen, immer mehr Typen kamen ungefragt aus anderen Universen und blieben.

Die Hexenschülerinnen waren außer Rand und Band. Sie begannen sich auszuziehen, was leider einige der Vetteln ebenfalls taten. Was zur Folge hatte, dass der eine oder andere Zuschauer, sich glühenden Stahl aus dem Feuer riss, um sich selbst zu blenden.

„Aaaaaaargh dieses Bild, das bekomme ich nie mehr aus meinem Kopf."

Waren seine letzten Worte.

Jabbadieke und Gita waren in einer Art Schleiertanz gefangen, sie hatten mittlerweile weniger an, als das Licht aus und waren auf einer tänzerischen Ebene angelangt, die eine Stange als Hilfe erforderte.

Die anderen Mädchen begannen sich im Dreck auf dem Boden zu wälzen, auch sie mit nackten Tatsachen und schütteten Met und was sonst aus den Kesseln gereicht wurde in sich hinein und über sich. Was für eine geile Sauerei.

Heutigentags würde man das Spektakel als eine Goaparty bezeichnen.

Aus erzählerischen Gründen muss ich uns, den Leser wie mich selbst von dieser Druidenveranstaltung losreißen und wieder zum Helden dieser Geschichten kommen.

Falls einer der geneigten Leser anmerken möchte, das Svenney O Shea in diesem Band so gar keine tragende Rolle gespielt hat, gebe ich jenem Recht. In den anderen drei Büchern vor selbigen war das genauso. Wieso die Reihe, die Abenteuer des Svenney O Shea heißt, erkläre sich damit, das ich ja nicht wusste, dass der Looser nichts reißt. Drei Bände lang hat der nicht einen der 10 Schlüssel gefunden.

Svenney derweilen spürte den Druck, in seinen Därmen. Für ihn war nahezu alles neu, jeder Eindruck den er aufnahm fremd. GlauKom I war einer der moderneren Planeten, nicht wie die Erde zu Svenneys Zeiten, dem 17 Jahrhundert.

Es gab Licht ohne Feuer und ansonsten war alles Fremder als fremd.

O Shea suchte ein stilles Örtchen, nach einer Tür mit einem Herzchen.

Nicht das Irland für saubere Toiletten steht und schon gar nicht zu Zeiten unseres Helden.

Auf der Grünen Insel heißen die öffentlichen Männertoiletten „The Jacks" und sind ein Ort des Grauens. Je später der Abend, desto schweinischer die Gäste. Die weniger liederlichen Iren machen sich deshalb lieber ins Höschen.

Deswegen ist es keine Anmache, wenn irische Mädchen kichernd bemerken,

„Der hat aber was in der Hose."

Sobald ein Mannsbild vorbeikommt.

Svenney suchte nach Zeichen wie ein Firr z.B.

Anm. des Erzählers:

Wer im irischen Pub oder Restaurant als Mann auf die Toilette muss, benutzt die Tür, die mit „Fir" (gesprochen: Firr) beschriftet ist, während sich die Damentoilette hinter der Tür mit der Aufschrift „Mná" (gesprochen: Me-naw) versteckt. Ja ich selbst bin mehr, als einmal in eine schmink Orgie, auf der falschen Toilette geplatzt, weil ich mich für Me naw hielt statt Firr.

Wie gesagt sauber ist anders, ich selbst habe es erlebt auf einem meiner Urlaube auf der Grünen Insel, dass ich in einem Pub auf die Toilette musste und diese leider fand. Am Waschbecken stand ein irischer LKW Fahrer und wusch sich den Hintern ab.

Ich fragte mein Inneres, ob die dort kein Klopapier haben oder ob das so üblich ist.

Ich habe mich getraut, den Lenker zu befragen. Der angesprochene reagierte sofort, er fasste meinen Arm und während ich auf den tödlichen Hieb wartete, zog er mich an eine der Kabinen. Grausamkeit pur. Ein Spaßvogel hatte unter die Brille Klarsichtfolie gespannt.

Es ist mir selten so schwergefallen, mein Lachen zu verkneifen.

Nach all diesen Informationen über irische Toiletten wird es Sie wenig überraschen, dass ein Cocktail, der zu gleichen Teilen aus irischem Sahnelikör, Kara-

mellschnaps und Kaffeelikör besteht, „Dirty Toilet"
heißt.

Zurück zu Svenney, der nicht fündig wurde, dem aber die Wurst schon lappte.

X beinig, das internationale ebenso intergalaktische Charakteristikum, für ich muss mal, quälte sich O Shea durch einige Gänge und stieß auf eine Gruppe weiblicher Sagengestalten und diversen. (Elfen sehe alle weibisch aus) die ebenso vor Türen standen mit folgenden Zeichen 男 und 女

Schaut man sich die Zeichen einmal genau an, erkennt man im ersten Bildsymbol, jemanden der X beinig vor einem Klo steht.

Das zweite Symbol noch eindeutiger. Svenney erkannte sofort, um was es sich handelte.

Einen Abort und er hatte recht.

Die Elfen sind saubere Märchengestalten, legen wert auf Hygiene und Pracht. Aus diesem Grund haben sie nach ihrer Verbannung auf GlauKom I den gesamten sanitären Luxus aus Japan importiert.

So stand Svenney vor einer der begehrten Türen mit 女 男

Außerdem war ein Schild angebracht, Fäkal-O-vac Division Fuck-O-Shima und:

有料便所 Svenney übersetzte die Zeichen, und zwar eindeutig:

Leiter zum Dach, Klobürste + ein (1) X beinig dastehender, der ein Pissoir und eine Toilette mit Deckel vorfinden wird.

Stolz wie Bolle über sein neuentdecktes Sprachtalent, fragte er gar nicht, sondern marschierte schnurstracks auf die erste sich öffnende Tür zu, 女 stand darauf. Die Elfin, welche aus dem sanitären Luxus schritt, nachdem sie die Halbzollrohre geflutet hatte, um den Spülgang einzuleiten, Schaute Svenney mit weit aufgerissenen Augen an.

Die wartenden Elfen, taten ihr umgehend gleich und übertrafen einander in dieser Handlung. Es wird in der Elfenliteratur seit dem berichtet, dass Elfen übermäßig große Augen haben. Woher die spitzen Ohren kommen, erzähle ich an anderer Stelle.

„Gnnnniiiiimpf, sorry ich habe es eilig."

Rief der Held mit vollen Hosen entschuldigend zu der wartenden Menge und schloss die Tür.

\>\>zur Erklärung Anm. des Erzählers

Das Zeichen für Mann ist 男

Das Zeichen für Frau ist 女

有料便所 gebührenpflichtiger Abort<<

Sobald die Tür eingerastet war, flammte ein Licht sanft auf, eine Sprühwolke Eau de Toilette, daher der Name, nebelte den Duft des Ungemachs, der Vorgängerin weg.

Da stand er, vor sich ein der Fäkäl-O-Vac, der Fuck-O-Shima Corp.inc.

Ein gewaltiger Apparat, beeindruckende Ausmaße und jede Menge Knöpfe. Für einen Deppen aus Irland, auch wenn er ein Held ist, eine unlösbare Aufgabe.

„Vielen Dank das Sie unser Washlet benutzen, wir freuen uns, Ihnen unsrige Dienste im Bereich der Hygiene anbieten zu können.

Bitte heben sie den Deckel an und warten die Selbstreinigungsroutine ab, dann erbitte ich Sie, Platz zu nehmen."

Eine wunderweich klingende asiatische Frauenstimme erklang aus dem Nichts.

Svenney war begeistert, er hob den Deckel und traute seinen Augen nicht, Wasser das duftend war, strömte in den Keramikkörper, die Plastikabdeckung mit der orthopädischen Gesäßform rotierte in einen Wandkasten und kam feucht glänzend wieder zum Stehen.

„Fäkal-O-Vac ist jetzt bereit, beachten Sie das Bedienfeld an ihrer linken Seite."

Svenney kletterte auf den Thron, denn das musste einer sein und vor ihm flackerte ein Monitor auf:

便座 1 Fenster im Kleiderschrank

Übersetzte Svenney und drückte auf das Feld.

Sofort wurde sein Sitz warm.

„Mich deucht, das Ding grillt meinen Arsch, herrlich kommod wie sich das anfühlt. Wozu die hier einen Kleiderschrank brauchen, Fenster sehe ich gar keins, ah da was steht da?"

音姫 Teekessel oder Kochtopf, an der Wand.

„Welch ein Luxus, einen Tee könnte ich jetzt brauchen, aaabäääär ääääaarsssst."

Er drückte das Tastenfeld trotzdem, in der Erwartung das gleich ein Herd oder Ähnliches aus der Wand fährt, stattdessen erklang eine kurze Melodie. Eine Art Umgebungsgeräusch, das wie geschaffen war, den Jammerton wandernder Darmgase zu überspielen.

Svenney entdeckte eine andere Taste.

おしり „Christenhintern Hakle feucht, was bedeutet das letzte Zeichen, egal."
Ein Druck und ein Arm in der Toilette fuhr in der Keramikabteilung aus und kärcherte die Kimme des Helden.

„Jaaahaaaaaauuuuuuuuu uuu uuuuuhaa, was ist das denn? Boah das massiert jahaaaaaa."

Der Arm schwenkte wieder ein und Svenney lenkte seinen Blick auf das nächste Zeichen.

温水 „Grill sieben K? Ach Kacke, grill die Kacke? Kostbarkeiten? 7 Kostbarkeiten waren das nicht 8?

Was die Elfen so zu sich nehmen, da pass ich nachher am Buffet aber auf, was ich mir auf den Teller schaufel."

Ein Druck auf diese Taste ließ eine Anzeige aufleuchten und die süßlich sanfte Stimme fragte:

„Welchen Wärmegrad für den rektalen Reinigungsstrahl möchten sie wählen?

Sie können die Temperatur zwischen 20°C und 60°C und in Fahrenheit auswählen, oder sagen Sie nur, kalt ... lauwarm ... warm ... heiß!

„Mir ist jetzt schon knallheiß."
„Knallheiß ist nicht hinterlegt, ich habe die Temperatur auf maximal eingestellt."

Tönte es lieblich und sanft von irgendwoher.

Svenney erforschte das Tastenpanel weiter.

乾燥 „8++? Nee eher ne Klorolle hochkant, sicher ne Arschritzen Putzeinheit, praktisch das nebenan erkenne ich nicht, aber dass da:"

Hau auf das Bedienfeld, genau das Strichmännchen tritt gegen das Ding vor mir, das mit den Tasten auf diesem Drei-Beinständer. Interpretiert der Held, die Schriftzeichen.

Svenney tat dem so.

Sofort lief ein Gebläse mit warmer Luft an und trocknete, den nassen Podex von Svenney.

Vor lauter staunen und spielen, vergaß der Recke, weswegen er an diesem Ort war, aber er fühlte, das er richtig gehandelt hat, und staunte weiter.

Während er sich über dem Abort löste, der Darm nichts Geringeres freigab, als das, was er verdaut hatte, drückte Svenney erneut 音姫 und ein melodischer Ton übertönte, welcher die fiesere Original Geräuschkulisse unterdrückte.

Allerdings hätte O Shea, zumindest in diesem Moment den Griffel von dieser Taste lassen sollen.

おしり, denn während das Lös sich aus der Poperze des Helden befreite, fuhr unter Svenney der Schwenkarm aus und ein 60° C heißer Hochdruckstrahl, zerteilte das im freien Fall befindliche Fäkal und schleuderte es zurück zum Mann.

Der Druck war auf maximal und reichte aus, den zerstrahlten Gigantenköttel am Podex vorbei, auf das Gewand des Heroen zu treiben, und zwar bis unter die Arme und große Teile darüber hinaus. Auch wenn der Kragen eng geschlossen war, platzte dieser und der Shitstorm hüllte den Kopf ein und nicht einmal der Hut konnte die braune Flut bändigen.

Die Floskel,

„Da platzt mir doch der Kragen,"

Hat seinen Ursprung in genau dieser Begebenheit, denn die Heldentaten, des O Shea wurden von Minnesängern und Barden besungen, lange bevor ich diese Geschichte zu erzählen bereit war.

Ohne sein Zutun aktivierte sich diesmal automatisch 乾燥 und warme Luft umschmeichelte die traurige Gestalt.

Wie ein armes Würstchen im Teigmantel stand Svenney da und lies sich auf den Sitz fallen.

Leider begab es sich, dass der Schwenkarm, welcher für den reinigenden Wasserdruck zuständig war, sich verklemmt hatte.

Der Kamerad, den Svenney auf die Konstruktion abgeseilt hatte, wurde nicht komplett außer Le Toilette befördert, ein gutes Pfund klebte an dem Dampfstrahler und hinderte ihn am Einfahren.

Das änderte sich sofort, als Svenney erschöpft auf den Klositz fiel und sein Gemächte auf diese Vorrichtung traf, dabei einen Teil des ganzen Scheiß mit seinem Phallus verdrängte und der Arm wieder frei kam.

Welch ein Glück was dann nicht so optimal verlief, war das der Svenney'sche Schwengel genau in Schwenkrichtung, der Strahleinheit seiner Ruheposition durchhing und dann festhing. Eingeklemmt, samt den Bällchen, die zuvor so heiß abgeduscht wurden, dass alle Härchen ausgingen und der ganze Sack rot war.

Das sollte sich ändern, den Japanische Sanitär Qualität zeichnete sich durch solide Verarbeitung aus und so wurde das Gemächt bald schon schwarz, vom Anpressdruck.

Svenney schrie wie am Spieß, hantierte wie irre und drückte erneut おしり, sofort lies der Schmerz nach. Gab dafür einem anderen Weh, nämlich das entsteht, wenn 60°C heißes Wasser an einen traumatisierten Penis samt Gebinde strahlt mit einem Druck von 120 Bar, frei.

Svenney schnellte vom Klo hoch, der Deckel aber klebte an seinem Podex und hob sich mit an.

Am Scheitelpunkt der Schwerkraft, am Punkt der maximalen Entfernung von der Sanitärkeramik. Wenn die Anziehungskraft wieder greift und den Körper nach unten zieht, schnellte das beachtliche Glied des jüngsten O'Shea vorwärts, genau zwischen die Keramik und der Klobrille ...

Ja, es kam so, wie es dem Leser jetzt aufgeht.

O'Shea's bestes Stück wurde erneut malträtiert, denn Svenney krachte mit seinem ganzen Gewicht auf die Brille, die ebenso wuchtig auf die Keramik aufschlug. Normalerweise und ich verstehe den Aufschrei der hier schockiert Lesenden, wäre die Klobrille unter dieser Last zerbrochen.

Das ist eindeutig Sachbeschädigung öffentlichen Eigentums gewesen, aber Svenney hatte wie immer Glück im Unglück, sein Schniedel, der dazwischen kam, bremste die enorme Kraft ab. Weder die Keramik noch die Brille nahmen einen Schaden.

Im freien Fall, aktivierte Svenney パワー脱臭

Was in schätzungsweise Toilette mit Wandmontage oder fahrender Toilettenwagen – erreichbar über eine Leiter, direkt am Heizkörper bedeuten muss.

Aber es passierte nichts Bewegendes, außer das es süßlich duftete, weil Parfüm einen Teil des brachialen Gestanks der in dem WC herrschte überdeckte.

Svenney schrie wie am Spieß, er brüllte und ... es war entsetzlich.

Die ganze Toilette war bräunlich übersprüht, stank erbärmlich. Der arme Tropf auf dem Mittelpunkt dieser Sanitärkammer sitzend, war ebenso eingefärbt, es tropfte von der Decke, es lief an den Wänden hinab und ich erspare die Details.

Allerdings wurde die ganze Melasse langsam fester, denn mehrfach ward 乾燥 gedrückt und beim ersten Mal kam heiße Luft, um den Hintern zu trocknen, es blieb dabei.

Im nächsten Augenblick erklärte sich die Bedeutung dieses Zeichens:

有料便所 gebührenpflichtiger Abort.

Svenney, wir erinnern uns, ist an der Elfe vorbei in das Klohäuschen eingedrungen. Hätte er nicht tun sollen, denn somit wurde die Tür nicht verriegelt.

Anm. des Erzählers:

Ich habe zufällig die Bedienungsanleitung für ein japanisches Washlet gefunden. Die Tasten sind hier beschrieben und schau an, alles deckt sich mit dem, was ich erzählt habe.

便座: Eine der besten Qualitäten der Nippon Toiletten, und die, die wirklich den Unterschied macht, ist, dass der Sitz erhitzt werden kann. Dies ist eine nützliche Funktion, wenn Sie sich die kalten Monate im Land des Lächelns im Winter vorstellen. Mit einem Knopf oder Rad können Sie die Temperatur nach Ihren Wünschen einstellen.

音姫: Wenn Sie diese Taste drücken, ertönt ein musikalischer Ton oder eine Art Umgebungsgeräusch, das das von Ihnen erzeugte Geräusch tarnt.

ビデ: das Äquivalent zum europäischen Bidet, nur dass es in diesem Fall standardmäßig in den Toiletten installiert ist.

おしり: ähnlich dem Vorherigen. Es ist ein starker Wasserstrahl, mit dem Sie Ihren Hintern reinigen können. Es gibt eine alternative Möglichkeit(やわらか). Es funktioniert genau so, mit nur einem feinen Unterschied im Strahldruck.

水勢: Wenn keine der oben genannten Optionen Ihren Anforderungen entspricht, können Sie mit dieser Wahlmöglichkeit immer den Wasserdruck regulieren. Das Wasser wird durch einen Heizzyklus erwärmt.

温水: In einigen Fällen können Sie auch die Wassertemperatur einstellen: heiß (高), warm (中) oder kalt (低).

乾燥: Wenn Sie den Wasserstrahl benutzt haben, müssen Sie sich vor dem Verlassen trocknen. Mit dieser Taste können Sie heiße oder kalte Luft abgeben. Hier können wir anschließend auf Toilettenpapier verzichten.

ノズル そうじ: Mit dieser Option können Sie die Schüssel sterilisieren, sobald Sie fertig sind. Nicht alle Toiletten haben es; einige werden standardmäßig automatisch gereinigt.

パワー脱臭: Wenn Sie diesen Knopf drücken, werden Sie eine Ladung Parfüm freisetzen. So etwas wie ein Lufterfrischer, um die Toilette zu erfrischen und für den nächsten Nutzer in gutem Zustand zu lassen.

流す: Die wichtigste Funktion von allen und die, die wir zuhause haben: die Spülung. Fast sämtliche Waschungen mit Wasser sind in dem gleichen Stil, wie man ihn in jeder Toilette der Welt findet. Aber, wenn Sie den Zug oder Sensor nirgendwo finden, suchen Sie nach diesem Wort auf dem Panel. Manchmal kann man beim Betätigen der Spülung sogar die Intensität wählen: 大 (viel Wasser) und 小 (wenig Wasser).

止 / 停止: Stopp- Taste, begleitet vom universellen Symbol des Quadrats. Durch ein Drücken werden alle Funktionen gestoppt.

„Hijo de puta. ... wo ist dieser hirnlose irische Blödmann, me cago en la leche!"

Fluchte es in den Raum. Der Lektor war ungehalten, seine schwarzen Augen verschlangen alles, was in deren Nähe kam. Das war nicht wenig.

Mittlerweile waren die Balken so ineinander verdreht, dass die Zeit hin und her waberte, keinen Fluss mehr hatte, überall tauchten die merkwürdigsten Kreaturen von ringsumher und nirgendwo auf, Realitäten verbogen sich. Alles fühlte sich an wie ein real gewordenes Gemälde von Hieronymus Bosch, in dem man auf LSD eine Crackpfeife nach der anderen rauchte.

Die meisten Erscheinungen aber verschwanden in der gefährlichen Schwärze seiner Augen.

Sauer war der Lektor, die Zeit verging und entschwand doch nicht, sie blieb aber nicht stehen.

Die Mission war zu erfüllen, die Schlüssel mit der Software mussten ins Terminal, das im Berg Vacaputepallapetel installiert war gebracht werden. Die Codes sollten vom Schlüsselchip geladen und via OUTranet sofort an die Biegeeinheiten auf den Achsen 6 und 8 gesendet werden.

Die Anomalien wurden stärker, immer schlimmer und bald würden die Träger brechen. Wenn das geschieht, ist zwar das Multiversum nicht völlig zerstört, aber die Sektoren zwischen den Balken 6 und 8 würden im ewigen Chaos verschwinden. Folgeschäden wie die Entstehung neuer Galaxien, Universen, was immer, die aber nichts mehr mit den bekannten Welten zu haben, sind zu befürchten. Wahrscheinlich ist die Zerstörung der Tragbalken am Ende der ganzen Konstruktion dieses Weltenrades genau darauf aus.

Aber wenn die Träger 6 und 8 brechen, müssen nur 4 weitere zerstört werden und das ganze Multiversum, all die Universen darin, Galaxien und zwischen, Parallelwelten und Universen, werden zu einem einzigen ... Was?

Ja, was wird dann daraus? Höchstwahrscheinlich ein, Multiverses Vakuum.

„Wo treibt sich dieser Scheißkerl wieder herum?"

Brüllte der Lektor, nichtwissend wie nahe er die Situation mit dem Ausdruck Scheißkerl erfasst hatte.

Er krempelte seine Manschette am Ärmel zurück und entblößte einen Monitor mit Tastenfeld.

„System Start, bist Du in der Lage in das hiesige IT-Netz einzuloggen und die Steuerung zu übernehmen?"

„Selbstverständlich Sir, ich wurde von Ihnen konstruiert."

Antworte das System.

„Ausgezeichnet!

System lokalisiere O´Shea weiß männlich von der Erde, Irland."

Bellte der Lektor seinen Arm an.

„Subjekt geortet, er ist in Sektor Lok US I, in einer Damentoilette, es ist bereits ein Alarm ausgelöst worden, weil merkwürdiger Krach gemeldet wurde, gefolgt von gellenden Schreien. Eine Einheit der Wache ist auf dem weg dorthin".

„hostia puta!" (Verdammte Scheiße)

„Qué putada!" (So ein Mist, so eine Sauerei)

Blaffte es unter dem schwärzesten aller Scheitel hervor.

„Zeig mir den Weg, sofort."

Ein roter Laserpunkt erschien auf dem Boden, setzte sich in Bewegung und der Lektor folgte diesem.

Eine ausweglose Situation für den irischen Helden, er saß da so glasiert, wie blasiert, die Hose an den Knöcheln und am Schreien.

Dieses Bild bot sich einigen Elfinnen und Elfen der Aillil Anguba, die ihr gehässiges Grinsen nicht unterdrücken konnten, viele lachten schallend, zeigten mit dem Finger auf den Blödmann mit runtergelassener Hose, der auf seinem eigenen Schniedel saß.

Wenn man denkt, das ist jetzt krass, es kommt immer krasser.

„Ladys und Gentleman, darf ich vorstellen, direkt aus Irland, allen Gefahren trotzend, die lebende Legende, Svenney O´ Shea.

Seid heute Shitting Bull. Wenn jemand behaupten kann, tief in der Scheiße zu stecken, dann wohl er."

Der Lektor sprach dieses, die Elfen feixten und der Verhöhnte stierte schmerzverzerrt, zu mehr war er nicht fähig, sein Ding war immer noch eingeklemmt, er konnte nicht aufstehen, weil er Krämpfe in Oberschenkel und Waden hatte.

Helfen wollte dem armen Tropf niemand, denn in der WC Kabine sah es aus wie nach einer Explosion in einer Pizzafabrik.

Es bebte stärker, die Luft bestand plötzlich aus vielen Schichten, die alle eine andere Welt zu zeigen schienen, diese wirkten wie Filme, zogen sich lang, dann wieder zusammen.

Gerüche, Unzählige lagen in der Luft. Es wurde immer komischer, denn die Balken am Rad des Multiversums waren am kurz vor dem Brechen.

Svenney der angebliche Held, hatte nie eine echte Motivation gehabt. Zehn Schlüssel soll er finden, am Ende wartet ein gigantischer Schatz. So richtig anspornen, tat ihn das nicht.

Vier Bände lang gammelte der irische Adlige nur durch die Handlung. Alleine drei Bücher brauchte er zum ersten Schlüssel. Bis zu diesem Augenblick ist nur eine Biegeeinheit deaktiviert und rebootet worden.

Reichtum ist für den Sohn der O Shea´s kein Ansporn, Bernadette die große Liebe, die ihn auf diese Mission geschickt hat auch nicht.

Aber in diesem Moment waren zwei Träger Nummer 6 und 8 kurz davor zu brechen, die Auswirkungen wurden immer schlimmer.

Der Lektor war im Begriff, den erbärmlich schreienden Svenney zu erschlagen, die Mittel dazu hatte der mächtige Mann. Aber damit kommen die Welten im Multiversum nicht weiter.

Als Erzähler verliere ich die Lust, mehr zu referieren, denn es ist nahezu hoffnungslos.

Der Lektor ist mit seiner Geduld am Ende, im Grunde muss er ständig alles Überwachen und selbst tätig werden und im Moment sieht es so aus, als wäre es zu spät. Beide Code Schlüssel sind da, die Terminals im Berg Vacaputepattapetel warten, das OUTranet ist startklar, aber wer den Lektor kennt weiß, was jetzt kommen wird.

Auf die eine oder andere Art wird er dem Svenney den Garaus machen, was nachvollziehbar ist.

Vielleicht nimmt er die Schlüssel an sich, besucht selbst den Berg und schaltet die Bender ab. Aber dann, was ist danach?

Es hatte einen guten Grund, warum der Lektor diesen Depp ausgewählt hat. Geradezu genial und genau das ist der dunkle Lord, brillant.

Wenn er Svenney jetzt zu seinen Ahnen schickt, war es das.

So, das Buch endet also hier.

Ich danke allen für das aufmerksame lesen und möchte mein Bedauern ausdrücken, das es hier und ohne Happy End zu Ende geht.

In diesem Moment wird Svenney bereits, ... ach lassen wir das.

Der Lektor sollte sich jetzt aber gleich auf die Stützstrümpfe machen, wie es aussieht, fliegt ihm GlauKom I bald um die Ohren, denn der Planet ist direkt an einem der angegriffenen Träger angesiedelt.

Ich blende an dieser Stelle aus und denke mir, vielleicht hätte der Lektor Svenney schon längst reinen Wein einschenken sollen, ihm erzählen wie das so läuft in der Welt. Er hätte versuchen müssen, das Multiversum zu erklären, die Zusammenhänge und worum es bei den Schlüsseln geht.

Sicher hätte es den Job die Welten zu retten einfacher gemacht. Ich meine Svenney befindet sich via Teleport auf einem anderen Planeten, auch wenn die Elfen mittelalterlich wirken, aber die Technik ist ja überall zu sehen. Sogar auf dem Abort, was ja das Problem ist.

Aber andererseits, wer von Band 1 an, die Erzählung verfolgt hat, weiß das Svenney ja nicht mal die Zusammenhänge in seinem Jahrhundert auf der Erde begreift. Schlüssel suchen, Aufgaben lösen und einen Schatz finden, war sicher die beste Lösung. Es ist ein Risiko, der Lektor ging es ein und tja, ...

„Erzähl wenigstens noch die Party der Magier auf der Insel der Druiden fertig, da ist grade eine ganze Menge los, also Gita die Hexe, manoman.

Wie die Meute auf einen Versuch von GraTHun Berg reagiert hat, der wieder eine seiner „I dare You" Reden schwingen wollte, könnte noch interessieren."

Diese Stimme lieber Leser kommt bei mir aus dem Off. Manche versuchen, mir einzureden, aus dem Oberstübchen, vor allem der Mann, der immer mit einem Block neben meiner Couch sitzt. Ich schwöre, dass ich gar nicht mal so eine Chaiselongue habe, aber einmal konnte ich lesen, was der da immer kritzelt.

„Ich darf nicht einschlafen, ich darf nicht einschlafen. ..."

Immer wieder.

„Sven, Sveeehen hallo ...".

Die Stimme meint mich, sicher soll ich diesen Pulli anziehen, den mit langen Ärmeln. Ja was tun, paar Seiten brauche ich noch, damit dieses Buch voll wird. Ich könnte statt die Insel der Druiden in 2 Bänden herauszugeben, einen dicken Wälzer machen. 440 Seiten stehen bisher auf dem Zähler. Warum nicht. Der krönende Abschluss dieser SoS-Reihe, wenn auch ohne Happy End, einen richtigen Helden hatte die Serie ebenso nicht, passt alles zusammen. Trotzdem blöd jetzt hier so einfach aufzuhören. Aber ich schwöre, im Moment steht der Lektor immer noch angewidert vor dem Luxusklo und Svenney, ja dem gehts beschissen. Als Atheist glaube ich an keinen Gott, der das retten kann.

Echt ein Dilemma, natürlich kann ich von der Druiden-Hexen-Zauberer Party, sorry Beschwörung erzählen, aber dann werden es zu viele Seiten für einen Band und zu dürftig, um geplanten zwei zu liefern.

Wäre ich ein Autor, könnte meine Wenigkeit jetzt was erfinden, z.B das der Lektor Amok läuft, die Schlüssel an sich bringt und die beiden Träger im Alleingang rettet. Im Anschluss findet er in einer vergessenen Tasche die restlichen 7 Schlüssel.

Oder die Magierdeppen auf der Druideninsel, zaubern die fehlenden Schlüsselchips herbei. Magie ist was Gewaltiges, die kann fast alles. Anschließend tauschen sie die Schlüssel beim Lektor gegen mehr von dem Kraut, das so gut riecht, wenn man es verbrennt und inhaliert.

Das könnte ich sicher so 60-80 Seiten strecken, dazu ein Halleluja dem Weltenretter. Ein zwei dramatische Tode wären gut, ja und eine Verfolgungsjagd, der Lektor gejagt von den Bösen. Massenhaft Raumgleiter die Explodieren, 3-5 Planeten, die in Mitleidenschaft gelöst werden.

Bernadette, die über den Tod Svenneys nicht hinwegkommt und grausamen Selbstmord verübt.

Nein das wäre nicht richtig, Märchen Schreiben andere besser, ich kann nur erzählen, was auch wirklich ist.

Deswegen habe ich beschlossen jetzt und hier weiter zu machen.

GlauKom I fängt an, sich zu falten, sämtliche Universen und Galaxien, welche auf den Trägerachsen liegen die angegriffen wurden, sind ineinander verschoben.

Die Luft wird ölig, dick wie Sirup. Der Boden des Planeten, wird durchscheinend, Vogelschwärme tauchen von überall auf, auch Urzeitgeschöpfe alles, was auf den gleichen Meridianen des Rads liegt, ist gleichzeitig ringsumher.

Mitten im Zusammenbruch stoppt die Zeit.

Der Lektor steht immer noch vor dem Schauplatz und Svenney sitzt weiterhin mit Eingeklemmten, ….

Als alle Geräusche und jede Bewegung einfroren.

O´Shea schaute aus dem sanitären Luxus, der Lektor starrte in ihn.

Alles um die beiden schien, … es flimmerte leicht, als wenn man bei einem Video auf Pause oder Standbild stellt. Zusätzlich hatte sämtliches eine Art Patina, wie Wachs sah es aus, als würde man durch ein Glas schauen, das mit Gelatine beschmiert ist.

„Mein lieber Lektor, wie ich mich freue Sie nach so langer Zeit so bei bester Gesundheit vor zu finden."

Die Stimme war laut, fast dröhnend, aber nicht unfreundlich oder beängstigend. Sie kam von überall her, sogar diese Patina schien dieses Timbre zu tragen. Die Intonation fuhr fort:

„Meiner lieber O´Shea oder darf ich Sie Svenney nennen, auch Sie bei bester Gesundheit, die Verdauung funktioniert ja blendend. Endlich lernen wir uns mal kennen, eigentlich sollten ja einige Jahre dahingehen bis, ich sage einfach mal Du, vor mich trittst."

Zwischen dem Lektor und dem Helden wurde die Luft fester, als würde sie kristallisieren und Folgendes war zu sehen.

„Sch .. Schöp .. Schöpfer, Sie hier ich bin entzückt, was führt Sie denn hierher."

Stammelte der Lektor, der vorher gestottert hat.

Svenney O Shea blickte argwöhnisch aus seiner Situation hinüber, sagte aber nichts.

„Ich bin hier, weil der Bruch von gleich zwei Trägern auf einmal unmittelbar bevorsteht, nicht mal ich als der Konstrukteur oder wie ihr mich lieber nennt, Schöpfer kann die Folgen abschätzen. Aber was momentan schon geschieht, reicht.

Bisher hat unser Erdling, den Ihr lieber Lektor rekrutiert habt, ja überlebt und ich habe erfahren auch die beiden Codesequenzen für die Bender 6 und 8 an sich gebracht, Du hast die Schlüssel doch, mein lieber Svenney."

Der Konstrukteur lächelte den Iren freundlich an, die beiden Raben auf seinen Schulter waren Hugin und Munin, die Krähen und Augen Odins. Genau der Odin, in Walhalla und all dem.

>>Anm. des Erzählers, genauer die Raben und der Schöpfer aus der Darstellung die Bibel auf dem Giebel, da steht alles ganz ausführlich.<<.

„Mein lieber Junge, ich halte es für richtig Dir in Anbetracht Deiner Lage und weil Du Dich ständig in eine solche bringt für nötig, Dir vieles zu erklären. Dem Einverständnis des Lektors vorausgesetzt, würde ich Dir gerne einiges Darlegen. Die Welt ist nicht nur das, was Du in Deinem Leben kennen gelernt hast oder gesehen hast. Es ist weit aus komplizierter. Es gibt nicht nur die Erde, den Mond und die Gestirne, die Du von der Erdkugel aus sehen kannst. Wahrscheinlich ahnst Du nicht einmal, was Sterne eigentlich sind."

„Doch natürlich, Hilfsmittel für die Seefahrer zur Navigation und die Astrologen, die aus Ihnen die Zukunft ableiten."
Antwortete Svenney.

„Und doch sind sie mehr, eigene Planeten Sonnen um die Galaxien kreisen, die in weiteren Universen ...."

„Mit Verlaub Schöpfer, ihr redet mit einem Depp, ich halte es nicht für klug ..."
Svenney unterbrach den Lektor.

„Ich bin kein Depp, mir ist schon aufgefallen, das es Dinge gibt, die unbegreiflich sind, vor allem seid wir durch diese Türen marschiert sind. Noch mehr seid wir hier sind, bei diesen Elfen, auch wenn wir in Irland massenhaft von ihnen haben. Dieser ganze Ort hier ist merkwürdig und vor allem dieser."

Weder Svenney noch dem Lektor fiel auf, das O Shea aufgehört hatte, wie irre zu brüllen, weil der Klodeckel etwas Wichtiges zerquetschte.

„Was glaubst Du junger Ire, wie Deine Welt entstanden ist und die ganzen anderen, die Du als Sterne siehst?"
Fragte der Erbauer.

„Gott hat sie natürlich gemacht, der allmächtige Schöpfer."
Antwortete Svenney und der Konstrukteur lachte freundlich, die beiden Raben zu seiner rechten und linken stimmten ihm zu.

„Allmächtig ist keiner von uns und ich bin nicht der einzige Schöpfer, nur einer von vielen Konstrukteuren, auch wenn ich am längsten, von Anfang an dabei bin. Selbst mein Sohn, wird eines Tages in diese Fußstapfen treten, er ist schon jetzt ein begnadeter Konstrukteur, vor allem Tiere und Lebewesen sind sein Fachgebiet. Ich habe Dir einen Film mitgebracht, wo ich den beiden Raben hier das Gleiche erklärt habe, was ich Dir jetzt näherbringen will. Ich halte die Zeit für gekommen."
Die Luft wurde kurz Transparenter, luftiger und ein Vision-O-Thron materialisierte sich.

„Verehrter Schöpfer, ich möchte darauf hinweisen, dass uns die Zeit davon läuft. Der Trottel soll sich schleunigst säubern und sich mit mir sofort in den Prunksaal begeben. Auch wenn dieser Thronsaal besser zu ihm passt, von dort müssen wir zum Vacaputepattapetel. Noch sind die Träger intakt und können durch sofortiges Herunterfahren der Biegeeinheiten gerettet werden."

„Die Zeit ist eingefroren für die komplette Einheit des Multiversums, das heißt, eigentlich sind wir fünf hier, in einer Blase, in der die Zeit 1000-mal schneller vergeht, ohne das wir es wahrnehmen.
Ich halte es für nötig, diesem jungen mutigen Mann einen Einblick zu gewähren, denn es sind immer noch 7 Schlüssel zu finden. Nicht alle auf der Erde und in der Zeit, in der er lebt. Es sei denn, lieber Lektor, ihr habt einen Plan B."

„Es gibt sogar eine Zielvorstellung C und D bis K habe ich Ausweichpläne, drum setze nie auf ein Pferd, aber ihr habt Recht, wechsle niemals die Gäule, wenn Du im Fluss reitest."

Antwortete der Lektor.

„Für uns steht die Zeit, ich habe damals, als die beiden Raben zu mir stießen, ihnen die gleiche Realität gezeigt. Sie dachten ebenfalls, alles ist göttliche Schöpfung, von ihrem Herrn und Meister Odin oder anderen Göttern. Gottheiten sind Auftraggeber, die im Regelfall haben in ihrem ganzen Leben nie gearbeitet, die können auch nichts. Viele sind Berufssöhne, verhätschelte Weicheier, die beim Pinkeln jemanden brauchen, der ihnen die Hose aufknöpft. Götter, ich halte von denen wenig, außer das sie meine Kunden sind. Lange Rede gar kein Sinn, ich würde dem Helden hier gerne die Aufzeichnung zeigen, mit Hugin und Munin, dann muss ich nicht alles schon wieder erzählen und er sieht gleich, wovon ich spreche."

Der Schöpfer tippte auf seinem Handgelenk herum, die Projektion, die ihn zeigt, verdunkele sich etwas, dafür flimmerte es jetzt auf dem Vis-O-Thron

Auf der Bildschirm waren der Begründer und die beiden Raben zu sehen.
Der Schöpfer sprach gerade zu Ihnen.

„Wisst Ihr, die Welt und die Lebensräume zu gestalten, zu schöpfen ist Verantwortung genug, alles zu koordinieren, und viele der Götter sind unmöglich, nehmen wir nur einen der Gottheiten eurer Erde 11/7"....

„Wie, was unsere Erde 11/7, gibt es denn andere"? Echauffierte sich Hugin.

„Aber ja, schaut euch doch mal an, wie toll das Model Erde oder Terra, die Ausführungen Terra Luna und die Sondermodelle sind".

Der Schöpfer machte eine Armbewegung, dann mit dem anderen Arm ebenfalls.
Es öffnete sich etwas am Himmel, das wie eine Leinwand oder ähnliches aussah, der Konstrukteur machte einige Handbewegungen, dann knackste es, ein Bild erschien hoch über Ihnen.
Willkommen zu Ihrer Spec TRA Color Übertragung und eine Melodie schwebte aus dem nichts, direkt in die Gehörgänge der beiden Raben.
Bilder von der Erde, dem Planeten, den sie kannten, Blau, weiß wunderschön, die sich langsam drehte, in einer Animation wurden einzelne Kontinente gezeigt, vor gezoomt, vergrößert.
Ausschnitte wurden gespiegelt und im Hintergrund erklärte eine wohlmodulierte Stimme, was zu sehen war. Welche Möglichkeiten von Rabatten, Abstufungen, Sonderausführungen und vor allem die bequemen Raten und Zinssätze wurden hervorgehoben, gelobt und bei unvergleichlichen Beschreibungen, erreichte ein erregender Frauenchor des Käufers Ohr.

Ein langer Werbeclip über diesen Globus, es wurde gezeigt, wie ein Grundmodell Erde 1/1 bis Erde 2/7 als Scheiben Ausführung, mit gebördelter Weltkarte, für die Ozeane mit einer Wasserrückführung, der über die Kanten tretenden Wellen, bestückt wurde.

Dann erklärte eine fachlich und kompetent klingende Stimme, wie man diese Erde, den blauen Planeten ab der Version 5/1 hauptsächlich Geoid, fast rund an den Polen aber leicht abgeflacht, umgestaltet.
Wie man ein neues Design kreierte und die Kontinente komplett neu überarbeitet.
Und dem Gesamt Erscheinungsbild ein funkelnagelneues, besseres, übersichtlicheres Layout mitgegeben hat und anderen Scheiß der Werbemedien Sprache.

Es wurden Bilder von glücklichen Göttern eingefügt, Gottessöhnen die mit ihren Welten spielten, Friede Freude und der übliche Quatsch. Beendet wurde das monumentale Epos, mit einer Kaskade an Sounddiamanten, deren letzten Tonteppiche wie Eiskristalle durch die Gehörgänge rieselten, und dann schloss sich das Schauspiel wieder von selbst und es war, wie es ward.
„Wooow"
Merkte Hugin an.
„Ja wooow"
Kommentierte Munin und der Schöpfer fügte hinzu.

„Wir haben insgesamt schon Version 47/11 Fertiggestellt. Welche zur Zeit für den Versand programmiert wird, bedeutet jedes noch so kleine Detail wird mit einer Koordinate versehen und dann durch ein kompliziertes System von Wurmlöchern, aber hauptsächlich durch die Raumkrümmung, an seinen Zielort verbracht. Wo Techniker dann die Hauptverbindungen prüfen und die Betriebssysteme hochfahren, alles kalibrieren neu justieren und in ca. 7 Tagen, ist Erde 47/11 zur Übergabe an seine neuen glücklichen Besitzer bereit, die dann mit dem Finishing beginnen.
Wir bieten ja den kompletten Service an. Von der Planung, Ausführung, Durchführung allem, was anfällt.

Komplettpaket wie wir Schöpfer es so machen können und das ist immer mehr als die meisten der Götter Zustandebringen. Sogar Flora und Fauna, Lebewesen ... egal ob humanoid oder Aliens sämtliche bekannten Gattungen, unser Sortiment ist unerschöpflich. Ihr findet bei uns alles und wir designen, nach Vorstellung völlig neue Lebensformen, Biomechanik ist zur Zeit angesagt, also Cyborgs mit Verfallsdatum, Krankheiten und Launen. Am beliebtesten ist das Model Lila, androgyner Cyborg mit 100% echten

Menstruationszyklen und den daraus resultierenden Launen oder Misslaunen.
Ich persönlich bevorzuge Pflanzen mit künstlicher Intelligenz als Bewohner, ich habe festgestellt, das Grünzeug in der Lage ist alles Mögliche, herzustellen, und zwar in bester Qualität. Ihr selbst habt auf eurer Version der Erde die tollsten Pflanzen. Bäume dienen zur Gewinnung von Baumaterialien, oder von Wärme, also Energie und zur Reduzierung von Verkehr. Vor allem wenn man an den Straßen Alleen Bäume pflanzt und den Fahrzeuglenkern die gerne ein Gläschen oder 2 trinken erlaubt in diesem Zustand zu fahren. Noch besser man verbietet es, denn dann machen es viel mehr, von ihnen.
Denkt an all die Pflanzen, die medizinisch wertvoll sind, deren Bestandteile in den bedeutendsten Impfstoffen oder Heilmitteln enthalten sind.

    Wichtiger empfinde ich die Sorte der wirksamen Substanzen, welche die Population eher reduziert, also gegen eine Überbevölkerung, produktiv eingreift. Nicht zu vergessen die Stimulanzien, wie Psilocybin, Meskalin und THC und weitaus bessere. Eigentlich bin ich der Biologie, dem ganzen Methabiologischen mehr zu getan, als meiner Arbeit als Baumeister. Ich schöpfe meist die toten Objekte, füge sie zusammen und gestalte die physikalischen Gesetze, es ist so viel Mathematik, Physik, Statik und Schmonzes. Wesentlich lieber würde ich mich dem Leben widmen, vor allem dem der Pflanzenwelt. Aber es gibt Dinge die getan werden müssen und die Auftragslage ist gewaltig, wir könnten Heerscharen an Schöpfern gut gebrauchen.
Meine Auftragsbücher sind voll."

„... atmen, Luft holen, ein und aus ... wo nehmt ihr nur den Atem her, ohne Unterlass zu reden, ich finde alles interessant, aber ich sorge mich ein wenig".

Sagte Hugin besorgt.

„Und ihr befindet euch im Moment genau auf 47/11 – AUS. 63, der 63 Version und Überarbeitung des Kontinents Australiens.
Den wir mit etwas Verspätung nachsenden müssen, was dann wieder zu Komplikationen führen könnte, weil AUS-63 sperrig ist, zum Glück sind unterhalb des Äquators in der südlichen Hemisphäre, weniger Landmassen.
So das wir hoffen, dass es ohne größere Kontinentalplattenverschiebungen und Problemen vorangeht.
Die Corioliskraft läuft dort genau entgegen gesetzt, wie alles andere auch, so das wir guter Dinge sind, das es reibungslos vonstattengeht.
    Nur, Komplikationen sind eben zu erwarten."

„Aber wieso denn was machen wir hier, das ist ja alles Baustelle, Sand, Sand und Dreck" mokierte Munin sich.
    „Mir wurde zugetragen das ein Rabe Odins, ein guter Kunde von uns, der merkwürdige Zahlungsgepflogenheiten an den Tag legt und auch eher einen rauen Umgang pflegt. Sich wünschte an einer Schöpfung und wie das Ganze vor sich geht Teil zu haben, da wollte es jemand genau wissen".
Lies sich der Schöpfer vernehmen.

„Waaa waas I iiiich?"
Fragte Hugin,

„das war doch nur so dahingesagt, wie man anderes so dahinsagt".
„Pass auf, was Du Dir wünschst",
Donnerte der Schöpfer.

„Aber wenn ihr beiden schrägen Vögel schon da seid, zeige ich euch gerne mal, wie so ein bewohnbarer Planet entsteht."
„Gleich drüben in der Halle dort, wird ein Klasse V Wandelstern entstehen, keines der Erfolgsmodelle wie die ERDE, aber ein klassischer Mittelklasseplanet."
„Der wird hübsch und den einzigen Gott, der ihn für sich bestellt hat, den kenne ich schon ewig, mehr solcher Kunden wären angenehm". Der Schöpfer trat beiseite, um einem Gleiter Platz zu machen, der lautlos angeschwebt kam, die Flügeltüren öffneten sich und der Besitzer sprach stolz,
„Ich lebe wie ein Eremit, nur der Arbeit zugetan, aber diesen geilen Cermedes SL Flügeltüre, den gönn ich mir, steigt ein aber klopft eure dreckigen Krallen ab"
Er sprach es und machte sich auf den Weg, in die Halle daneben. Nebenan das hört sich jetzt wie Nachbarschaft an, nach Nähe, kurze Distanz.
Was es in Schöpferkreisen ja war, aber für uns sterbliche die auf dem Model ERDE 11/7 leben, ist der Begriff nebenan als wesentlich kürzere Entfernung, in den Hirndatenbanken verknüpft.
In den Konstrukteurs Kreisen ist dieser Gedanke eher vergleichbar mit den angeblichen Mondreisen, zu unserem Trabanten. Welche dann das Budget sprengten, als die ganze Dekoration in dem Moment umfiel, als Neil Armstrong die Fahne in die Erde rammen wollte. Stattdessen den Fuß seines Kollegen erwischte, der vor Schreck, umfiel und die komplette Kulisse umriss, worauf man den ganzen Mondlandemumpitz nochmals von vorne drehen musste.

Was aber nicht überzeugender war als die 548 Takes in 663 Szenen, was ebenso unglaubwürdig ist, genau wie die 4 Schatten auf dem Mondboden und vielen anderen Ungereimtheiten. Ja Hollywood erlebte erst danach seine Blüte oder trotzdem.

Wir als Erdenbewohner, ebenso wie mein geneigter Leser, müssen uns jetzt aber vorstellen, dass die beiden Raben und der Schöpfer mit der Halle nebenan, eine Halle meinen, in der ein Planet gebaut wird. Der zwar nur 2/3 der Größe der Erde hat ... aber lasst das mal auf euch wirken, ihr die ihr die Marathondistanz schon für unzumutbar haltet oder den Weg zur Arbeit.

    Was mir genauso geht, weshalb ich dieses Buch schreibe, damit ich eben zu Hause bleiben kann. Für mich sind diese Distanzen unglaublich. Unsere mangelnde Vorstellungskraft für eine solche Entfernung, vom Konstruktions- Dock 11/7 AUS 63 zu einer Halle mit der Bezeichnung Beteigeuze 19/12- Wombat, sollte uns nicht täuschen.

    Sie ist GIGANTISCH und doch nur 10 Minuten mit einem Cermedes-SL-Flügeltürer entfernt, aber selbst ein Transporter wie ein S-print ER benötigt selten mehr als 17 Minuten, dazu ist die Distanz doch zu lächerlich. Zu Fuß würde ich den Trip dann nicht empfehlen. Neben mangelndem Sauerstoff zwischen 2 Konstruktionshallen, liegen meistens, 3-4 Paralleluniversen und diverse Zwischenwelten, die zu Fuß nicht nur unpassierbar sind, sondern ca. 13 Millionen nein Milliarden Jahre Fußmarsch bedeuten.
Zeit spielt im Kosmos der Schöpfung absolut gar keine Rolle. Vor der Entstehung der ERDE existierte dieser Ort schon 44000000000000000000000000000000711, 17195430 Univers Jahre und dann nochmal einige Millionen und ein paar zerquetschte Kalenderjahre , 137 Tage, 12 Stunden, 21 Minuten und in dem Augenblick, wo ich diese Taste tippe... Moment...... 10 Sekunden PIEP.

    Svenney saß auf seinem wohltemperierten Sitz und das mit offenem Mund. Alleine die Tatsache das er bewegte Bilder sah, war schon zu viel für ihn.

Aber was er da gezeigt bekam, überstieg jedes seiner Möglichkeiten vor allem seiner Vorstellungskraft.

Es ging weiter. Eine riesen Schrift zur Erklärung flammte auf.

Das Konstrukt

Die Dimensionen sind gigantisch, sie sind lächerlich, abgesehen von der Weise der Betrachtung und der Methode des Reisens. Ja aber auch abhängig von Tagesform, Lust, geistigen Intellekts und Auffassungsgabe zum Zeitpunkt des realisierend einer Information wie dieser.
Der Schöpfer und die Raben Odins waren in null Komma nichts vor der Halle angekommen.
„Tretet ein, nachdem ihr ausgestiegen seid, meine Gäste, hier zeige ich euch, den Beginn, jeder Schöpfung."

Hugin und Munin traten ein, in eine Kollosalehalle, irgendwie musste irgendwer die Perspektive angepasst haben, denn was die beiden Raben sahen, war gigantisch, eine Straße für die Fertigung von Planeten, da waren …. Dies zu beschreiben sprengt sogar die Vorstellungskraft meiner Imagination, nein nicht der, sondern der Möglichkeit eine Phantasie in eine Form von Erzählens, Schrift und begreiflich - machen durch visuelle Fiktion zu erreichen. Vor den beiden Raben lag die Konstruktionshalle, der Schöpfung … nicht einer, sondern ALLER!
Der Schöpfer indes begleitete die zwei Raben jovial in ein Glasbüro, in der neunzehnten Ebene, mit einer Wahnsinnsaussicht über das ganze.
Er erklärte ….

„Das, was ihr hier seht, ist das Konstrukt .... der Rohling, wir nennen es den Raster. Schaut, überall sind Linien, vertikal und horizontal, das hier ist die Grundansicht".
Er schaltete irgendwas und ein grobes Schema oder Koordinatenkreuz erschien, dann bewegte er einen Finger nach rechts, der Raster wurde feiner, das Gitter enger. Er tat es erneut, das Gitterkreuz war fast kaum zu trennen, überall wurden Funktionen eingeblendet, es gab Marker, Einblendungen und Hinweise. Angaben von Höhe Tiefe und Entfernungseinblendungen.

„Dieses Konstrukt, fräsen wir im Moment aus. Es werden die Tiefenlinien definiert und dann ausgefräst. Die Teiche, die Flüsse, die Niederungen, die Seen, Meere und Ozeane, außer bei den einfacheren Welten, ohne Leben oder mit eben etwas speziellen Bioformen. Aber bei 13% der Bestellungen wird Wasser immer eine Rolle spielen, vor allem die wohlhabenderen Götter bestehen darauf. Das ist wie, bei euch auf der Erde 11/7 da hat jeder, der etwas auf sich hält einen POOL, die wahre Bedeutung von Wasser wisst jetzt, Statussymbol nix sonst.
Beispiel, Gott xx bestellt sich den Burner, das Erfolgsmodell ERDE.
Dann könnt ihr wetten das er einen Planeten der Deltaklasse bereits gekauft und perform, hat, dort eine Villa steht, mit Panoramafenstern, von denen man einen erstklassigen Blick auf, na ..... klar diesen blauen Planeten hat. Deswegen dreht sich die ERDE doch, damit ein Besitzer von seinem Ausblick aus, der Schönheit dieser Kugel, in seiner Gänze profitieren kann, indem er sie tagelang anstarrt.
Das Geniale in nahezu allen 64 Ausführungen ohne die Sub und Kontinente, dreht sich die Erde an nur einem Tag, einmal um sich selbst, so das der stolze Besitzer von seinem Nachbarplaneten seinen Gästen den

kompletten Umlauf zeigen kann. Und der hat es in sich. Wolkenformationen, Unwetter, Tief Hochdruckgebiete, Vulkane und sogar die Stadtautobahnen von Belgien kann man erkennen".

Der Schöpfer holte kurz tief Luft, nippte an einem Wasserglas, räusperte sich und fuhr fort.

„Da wären wir bei dem Thema Schwierigkeiten".
Erneut trank er einen kleinen Schluck, die Stimmbänder wollten nicht mehr so richtig.

„Es sieht ja so leicht aus, so gediegen und wenn alles fertig ist."
„Aber was dahintersteckt, das will keiner wissen, vor allem die Kunden nicht.
Da wird immer nur gesucht, wo man den Preis drücken kann, und reklamiert und … es ist grausam."
„Die CHIN aus dem E Univer - SEN, bauen in halber Zeit, doppelt so große Planeten.
Ja in sämtlichen Schikanen, mit allem was die modere Baukunst so bietet, allerdings sieht man ihnen ein wenig bis stark diesen chinesischen Charme, das billige an."
„Zu welchem Service und in wessen Qualität? Bei uns hat so ein Luxusplanet wie die Erde, eine Garantie von 3-5 Milliarden Jahre, kommt auf die Galaxis bzw. das Universum an."
„Wenn ein Kosmos in 2 Milliarden Zeiträumen kollabiert, weil es so bestimmt ist, dann reißt es jeden Planeten, Mond und Gasriesen mit sich, egal wie lange die sonst so vor sich hinwumpern würden."
Aber diese Garantie geben wir, die gibt es automatisch. Anders als bei den CHIN aus den E Univer SEN, da wird immer versprochen.
Aber gehalten? Gut, sie sind schnell, wo wir 2-10 Millionen Jahre bauen, sind die in 0,5 bis 2 davon fertig.

Die Preise sind unschlagbar und die haben vollendete Planeten, Monde sogar auf Lager.
Aber dann, wenn man genau hinschaut, das Wasser z.B., wird der Himmelskörper ausgeliefert, ist oft das ganze Wassersystem umgekippt. Man muss alles tauschen, ok das ist in der Garantie, aber erstens welche Verschwendung und dazu kommt, die Verzögerung, denn im Wasser entsteht auf den meisten Planeten das Leben, wenn dann erst mal diese ganze Ursuppe wieder ausgetauscht werden muss. Da sind locker 10 bis 40 Millionen Zeiträume weg. Das ist auch für einen Gott eine Zeitspanne, dann kommen hier eine Millionen Jahre dazu, da 10-20 Epochen, so und so weiter.
Ja, die Kunst betreffend, was nützt mir das Rokoko, in der Periode, in der die Menschen Handys benützen??
Ja, wenn man ständig Angst haben muss, der Planet detoniert oder kommt aus der Bahn, da wird so gepfuscht. Ich sage immer, gutes Handwerk braucht seine Zeit, die Meeres und Ozeanbecken werden langsam gefüllt, nicht mit Druck, da muss Leben in Zellen, die sollen die Chance haben, sich zu teilen, zu vermehren, zu mutieren und so weiter.
Was diese Zellen dann halt so tun. Bei den Chin läuft es so:
Hochdruck der Ozean ist in 26 Stunden voll, parallel werden die anderen Becken ebenso schnell geflutet, dann mit Druck nachgeholfen das die Flüsse vom Meeresdruck Wasser ziehen, für die Seen und die ganzen Binnengewässer.
Da lebt NIX und wenn da Zellen verbleiben, sind die entweder permanent schwindlig, oder anders deformiert, lebensunfähig.

Ein Wurmloch

Da muss man nicht am Ufer sitzen als Verfechter der Evolution. Wenn den Planeten mal kein Gott gekauft hat, sondern ein Öko, sich hinsetzt und wartet, bis aus den Ozeanen mal Leben hervorkriecht, das sich an Land begibt und dann weiter entwickelt. Diese Organismen sind meist froh, wenn Sie im Meer länger als 2 Tage oder längstens eine Woche überleben.
Höher ausgebildete Formen Fehlanzeige, da entstehen nicht mal Chinesen, falls der Ökokunde dort Humanoide ansiedeln wollte, in seiner Welt, dieser Traumwelt.
Vor allem haben diese Billigwelten einen anderen Nachteil, der Zeitdruck.
Bei uns seht euch das Raster an, extrem engmaschig kann ich es aufrufen, jedes Quadrat wird einzeln angefüllt, bis diese Schicht abgearbeitet ist, dann kommt die nächste, Wasser wird nachgeflutet, Erdreich ... Bodenschätze, alles vorher berechnet und so wird es gebaut.
Klar hat es Nachteile, nicht immer funktioniert es, aber es bleibt.
Bei den Chin, heißt es „No Propläm Sir", dann kommt großes Propläm, wer bitte sagt mir wer, will direkt an seinem Garten ein schwarzes Loch haben oder ein Wurmloch, indem alles verschwindet.
Ich hatte mal ein riesen Wurmloch in meinem Keller. Na ja so groß war es gar nicht, 30 cm grob geschätzt. Darüber habe ich eine Toilette konstruiert und war einige Probleme erst einmal los.
Einen Monat später wollte ich eine alte Kiste vom Dachboden holen und stellte fest, dass andere Ende des Wurmlochs, war genau da Vorsicht, bei Wurmlochbildung im Keller oben, diese Sauerei ....!"

„Qualität ist unbezahlbar, unsere Modele und Konstruktionen kosten sicher einen Tick mehr, als die der Chin, aber wir wissen eben, was Niveau ist.

Nicht nur Schicht für Schicht, auch das Wasser ruht, damit sich eine Menge an Urformen bilden können, da wird nichts gequirlt, um schneller kurzweiliges „Leben" zu generieren, nein wir produzieren echtes Leben ...."

„Ja wie denn ... das würden wir gerne mal sehen,"
Fuhr Hugin dazwischen.

„Später alles zu seiner Zeit, ich werde euch nachher zu Olé bringen, meinem Sohn, der befasst sich mit Kreaturen jeder Art. aber erst erkläre ich mal, das wichtigste, im Erschaffen einer bewohnbaren Welt.
Das Unerlässlichste ist und bleibt die Koexistenz der Gegensätze, die Elemente.
Wasser ist wichtig, aber genauso bedeutsam ist das Feuer.
Das im inneren, ansonsten würde es kalt, das Weltall ist konstant 0 Grad Kelvin, egal in welchem Universum.
Also fügen wir heiße Kerne in die Planeten Mitte ein, das führt zu folgenden Problemen:

 Wir benötigen Kamine, ihr nennt das dann Vulkane, auch Geysire sind Schornsteine, aber eigentlich und wiederum, etwas völlig anders, es sind eher Druckausgleich Ventile, wie sie jede Ölheizung bei euch auf Erde oder Terra 11/7 hat. Dann die Polkappen mit dem Eis, das sind die Konvektoren, im Grunde funktioniert jede Welt, wie ein Kühlschrank ..... denkt da mal drüber nach."

„Wie ein Kühlschrank"
Äffte Hugin den Schöpfer nach.

„Na klar, jeder Eisschrank hat eine warme Stelle, die Pumpe, da wo das Gas verdichtet wird, da heizt ein Kühlschrank, diese Rippen.

Heizrippen sind außen an der hinteren Seite, während die andere Seite, den Konvektor darstellen.
Dort expandiert die komprimierte Luft das Gas besser und saugt die ganze Wärme an … und kühlt, ja so in etwa funktioniert alles.
 Jedes kleine Ding jedes größere und auch Planeten benötigen eine Koexistenz von Gegensätzlichen.
Der heiße Kern im Mittelpunkt des Planeten, nach außen hin immer kühler, die Atmosphäre auf der Erde z.B ist der Umkreismittelpunkt, aber je weiter du aufsteigst zum All, desto kälter wird es wieder.
Mittelpunkt der Erde paar Millionen Grad das All minus……. aber es gibt mehr MINUS in der gesamten Masse, als Plus, durch die heißen Planeten Kerne. -".

„Was genau faselst Du da, alter Mann … Mittelpunkt Erde, All …"
Schnarrte Munin dazwischen und der Schöpfer setzte wieder an.

„Also das mit diesen inneren Kerntemperaturen, das muss bei einem bewohnten Planeten schon sein.
 Gut auf eine reinem Fabriken und Industrieplaneten, wo man nur ackert, rackert, sich verbiegt und abends billigen Entertainment beiwohnt und sich nur für Black Jack und Nutten interessiert.
 Oder den Bergbau Planeten, die reich an allen möglichen Schätzen sind, von denen dann die Rohstoffe für neue Himmelskörper kommen …."

„Häääh, ihr baut Planeten oder Asteroiden, die voller Wertstoffe sind nur damit diese Wert und Rohstoffe, dann für andere Wandelsterne wieder aus diesen abgebaut werden, das ist doch unnötig".
Fragte sich Hugin etwas lauter, als er dachte, denn der Schöpfer übernahm gleich wieder.

„Im Grunde ja, es ist so unnötig, wie Planeten oder Leben zu schöpfen, erschaffen.

Am Ende stirbt jedes Dasein, nach kurzen Spannen.

Die Himmelskörper bleiben meist länger erhalten als ihre Erbauer, aber nicht alle, das gilt auch für ganze Galaxien.
Ich selbst habe schon etliche meiner Universen überlebt.

Denke oft mit Wehmut zurück, denn nach dem Schöpfen, wartet man diese kosmischen Gebilde ja regelmäßig, macht Upgrades, hat neue Ideen, oder manche Götter sind auch recht kreativ, und man ist überrascht, was sie aus so einem Ding machen.
Die meisten gehen weniger sorgsam mit allem um, lassen Ungeheuer drüber weg trampeln, lieben es Naturkatastrophen zu beschwören, nur damit man ihnen wieder huldigt. Denn manche, fast die allermeisten Schöpfungen sind undankbar und unzufrieden, verlangen dies und das, Herr gibt uns, Vater unser im Himmel (welchem Himmel) und immer wollen wollen wollen.

Irgendwann reicht es einem Gott auch mal und wenn er gerade keine Plagen mehr hat, dann sendet er anderes Ungemach.

Erdbeben z.B fast jede Auslieferung hat seismische Hydraulik installiert, um es so richtig krachen zu lassen.
Darauf wuselt es aufgeregt hin und her, die Priester murmeln wichtiges Zeugs vor sich hin. Stellen dann fest das, nahezu alle Häuser zerstört sind und fordern im Zuge des Neuaufbaus gleich einen 3-mal so großen Tempel und 5-mal so hohe Opferabgaben, um die Götter, den Gott oder die Geister zu besänftigen.
Vulkane sind ebenso prächtig geeignet um Angst und Schrecken zu verbreiten. Den heiligen Honto, diverse

Feuer und Donnergötter, Erdgeister etc. die stehen auf derlei Zauber, unter 50 solcher Vulkane ordern die keine Welt.

Es hat ja massig Vorteile, diese Hitze in einem Planeten, sie dient als Heizung.
Man nehme mal auf der Erde Island. Geysire und all das warme Wasser. Damit heizen die auf der Insel.

Besser wäre, diese Insel erst gar nicht zu besiedeln, allein der Trolle wegen und wenn man mal in Reykjavik einen Urlaub verbracht hat, versteht man, warum auf der riesigen Insel nur ca. 300 000 Bewohner leben und die nur an den Küsten, was durchaus verständlich ist, wenn man mal ins Innere schaut, außer Moos und Grass wächst dort nichts.
Diese Feuerspeier und Geysire, das sind technische Meisterleistungen. Schon die Erdbeben Hydraulik oder die Blitzgeneratoren, sind simpel.

Alles Technik, aber Vulkane da ist echte uralte Gewalt im Spiel, das ist Feuer, druck ... alleine das viele Magma. Dieses unter Ausschluss von Sauerstoff über Milliarden von Jahren am Köcheln zu halten, ab und an mal aufsteigen zu lassen, damit es dramatisch entweichen kann, so dass Lava Städte verschütten kann, da braucht es massenhaft Know How.

Mein Großvater hat die ersten Vulkane installiert, damals machte er viele Fehler und schon beim Abschleppen, früher funktionierte es Manuel, da passierten so oft Unfälle, da war man froh, wenn so ein Planet an seinem Bestimmungsort ankam. Vor allem ohne zu überhitzen, zu verglasen. Da fingen die Probleme ja an, der ganze Druck musste erst gemessen werden, daraufhin reguliert, kanalisiert und so weiter. Bis so ein System dann rund lief, das dauerte, und ständig kamen Reklamationen und man musste hin und nachjustieren oder den Schadensregulierer schicken, weil dann doch mal ein Kontinent perdu ging."

Der Schöpfer hielt inne und trank einen weiteren Schluck, aber diesmal aus einem Flachmann, den er aus der Kitteltasche fischte.

„Man muss es richtig machen, erst wird das Kaufobjekt geliefert, wie schon gesagt jedes kleinste Bauteil hat exakte Koordinaten, die hier am Raster errechnet und zugewiesen werden.
Beim Versand wird ja alles in Materie verwandelt. Verschiedenste Grundstoffe und dann auf einen Schlag wird, der ganzen Batzen verschickt.
Selbstverständlich muss man die Trägheit und spezifischen Besonderheiten der einzelnen Materiearten kennen. Dabei exakt wissen, welche Sorte länglicher und kürzer und genau, wie lange sie unterwegs sind.

Alles muss gleichzeitig ankommen, macht ja keinen Sinn, wenn die Gebirge sich materialisieren und der Grund, die Basis nicht da ist.
Versucht mal einen Kern, nachträglich einzubauen, das gibt ein Theater.
Viele Schöpfer installieren das volle Programm gleichzeitig, weil die Götter das so wollen, wegen des Effektes.

Aber ich mache da nicht mit, erst wird alles von Grund auf installiert.
Ich bevorzuge ja die alte Technik, von gasförmig, zu flüssig und langsam verfestigen. Weil da kann man so viele Fehler, während dieser Phase korrigieren.
Nachträglich Höhlen und Bodenschätze einplanen.
Im Prinzip ist alles möglich, auch eine Neuordnung, komplett neues Layout, sogar den Kern kann man in dieser Phase mal tauschen.
Wenn dann erkaltet, sich die Moleküle anordnen neu strukturieren, kann sich Wasser bilden.
Ich selbst gehe noch weiter, Aqua alle Betriebsmittel, wie Magma und eben H_2O kommen erst später, bzw. das Magma ist schon da, im und um den Kern, aber ....

es ist inaktiv. Kalt, der Vorteil man kann, in Ruhe nachdem alles ausgekühlt ist obenherum, die Ozeane fluten.
Schön langsam und vorsichtig es ist wichtig, dass nicht zu viel Wasser eingeleitet wird, das ist teuer.
Wenn man es über einen Rand ablaufen lassen sollte oder wie bei modernen Runden Planeten später absaugen lässt.
Schön beobachten, wie die Fluten die Küsten erreichen, sofort die Tankschiffe anweisen halbe Lenzkraft und so füllen sich die Flüsse.

Würde man es voll weiterlaufen lassen, würde der Pegel ja um den gleichen Wert steigen wie vorher, aber die Flüsse und Ausgleichsbecken, die Seen, sind ja schneller voll. Da sie weniger Volumen an Wasser oder woraus immer die Ozeane bestehen sollen, haben.

Es gibt sogar welche mit Gin, über denen Wolken stehen, die Zitronenscheiben schneien lassen. Oder die flüssige Stickstoffversion, aber die wird eher selten bestellt, außer für Messeplaneten gerne für Shows der scholastischen Merengiten, eine Punk Rock Band denen das Zerstören der eigenen Instrumente und der Hotelzimmer zu banal ist.

Sind die Pegel optimal, wichtig, vor allem wenn man Trabanten installiert, deren Anziehungskraft für die Gezeiten bedenken.
Den diese Monde, ebenso wie der auf eurer Erde ziehen das Wasser ja an und genau gegenüber, auf der anderen Planetenseite fehlt die Flüssigkeit.
Wenn man sein Feintuning in einer ungünstigen Mondstellung ausführt, hat man später beim Übergabeprotokoll ständig Überschwemmungen oder elend lange Strände, die nie Wasser sehen.

Es ist und bleibt schwierig, aber alles machbar, wie man ja sieht, eure Erde ist ein Musterbeispiel, leider veraltet, vom Konzept und der Technik.

Am Schluss, wenn alles harmoniert, dann macht es Spaß, die Magma und den Inneren Kern zum Leben zu erwecken.

Das ist wie das allererste Mal einen nagelneuen Kaminofen einzuweihen. Man legt Kienspäne, darüber eine Trägerschicht, darauf erste dünnere Kienscheite, vorher wird der Kaminzug vorgeheizt, indem man Papier in die Ofenrohröffnung steckt, und anzündet. Darauf wird der ganze Barzel im Kamin entzündet. Die Scheite nehmen Temperatur auf, der Schornstein beginnt zu ziehen und dann fump, können die großen Brocken später aufgelegt werden.

Es knackt und knistert, bald ist es warm in der Stube. So einfach ist das im großen Maßstab nicht, da müssen dann einzelne Zündungen, jeglicher Vulkan für sich, jedes Vulkangebiet für sich, erst einmal gezündet werden.

Das ist einfach, wenn eine Feuerstelle auf Leistung geht, erst dann kann der Kern im innersten zünden und in sich schmelzen.
Weil die Kamine genauer Vulkane genug Zug entwickeln.

Natürlich muss alles abgestimmt sein und dann läuft es, paar Milliarden Jahre und im Nu, kann sich das erste primitive Leben im Ozean entwickeln, wenn es vom Kunden so gewünscht wird.
Das ist wie in einem Aquarium, man kann nicht heute den Behälter kaufen, Aqua reinlaufen lassen, die Wasserpflanzen rein tunken und gleich die Fische hinterherwerfen.
Das Wasser muss ein paar Tage abstehen, erst jetzt die Pflanzen und dann erneut stehen lassen und warten. Wenn alles in einer Harmonie ist, kann man anfangen Fische rein, zu tun.
So jetzt wisst ihr, wie man die Hardware schöpft, aber sicher interessiert ihr euch für den Rest, das Leben und so weiter.

Auf GlauKom I schnappte Svenney nach Luft, der Lektor schaute ihn von oben herab an und lächelte eines, seiner schrecklichsten Versionen, eines Lächelns. Innerlich dachte er sich,
„das geht daneben, jetzt kapiert der arme Junge gar nichts mehr, vom Mittelalter auf der Erde in die Multiversiale Realität in 15 Minuten, das schafft dieser irische Trottel nicht."

Er schaute zum Schöpfer, dieser mit einem freundlichen Lächeln zu Svenney.
Der Sohn des O´Shea fragte.

„Was genau betrachte ich da, weshalb ist das? Wie kann man Bilder bewegen, ich sehe Dich, die beiden krummen Vögel, höre euch reden, ich beschaue, was ihr tut."

„Aber Du begreifst nichts."
Fügte der Lektor eilig hinzu.

„Nach was sieht es denn aus?"
„Ich, ich weiß es nicht, es erscheint wie aus einem Traum, dort sehe ich auch ... wie von oben auf die Welt und es passieren komische Dinge.
Auuuuuuuuua, was soll das?"

„Wie Du unschwer erkennst, Junge bist Du wach, kein Traum."
Knurrte der Lektor.

„Was Du siehst, Svenney Sohn des O Shea ist die Realität, wie die Dinge laufen. Wie Dein Planet entstanden ist, die Erde genauer die 7/11 Erde von der Du stammst. Wie ein Schmied ein Schwert oder Hufeisen erschafft, erschaffen meine Kollegen und ich, Welten. Ganze Universen und mehr und verknüpfen diese. Gut, es ist etwas aufwendiger als ein Säbel, aber im Prinzip ..."

Svenney verdrehte die Augen, Universum, Planeten waren keine Vokabeln, die er in seinem Leben oft gehört hatte.
Er verstand gar nichts mehr, weder wie diese Bilder sich bewegen konnten, noch das er nicht schlief und schon gar nicht, was er nicht träumte, sondern offensichtlich sah.
Der Lektor näherte sich der Projektion des Schöpfers und der Raben.

„Kann sein, er ist überfordert, ich habe ihn nicht ausgesucht, wegen seines Verstandes müsst ihr wissen. Er ist begünstigt vom Glück. Ich habe selten einen solchen Glückspilz gesehen. Seit seiner Kindheit fällt ihm alles in den Schoss. Er musste nie etwas leisten. Auf einigen Welten hält man ihn für einen Helden, sogar auf der Erde und schaut selbst, wie bemitleidenswert er dort sitzt".

Der Schöpfer entgegnete:

„Ich vertraue eurer Intelligenz und Händchen, ihr seid nicht umsonst eine der mächtigsten Geschöpfe und das sage ich mit Stolz, denn durch mich wurdet ihr ja geschaffen, entworfen trifft es besser.
Ihr seid eine Sonderanfertigung für einen besonderen Kunden, so voller Magie. Am Anfang hattet ihr die Kraft vieler Universen in euch vereinigt, dazu Nachrüstpakete, Upgrades und hast Du nicht gesehen. In wenigen Milliarden Jahren habt ihr eure Fähigkeit verzehnfacht."

„Ihr habt denn da gemacht, wie kann man einen Menschen denn machen, wie soll das gehen? Wie Gott habt ihr dieses Scheusal aus Ton, Lehm Erde geformt? Was redet ihr denn da?"
Svenneys Stimme schnappte über, die letzte Stunde war zu viel für ihn.

„Mein Sohn, der Film, den ich Dir zeigen wollte, mit den beiden Raben und mir ist noch nicht fertig. Schau genau hin, dann erfährst Du, wie Menschen, Tiere, Organismen und dergleichen entstehen."

Der Lektor nickte der Projektion des Schöpfers und der beiden Raben zu. Der Vision-O-Thron flackerte auf und schickte sein glasklares super HDTV 5000 XXX 16.000 000 000 000 x 9 000 000 000 000 auf die Bildmatrix.

23 Leben vom Reißbrett

„Seht ihr ganz dahinten, diese riesigen Zelthallen".
Fragte der Schöpfer.

„Logisch, hatte mich schon gefragt, was da so ist".
Kam es von Munin.

„Da gehen wir jetzt gleich hin, zu Ole, wobei besser wir fahren .... es ist weiter, als es aussieht, die Hallen sind monströs, wenn auch nicht annähernd so gigantisch wie die Rasterkonstruktionshallen für die Himmelskörper aller Art".

„Wartet, ich muss hier erst Daten sichern, die Systemdateien in Speicher schicken und dann alles stoppen, außer den laufenden Arbeiten. Ihr seht, hier auf 11/7 AUS 63 werden gerade die Meerestiefgengräben gefräst und die Kruste bekommt jetzt den Härter, bis der ausgehärtet hat, bin ich wieder hier, lasst uns gehen",
 sprach es und warf sich einen Umhang um.
Einen richtigen Überwurf, echt schöpfermäßig, schritt auf seinen Cermedes zu, betätigte den Türöffner, die Flügeltüren entfalteten sich geschmeidig und der Gleiter verfiel in den Startmodus.
Hugin und Munin hüpften in den Fond und kaum waren Sie in die Polster gesunken, beschleunigte der Bolide und presste die beiden tiefer ins weiche Elefantenpimmelleder, mit Ziernaht in Fahrzeugfarbe.
    Der Schöpfer trat behände aufs Gas und fuup waren Sie da.
Sie stiegen aus und dann standen Sie schon vor einem Gestell, eher Gerüst, indem ein Nashorn zur hälfte fertig gestellt war.

Das Exoskelett, die Innereien waren eingebracht, das vordere Teil mit dem hinteren verbunden und Robotarme spannten Sehnen und Muskeln.
Ein weiterer Roboter zog die Adern, Venen Arterien ein.
Alles, was zu diesem Tier gehörte, wurde mit einer Art Gaze, über den Torso gerollt und dann festgerubbelt.
Kleine Nanobots entfalteten sich auf dieser Gaze, drangen in das Gewebe ein und begannen die Nervenbahnen, Muskelstränge und Adern und das Gewirr, an seine end und Anfangspunkte zu verbringen und zu verlöten.
Das Ganze ging so atemberaubend schnell und in einer solch harmonischen Choreografie, das Hugin und Munin der Mund, sorry Schnabel sperrangelweit offenstand.
Etwas weiter oben rechts und fast in der Mitte, sahen Sie eine Art, „dünnsten Faden" an dem Haken hingen.
Das Seil setzte sich in Bewegung und die ersten Haken erschienen, die mit etwas bestückt waren, eine Art wattiger Klumpen, der beim Weiterfahren des Fadens, wie eine Seilbahn fungierte.
Die Befestigungen stoppten über einer Wanne, um jeden der Brocken kurz einzutauchen, und am Ende des Bades kamen diese Klumpen wie polierte Jade wieder hervor.

    Dann ging es weiter zur nächsten Station, da stand jemand krumm gebeugt, ein Buckliger. Der aus Schubladen, unter sich, Fächern hinter sich und aus Tüten neben sich, in einer Kiste Teile in hoher Geschwindigkeit herausholte, dass die Augen nur schwer folgen konnte.

    Diese Teile entpuppten sich als Beine und nachdem diese in den Klumpen verbracht wurden, zuckten Sie erst, später zogen sie sich zusammen, krampfartig danach entspannten Sie sich wieder, das ganze 3-4-mal. Dann bewegten sie sich synchron, wäh-

rend der Faden mit den Haken dran Sie weiterzog.
    Zu einer Station wo ihnen ein haariges mini Fell in gelb Schwarz übergestreift wurde,
sie bekamen kleine Antennen oder Fühler auf das obere Ende, es folgten Insektenaugen, die eingeklebt wurden und ein Abstreifer holte sie vom Faden, sie rollten auf ein Band.
Alle lagen in der gleichen Richtung und dann wurden ihnen transparente Dinger an den Rücken geklebt, kaum zu erkennen, was das waren.
Es ging ja Ratz- Fatz.
    Einer nach dem anderen, wie in einer Fabrik halt, was es im Grunde ja war, rollte auf das Band, wurde ausgerichtet via Laser zentriert und dann wurden diese durchsichtigen schillernden Dinger auf der Rückseite an gelasert.
Danach verbrachte das Band die gelb-schwarzen Kugeln auf eine Art Gitter, wie ein Schachbrett nur ohne schwarz-weiße Felder.
Sobald ein Feld gefüllt war, Ionisierte die Luft bläulich über dem Torso und die Dinger begannen zu vibrieren und jetzt konnte man es sehen, es waren Flügel, die sich entfalteten.
Die langsam aufklappten und zu zucken anfingen.
Erst war ein dünnes Wispern zu hören, später steigerte es sich, in ein sanftes Summen, ein richtiges Sirren, wie bei einem Moskito und dann wurde ein Brummen draus, alle Torsos hoben synchron ab und verließen das Gitter.

„Hummeln"
Erklärte der Schöpfer gelangweilt.

„Der Diesel unter den Insekten, hier ist die Fertigungsstraße für neu Kreationen, wenn eine Sorte in Serie geht, dann ist die Produktionsstraße etwas breiter und das bedeutet das 45000-fache,

aber wenn ihr das beeindruckend findet, solltet ihr erst mal die anderen Insekten Produktionslinien sehen. Da wird im Spritzgussverfahren gearbeitet, ist fast alles Chitin, nur Libellen und komplizierte Körperstrukturen werden nach dem Guss noch mal in einem Finishing, aufpoliert und auch immer weiter entwickelt. Moskitos, Fliegen, all diese simplen Kreaturen, werden gespritzt und maximal entgratet. Absolute Massenware, mittlerweile kaufen wir 80% bei den CHIN, die produzieren die nach einem ganz neuen Verfahren, ähnlich dem Drucken. Schaut mal da drüben,"
Der Schöpfer deutet halb links und auf eine Farbenpracht, die ihresgleichen sucht.

Myriaden farbiger Blätter eins am anderen, schimmerten im absoluten Bunt,
 auf einer Bahn, die an eine Rolle Papier in einer Rotationsdruckmaschine erinnerte, von der anderen Seite wurden längliche Gebilde zugeführt.
Es war aus der Ferne nicht so eindeutig zu sehen, aber nachdem diese bunten Blättchen per Ultralaser aus der Folie geschnitten waren und dem lang gestreckt/ gezogen Gegenstand zugeführt wurden, somit verbunden waren.
    Es kamen immer 12 000 mal 12 000 auf ein Gitter, wurden ausgerichtet, bis ein blauer Ionenstrahl fächerförmig über das Netz strich.
    Sofort fingen diese Blätter an, ebenfalls zu vibrieren, sie klappten nach oben, zitterten, dann falteten sie wieder runter und ...

„Menno Munin, das sind Schmetterlinge".
„Ja die stellen wir zu 95 % selbst her, wir importieren nur Kohlweißlinge und diese 0815 Flattergeister, dafür in enormen Stückzahlen. Aber die Kreativ-Abteilung besteht weiterhin darauf, dass wir sie selber herstellen, dabei immer neu Designen.

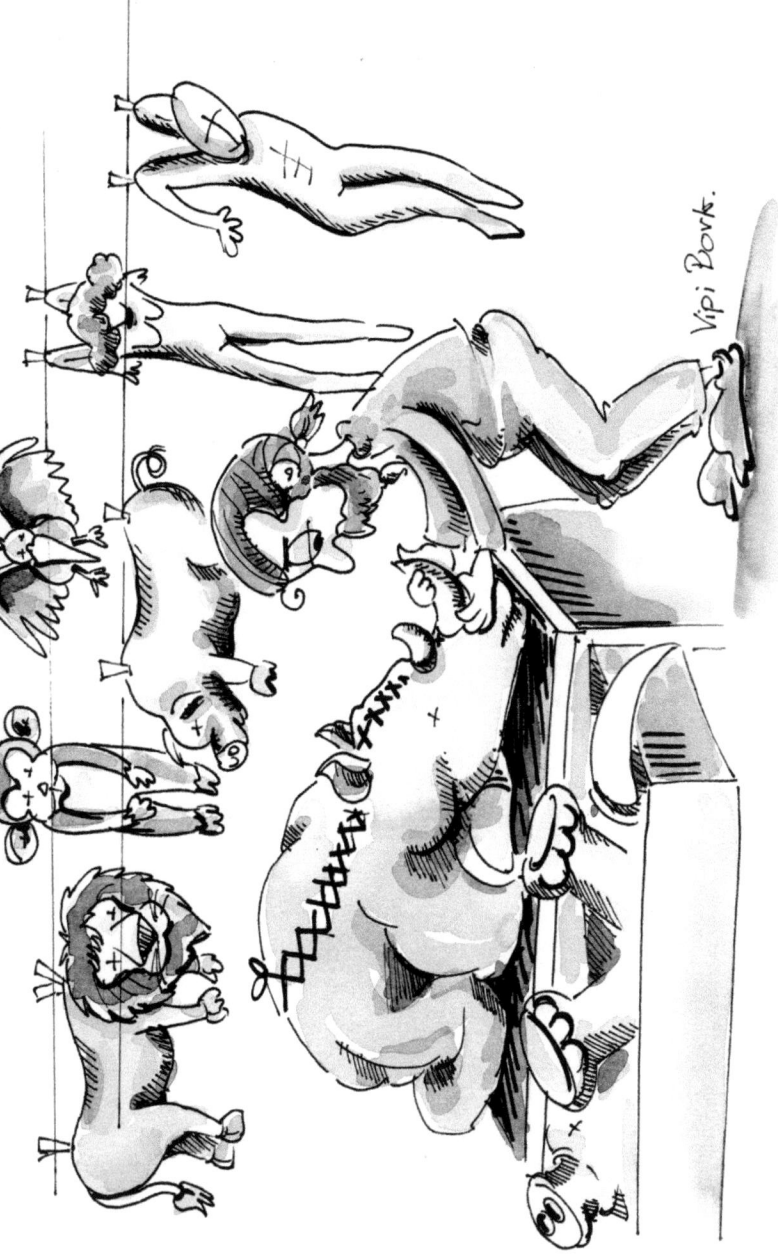

Lasst uns mal den Olé suchen, der ist bestimmt da drüben in der Halle neben der großen, da ist sein Büro und seine Lieblingsfachbereiche, Design und neue Kreationen." Die 3 marschierten los.
An weiteren Gestellen vorbei in den Kreaturen in allen Stadien der Produktion steckten, hingen und gestaltet wurden.

Überall lagen Organe auf Tischen, die darauf warteten in die Torsi eingebracht zu werden, und Skelette standen vormontiert in der Nähe.
„Der Versuch, so nennen wir das hier".
Meldete sich eine Stimme, aus dem Nichts.

„Die meisten Produkte sind zwar schon uralte Designs, aber wir probieren immer etwas, zu verbessern, so mehr oder weniger.
Oft sind es Rückschritte, wie beim Menschen, so einigen Baureihen des Homo sapiens ..."
„Ich bin Olé, kann mal jemand hier dran ziehen?"
Eine Hand, die aus einem Nashorn Torso herausragte, deutete auf etwas, dass wie ein Nervenstrang aussah oder Muskeln.
Munin hüpfte dahin, nahm eine der Fasern in den Schnabel und zog dran.

„Heureka rief es aus dem Torso, es funktioniert, kann mich mal jemand an den Füßen Packen und hier herausziehen".
Der Schöpfer erledigte das.
      Man müsste annehmen, dass schmatzend, blubbernde Geräusche zu vernehmen währen, dass der Körper glitschend, flitschend dem Torso entgleitet, aber nichts dergleichen.
Nicht mal Blut oder andere Flüssigkeiten auf dem Ingenieurskittel.

„Hat irgendjemand einen Schwamm, irgendwer hat in das Nashorn gekotzt, dabei habe ich die Organe frisch kalibriert und jetzt ist das Interface ...
.... Hallo Papa, dass Du einen Vogel hast, haben wir gestern auf der Schöpf COM festgestellt.
Also wenn der S-Ör den ich eben vor 20 Minuten gegessen habe, nicht schlecht war, muss es an dem neuen DNA-Cocktail liegen, dass ich da 2 Vögel sehe und was für schräge. ...Die sind ja echt!?"
Äußerte sich Öle zur Situation.

„Die Schnäbel sind wirklich echt und gut geeignet, Augäpfelchen in kleine Stücke zu hacken oder den Schädel um das Gehirn zu schlürfen".
Setzte Hugin zu einer seiner Tiraden an, bevor ihn der Schöpfer beschwichtigte.

„HALT, halt aufhören, ich kann nicht mehr, ..."

Svenney war aufgesprungen, riss dabei fast seinen Schniedel ab und stand immer noch als ganzer Mann, zitternd im Damenklo.

Die Aufzeichnung wurde gestoppt.

„Warum können diese Vögel sprechen, wieso erklärt ihr denen alles, von was redet ihr denn da?"

Klagte Svenney O Shea.

„Gemach, gemach mir ist klar, das ist zu viel für Dich. Alles auf einmal, aber wir haben keine Zeit mehr, das Leben, die Welt, worum sie sich dreht, ist komplizierter. Was Du hier siehst, ist gar nichts, nur ein kleiner Ausschnitt.

Reiß Dich zusammen, hier kommt noch mehr."

Der Vision-O-Thron lief wieder an. Ein Untertitel wurde eingeblendet.

24 DNA Daten Design

„Schaut mal hier drüben, da wird Biomasse oder die Desoxyribonukleinsäure kreiert, im Prinzip nur Dateien, Baupläne oder Anleitungen.
 Aber wenn Sie durch den Transformator - De-Strukt oder eines der B-Uild A-Life Fertigungseinheiten geschickt werden, kommen die genialsten oder weniger brillanten, also die von uns genannten L-Oo-ser Lebenseinheiten heraus.
Diese testen wir dann auf unseren diversen Urwelten. Planeten die ihre Garantiezeit weit überschritten haben, wir renovieren natürlich alles an abgenutzter Oberfläche, die Grundlagen und stellen den Ausgangspunkt wieder her, eher ... also nein den Zustand, wie dieser Planet funktionieren sollte und funktioniert hat.
Behauptet sich eine Schöpfung aus B-Uild A-Life Modul, lassen wir es gegen ähnliche Kreationen in diversen Tests oder Wettkämpfen antreten.
 Und zwar contra weiteren aus diesem Programm.
Die bessere Version gewinnt, die andere wird gelöscht, aber nicht nur Stärke und Gewalt kann gewinnen.
          Diese Spezies stehen schnell am Ende einer dieser sogenannten Evolutionen, siehe auch die Dinosaurier auf eurem Planeten, die waren riesig, schienen unbesiegbar und dennoch weg. Dagegen der Homo Homo sapiens, übrigens eine Entwicklung von Òle, auf die er mehr oder weniger, gar nicht stolz ist.
          Obgleich diese sich am besten entwickelt hat, also die Spezies, nicht aber ihr Verstand".
Òle unterbrach an dieser Stelle.

„Den ich absichtlich, minderer bemittelt habe.
Weil der Homo sapiens, also der Nachkomme des
Homo erectus aus dessen DNA später dann das Viagra
isoliert wurde um, dem leicht spröde wirkenden Model
des sapiens, bei der Fortpflanzung etwas auf die Spur
zu helfen."
„Ich habe da Fragen",
richtete Munin das Wort an Òle.

„Ich vernehme da den Begriff Fortpflanzung, ein Vorgang, der mir wohl bekannt ist. Der Baustein für die
Philosophische Frage, des Seins oder Nichtseins, nach
Shakespeare auch für den unkontrollierten Akt der
Begierde zu einem anderen Geschlecht, in meinem Fall
das weibliche ...."
„Dir reicht doch schon ein Rockfederkleid über einen
Sägebock gehängt um ..."
Unterbrach der sogleich selbst unterbrochene Hugin.

„Fortpflanzung ..."
Nahm Munin den Faden seines Monologes wieder auf.

„...führt zu Nachkommen, wieso produziert ihr hier
Moskitos im Spritzgussverfahren???"
„Nun auch wenn nicht alles in einem Guss ist, bei euch
auf der Erde, bleibt zumindest, der Spritz ... ein Schuss
Ejakulat, mit DNA geschwängert, an den richtigen Ort
verbracht, das Leben verlängert.
Ja und für das andere, weniger komplizierte Sein verwenden wir das Spritzgussverfahren.
Ist billiger und effektiver als ausstanzen, fräsen oder
gießen.
    Wenn auch die Formen fix vorgegeben sind,
deswegen sehen Insekten, Fische, Würmer, Maden,
Käfer immer gleich aus, wie gegossen halt und Homo
sapiens nicht, deren differiertes Erscheinungsbild ist

eben mehr strukturiert, das Programm komplizierter, Blah Blah.

Viele der Götter, die mich beauftragen, verlangen oft nach der Krone der Schöpfung, ja da weiß unsereins, Lager IV dritte Reihe, oberste Ebene.

Da stehen sie dann, die Gottgleichen, die Ebenbilder.
Das komische an alledem ist ja, auf eurer Erde hat es so viele Götter, dessen Legenden so was von zweifelhaft sind, aber deren Produkte und Klone eben, die sehen irgendwie nahezu gleich aus.

Ok an Farbe und Gesichtsform, gibt es Variationen, von Schwarz bis Weiss, über Rot und Braun, meist aber chemisch erwirkt durch Selbstbräunungscreme. ....."

„Ich habe nie verstanden, warum die Homo Homo sapiens immer das wollen, was sie nicht haben?

Nehmen wir den Negriden, der will hellhäutig sein, der Kaukasier strebt via Solarium und Selbstbräuner nach Farbe, der Gelbe findet wieder Weiß chic und statt Bräunungscreme konsumiert dieser whitening Produkte." Unterbrach Hugin.

„Ja und die breitnasigen, wollen unbedingt eine schmale, lange Nase, auch wenn diese, für deren Umwelt und andere Einflüsse sowie das Erscheinungsbild der Gesichtsphalanx gar nicht so konstruiert wurde, und das mit Absicht".
Stellte Munin in den Raum.

„Ja, diese Locken also diese DNA Struktur im Haupthaar, die sie extrem haben, möchten sie nicht, in Afrika sind Haarglätteprodukte der Burner, während asiatische mit glattem Haar gesegnete, Locken wollen."

„Ach ja die Dauerwelle, was Wasserstoffperoxid alles kann. Kopfhaare bleichen, aber auch die Struktur im Haar selbst verändern, dabei ist das so billig, dieses Abfallprodukt ... Ja, die Götter der Erde. Die wissen eben nicht, was sie wollen."
„Schaffen Leben nach ihrem Abbild und die Ebenbilder möchten dann aussehen, wie ein anderer Gott sie erschaffen hätte, außer die Inder, die Hindus, die finden sich cool, was ich als eine verzerrte Selbstwahrnehmung empfinde."
„Wer will aussehen wie Ganesh, außer den Elefanten, die das ja schon erfolgreich tun und selbst da, indische Rüsselträger mögen gerne Ohr Extensions, während die Afrikanischen sich die Ohrlappen reduzieren lassen. Es ist ein Mysterium, ein Rätsel, das die australischen Kängurus nicht teilen, die nehmen sich so wie sie sind. Politiker übrigens auch, im Gegensatz zu deren Volk, das hätte diese Schmocks lieber ganz woanders."

„In weidomisierenden Sümpfen oder in Sibirien, da funktioniert das Model „Arbeitslager recht effektiv."
Merkte Hugin kurz an.

Die große Mattscheibe, die keine war, wurde schwarz.
    „Die Zeit, sie beginnt wieder zu fließen."
Die Stimme des Schöpfers klang gelassen.
Die von Svenney weniger.

„Wir, die ganze Menschheit, meine Bernadette wurden hergestellt?"
    „Aber ja, Bernadette ist eines unserer beliebtesten Schlampenmodelle, in fast jeder neuen Bestellung ordern die Götter ein paar für sich selbst oder für die Könige und andere Herrscher."
    „Ich bin sicher sehr beliebt, bei Göttinnen und für Herrscherinnen sowie Kö. ...?"

„Nein, eher nicht. Du wurdest, glaube ich bei einer Gesellenprüfung hergestellt, als praktische Prüfung. Ist soviel ich weiß durchgefallen. Hast Du es verstanden? Deine Erde ist nicht alles und ihr Menschen ebenso, wie die anderen Lebensformen. Was immer, es wird angefertigt. Es gibt unzählige Kreaturen, Planeten. Die meisten Welten sind wie eine Kugel oder leicht abgeflacht, Geoid. Dann die Scheibenwelten, Flacherden aber auch der wahre Diamant im Multiversum Tetra EDER oder wenn man den Anhang umstellt die Tetra ERDE. Sie hat die Form eines doppelten Tetraeders, aber die Oberfläche ist nur ein Dreieck. Der Himmel bildet auf dem Trigon ruhend das obere Tetraeder und das Meer füllt den unteren Vierflächner. Der Äquator ist mir besonders gelungen, dieser Planet ist das Meisterwerk und ist ein Einzelstück. Alle Pläne dafür halte ich unter Verschluss. Nach meinem Ableben in ein paar hundert Milliarden Jahren, bekommt Ole die Pläne, was immer er daraus macht."

Der Konstrukteur hatte die Stimme gesenkt und mit dem Lektor Blickkontakte ausgetauscht.
Svenney war wieder auf dem Klositz zusammen gesunken, diesmal ohne sich etwas einzuklemmen. Die Umgebung begann gaaanz laaaangsam damit, sich zu bewegen, im Ultra SLOMO floss alles Mögliche um die 5 herum. Die Töne aber waren auf stumm, sie beginnen erst wieder laut zu geben, wenn der Zeitfluss auf mindestens 50% ist.
Der Schöpfer schaute auf sein Eingabegerät am Unterarm, entnahm darauf seiner Brusttasche einen elektronischen Rechenschieber, schob ein bisschen hin und her und blickte dann gutmütig und freundlich zu den seinen.

„Die Zeit fängt bald wieder an konventionell zu fließen, 20 vielleicht 25 Minuten habt ihr Frist, und nochmals 20 mal sechzig Sekunden, dann ist normaler Zustand wieder hergestellt. Ihr werdet es beizeiten schon erkennen."

Der Lektor stand steif, wie es seine Art war vor der Schöpfer Projektion und fixierte sie.
„Verehrter Konstrukteur, wir sollten die nächsten Schritte abstimmen. Die Schlüssel 6 und 8 sind in unseren Händen und müssen nur noch ins Terminal. Wenn wir uns beeilen und schnell in den Thronsaal kommen, nehmen wir uns das Thronshuttle, die Rettungskapsel zum Berg Vacaputepattapetel. Es sollte noch nicht zu spät sein."

„Langsam mein lieber Lektor, so sehr es mir widerstrebt, Ihren Plan in Frage zu stellen, so erlaubt mir diesen Hinweis. Bevor der Normalzustand nicht eingetreten ist, wird sich das Shuttle nicht aus der Umklammerung der Zeit lösen können. Wir haben also eine Spanne, die weiteren Vorgänge zu besprechen. Wo sind die nächsten Codekarten versteckt, ich vermute, sie sind nicht alle auf der Erde, der runden oder auch Terra."
„Ich erinnere mich No 10 im Mittelpunkt des Multiversums auf Tetra EDER, beim Pack versteckt zu haben. Wie Sie wissen hochverehrter Herr Konstrukteur, der einzige Planet, der wie die Scheibenwelt Flach ist, aber die Form eines Trigon hat. Also ein Dreieck darstellt, dessen Himmelshülle den ersten Tetraeder ausbildet und die Unterseite mit dem Meerwasser, den zweiten Tetraeder."

„Ich freue mich lieber Lektor, das Sie mein Meisterwerk so trefflich beschreiben können, eben noch schwelgte ich in Erinnerung an Tetra EDER ...."

„Verzeihung verehrtester Schöpfer, ich war nicht konzentriert, weil mein Blick von diesem Schwein beleidigt wurde, das versucht sich zu reinigen."

Der Lektor deutete auf Svenney und zog eine Augenbraue angewidert hoch.

„Darf ich Sie, werter Freund fragen woher ihre fundierten Kenntnisse über meinen Lieblingsplaneten, auf den ich außerordentlich stolz bin, herkommen? Waren Sie schon einmal dort.?"

„Sicher dürfen Sie geschätztester Freund und Wegbegleiter das fragen. Die Antwort ist, ich war sogar oft dort, in meinen verschiedensten Eigenschaften.
Als Diplomat meistens, Botschafter, Buch und Steuerprüfer. Für Zahlen habe ich eine Schwäche."

Das Lächeln im Antlitz des Lektors nahm dämonische Züge an, das im Gesicht des Schöpfers wurde milder.

„Gewiss, alle Welten wissen, euch entgeht kein Fehler und selbst wenn eine ReGIERung keinerlei einzigen Lapsus gemacht hat, Ihr findet ihn trotzdem. Fahrt fort mein bester Freund".

„Ihr schmeichelt mir, ehrwürdiger Schöpfer, ich stehe dem Multiversum in der Pflicht. Ich musste oft nach Bäh Lin, eine links grün versiffte Hauptstadt, bestehend aus roten und grünen Sümpfen, viel Slum, Antifanten und Multikulti. Das Land gehört Bic Tech Firmen, wie z.B der Mietkloersteller toi toi toi oder auch Tois R us, daher der Name Toitschland."
„Im Grunde ReGIERen diese Big Tech´s das ganze Land. Es gibt da zwar so 736 grunzende Schweinchen um einen Trog, der in einem Kuppelbau untergebracht

ist, aber die sind eher dazu da, dem Volk der Toitschen den Willen der Big Tech aufzuzwingen."
„Ein wunderschönes Land, das an zwei Randmeer Abschnitten liegt, bezaubernde Gebirge hat und es mehr Biersorten als Pflanzenarten gibt."
„Die männlichen Lebensformen tragen kurze Lederhosen, hüpfen auf und ab, schlagen sich auf die Oberschenkel und rufen juchhei, herzerwärmend, wenn man eins hätte."

„Die weiblichen sind fesch, tragen sittsame Kleider, schnüren die Taille zusammen und haben am oberen Gewand eine Auslage, Ausschnitt wo Sie präsentieren, was sie zu bieten haben."

„Die Balzzeit ist im Oktober, da zeigen die feschen Maderln ihr Interesse in dem sie auf einer „Wiesn" unzählige Bierkrüge über den Platz schleppen und von brünstigen Toitschen am Podex begraptscht werden."

„Aus allen Regionen der Galaxie kommen Besucher zu diesem Balzfest und benehmen sich daneben, das gehört zum guten Ton. Wer sich anständig benimmt, beleidigt die Gastgeber."

„Ich war oft in der Region Mündchen, habe den dort reGIERenden Sonnenkönig Markus der 14te beraten. Was nicht leicht war, er ist nicht nur selbstverliebt und arrogant, sondern beratungsresistent."

„Das war überhaupt das große Problem in Toitschland, egal, in welchem Trogsaal des Volkes, in wessen Ministerium Gutachten bestellt wurden, die Auftragsvergabe lief immer gleich ab."

„Normalerweise gibt man eine Expertise in Auftrag, schildert das Problem und wartet darauf, das Experten die Causa lösen und eine Antwort liefern.

Später holt man sich von mehreren Stellen ebenfalls Gutachten ein, die vom Ersten meistens abweichen. Darauf folgend wird darüber diskutiert und am Ende werden die Argumente abgewogen und die besten gewinnen, worauf man es dann so macht."

„Bei den Toit-O-nen und den Toitschen läuft das anders. Egal ob ein kleiner Trogsaal oder das große Fressen in Bäh Lin ein Gutachten beauftragt, gibt man die Antwort vor, die man haben will. Die Gelehrten, die dort aber Geleerte sind, müssen dann den passenden Sermon zu den vorgegebenen Beantwortungen erfinden."

„Die PO litiker kommen dann im Palaverment, quasi dem Trogsaal zusammen und beschließen welchen Unsinn sie als die Wahrheit verkaufen, ganz im Sinne der Big Tech. Gleichzeitig werden dann alle alternativen Meinungen, wie es zu dieser Antwort gekommen ist, geächtet."

„Wagt es sich, ein studierter eine andere These aufzustellen, als die Vorgegebene wird er sofort gebrandmarkt und muss einen Aluhut tragen, einige werden mit braunen Keulen zusammengeschlagen, die PO litiker sind da recht flexibel."

„Was ist ein PO litiker?"

Fragte der oberste Konstrukteur neugierig.

„Die Antwort ist in der Bezeichnung der Kaste zu finden. PO ist auf Tetra EDER oder ERDE (wenn man das Wort umstellt Anm. des Erzählers),

Die höfliche Form von Arsch. Neben PO litikern hat sich noch eine weitere Gesellschaftsschicht gebildet, die PO lizisten. Äußerlich erkennt man die Mitglieder der beiden Kasten sofort. Sie haben keine

Nase, weil der Mund hochkant verläuft, genau zwischen den Backen. Der eigentliche Grund, warum die Nasen fehlen liegt darin, das Ur PO litiker gerne KO-X einen weißen Schnupftabak durch die Riecher gezogen haben. In den Generationen wuchsen die Gesichtserker, die von dem Pulver zerfressen wurden einfach erst gar nicht mehr.

Die Kaste der PO litiker sind wie schon gesagt ein eigenes Volk.

736 Schweinchen die sich Abordnen

16 Oberschweine die ministrieren.

1 Obersau der Schranz leer. Grinst dauernd.

Und die Schergen, fiese Unsympathen und alles Schleimer.

PO litiker wird man durch Geburt oder extrem schwere Aufnahmeprüfungen. Schul und Hochschule sowie Universitätsabschlüsse behindern eine Aufnahme. Eine Karriere kann quasi gar nicht stattfinden.

Berufsausbildungen sind ebenfalls verpönt.

Bei den grünen Khmer ist die höchste anerkannte Ausbildung, die jemals zugelassen wurde, ein Taxischein. Der Inhaber hat es bis zum Außenminister gebracht. Dann wurde er sogar Professor. Aktuell gibt es eine grüne Außenministerin, die hat kein Vordiplom, dafür einen Masterabschluß in England und das ohne Englisch, sie kann nicht einmal ihre eigene Sprache. Deswegen benötigt sie zwei Dolmetscher, einen von Brabbel in Deutsch und dann einen für die gewünschte Sprache.

Warum ich aber so viel über Bääh Lin weiß und worauf ich hinauswill, dort befindet sich der Schlüssel No 10.

Bääh Lin müsst ihr wissen, hat unterirdisch jede Menge Hohlräume.

Das kommt von daher, dass dort alle PO litiker auf engstem Raum begraben wurden.

Deren hohle Köpfe sind für diese Aushöhlung verantwortlich, die sich unter der ganzen Stadt erstrecken. Nach der Verwesung blieben nur noch diese Leerräume von ihnen übrig.

Die Untergrundbahn von Bääh Lin nutzt ausschließlich die langen Tunnelsysteme, die auf diese Art entstanden sind und das die Leichen nebeneinandergelegt wurden. Dass diese ganzen Leerräume so tief liegen, ist der Tatsache geschuldet, dass man vermeiden wollte, das einer von denen jemals wieder aufersteht.

Ab und an hat man gerne PO litiker begraben, die sich während der ganzen Beerdigung wie wahnsinnig gewehrt haben.

Es gab auch PO litiker mit Hirn, aber das diente nur dazu, das die Schädeldecke nicht einsinkt. Experten behaupten, die cleversten PO litiker entfernten das Hirn und stopften Stroh in den Hohlraum, dann freuten sich wenigstens die Pferde, wenn schon das Volk nichts mehr haste, als so einen Volksverräter.

In Toitschland und das muss ich lobenswert betonen, gab und gibt es keinerlei Korruption oder Bestechlichkeit. Man greift dort auf das bewährte System der Lobbyisten und Parteispenden zurück.

Ich schweife ab, in diesem U-Bahnsystem, von Bääh Lin ist der Schlüssel No 10 zu finden. Diese Keycode Card rebootet einen zentralen wichtigen Bender, der den Hauptträger Balken 10 schützt.

Um den <<Zehner>>, werde ich mich selbst kümmern, wie gesagt ich weiß in Bääh Lin Bescheid.

Darum werde ich das selbst übernehmen, auch weil Balken 10 der Nächste ist, der angegriffen wird, so bestimmt es die Routine, das Protokoll.

Danach wird der Träger 3 an der Reihe sein, wenn es uns nicht gelingt, die scholastischen Teufel oder wer sonst hinter dem Angriff auf das große Rad steckt, ausfindig zu machen und zu neutralisieren.

Wobei mir berichtet wurde Träger 3 und 10 sind bereits befallen und nicht mehr unter unserer Kontrolle.

Sagt an, ehrenwerter Schöpfer, habt ihr eine Idee, wer so etwas Dummes durchziehen könnte?"

Der Angesprochene legte seine Stirn in Falten, im Allgemeinen ein Hinweis auf angestrengtes Nachdenken.

„Hmm, ich habe mit GrrOoo Krrg konferiert, er schließt nicht aus das die Hypothetischen oder die Zytronen hinter all dem stecken.

Sämtliche Scans um die betroffenen Bender 4-6-8 und kommend 10, hat keine signifikanten Identifikations Strings hervorgebracht. Wir wissen nicht einmal, von wo aus sie die Kontrolleinheiten gehackt haben. Im dunklen Tappen beschreibt die Situation am besten.

Ich bin auch die Listen der Kunden durchgegangen, wer könnte z.B aus Neid ein Interesse haben, das kolossale Rad zu zerstören. Antwort niemand, denn ist das große Rad perdu, gehen alle Universen samt ihren Galaxien und Sternsystemen, einen unbekannten Weg.

Was gerade um uns herum stattfindet, in Normal Zeit ist ja nur der Anfang. Alles wird zur selben Periode überall gleichzeitig sein, vielleicht gar nicht stattfinden. Yin und Yang, die Koexistenz der Gegensätze findet zwar statt, wegen der Balance aber invertiert, wie ein Negativ von einem Bild. Niemand, nicht einmal der Rat der Schöpfer Gilde vermag zu beurteilen, was auf uns zukommt."

„In Bääh Lin auf Tetra EDER nennt man das multikulti, funktioniert nicht besonders gut, endet im Chaos, aber passt. Den auch dort halten sich die negativen Kräfte in einer Balance, wenn man es so nennen kann."

Wieder legte sich die Stirn des Schöpfers, Pardon eines der Schöpfergötter, denn einen Bezug zu irgendwelchen Göttern lehnen die wahren Erbauer ja ab, in Falten.

„Was auf uns zukommt, seht ihr rings um euch, im Moment stark verlangsamt, weil ich immer noch die Zeit kontrolliere. Zum Glück habe ich damals ein Patent angemeldet, Stunde Minute und die Sekunde, dann Zehntel, Hundertstel, Tausendstel, Millionstel … die aber keine Rolle spielen. Außer für uns 5 gerade, denn um diesen Parameter habe ich die Zeit verlangsamt."

Hugin und Munin die beiden Raben Odins, wippten dankbar mit ihren Schnäbeln.

Der Fluss der Zeit beschleunigte sich gemächlich, den Schöpfer oder einen Erschaffer an der Seite zu haben, zahlt sich immer aus. Der Lektor und eben dieser geniale Konstrukteur haben schon manche Krisen von interstellarer Tragweite gemeistert. Jeder in seinem Metier. Der Schöpfer rein technisch, theoretisch bis praktisch. Der Lektor aber war mit unzähligen Talenten gesegnet.

25. Die Vita des Lektors

Angefangen hat seine Vita, man weiß es nicht wirklich, auf der Scheibenwelt, bei der Gilde der Assassinen. Aber aus urheberrechtlichen Gründen ist alles folgende reine Spekulation, Hörensagen.

Der Lektor ist definitiv kein entfernter Verwandter eines gewissen, Lord Vet.

Den erstens hatte besagter Adelige, kein Bewusstsein von Recht und Unrecht und zweitens handelt es sich laut Legende um einen nahen Verwandten, genauer den Stiefzwilling, eineiig.

Aber reines Hörensagen, wie gesagt das Copyright!

Trotzdem würde vieles dafür sprechen. Charakter, Ausstrahlung der Macht, Position in der Führung und ja, beiden sieht man es an, sie scheren sich nicht um Meinungen und Demokratie, lehnen sie zugunsten einer guten Tyrannei grundlegen ab.

Die Wurzeln des Lektors sind aber für die Erzählung nicht wichtig.

Nachdem der Manuskriptprüfer seinen Abschluss in Meucheln, Mördern und wofür die Gilde der Assassinen sonst stand, mit summa cum laude abgeschlossen hatte, empfahl er sich in das Multiversum.

Der Lektor war nicht perpetuell der Cheflektor, auch wenn die Geschichte sämtlichen Seins und Nichtseins, schon allzeit einen Lektor hatte. Dubioserweise zeigen sämtliche Porträts ohne Ausnahme/Unterschied Manuskriptprüfer, aller Epochen, immer dieses Konterfei.

Er war Botschafter, Bote, Abenteurer aber nur in den Schranken seiner Maßgaben.

Er ist Freigeist (weswegen er den freien Willen und Geist unbedingt unter Kontrolle behalten muss Anm. des Erzählers), Querdenker (was ihn zum Gegenteil machte Anm. des Erzählers), er war Philosoph, Philantrop und vieles andere.

Aber egal, welche schrecklichen Dinge er begangen hat, um an die Position zu kommen, die er im Multiversum hat ... Er war und ist und wird nie ein PO litiker, auch wenn seine Talente dafür sprechen.

Er ist der Lektor, der Mann, der von sich behaupten kann, alle Bücher in diesem Multiversum gelesen, sie lektoriert zu haben.

Was in gewisser Weise eine Zensur ...., (Ich habe nichts gesagt Anm. des Erzählers.) darstellt.

Er, der Lektor hat keinen Namen, außer diesem. Wird dieser ausgesprochen erzittert alles und jeder, Angst breitet sich aus. Furcht geboren aus Respekt.

Er ist ein Tyrann, ein Despot, ein Egomane, aber auf seine Art und Weise ist er gerecht und nicht die schlechteste Alternative.

Was sein hohes Lebensalter von einigen Milliarden Äonen beweist. Königreiche, Weltherrschaften, universelle Despotien gingen unter.

Der Lektor blieb.

Nein er wurde mehr. Er wurde die Kontrolle, zur Wissenschaft, zu einer Institution, zum Cheflektor. Zu dem Kollektor einem Sammler von Informationen.

Unendliche Zuträger hatte er, man könnte glauben, wenn er in seinem Garten in Mecklenburgs Güstrow sitzt, das selbst die Ratten ihm alles berichten.

Er hat unzählige Kontakte und das gefährlichste an ihm ist, dass niemand weiß, wie sehr ER im Bilde ist.

Zahllose Machenschaften hat er überstanden, denn seine Gegner haben nicht gewusst, ER ist die lebende Intriganz. Nicht nur das er ein Komplott spürt, in seiner Entstehung enttarnt, er wird sogar ein Teil dieser Intrige gegen sich selbst.

Wer ihn hintergeht, ist hintergangen und verurteilt, lange bevor ER es ihm eröffnet, das ER das Spiel durchschaut hat.

Niemand sperrt den Lektor ein, denn keine Mauer kann ihn halten, es gibt nicht einen Kerker, den er nicht selbst entworfen hat, und so existieren unzählige Fluchtmöglichkeiten. Versucht es jemand dennoch, findet er sich allein im tiefsten Loch.

Ist der Lektor ein Tyrann, ein Despot?

Für diejenigen die ihn hassen, ist er Schlimmeres. Die meisten aber wissen um seinen Wert und sie akzeptieren ihn, wie er ist.

Sie tun gut daran.

Sein Wille geschieht immer, er ist Großmeister der Manipulation, alleine mit den hypnotischen Augen, ein Blick genügt.

Den Rest erzwingt er mit seinem charakteristischen Lächeln, das zwischen beißend spöttisch und grauenhaft grausam wechselt.

ER ist kein Mann, den man zum Feind haben möchte, aber als Freund wird er nur von wenigen wahrgenommen.

Der Schöpfer gehört dazu und GrrOoo Krrg der Wissenschaftler, die beide nahezu gleich Alt sind, wie der Lektor.

Um den beeindruckenden Mann komplett zu beschreiben, würde ein eigenes Buch nicht ausreichen, darum breche ich hier ab.

26. Hexen, Zauberer und die Druiden

Infernalisch trommelten die Trommler, bestialisch die Biester und nackig tanzten die Hexenschülerinnen. Die selbst erzeugte Wolkendecke, Produkt aus den Kesseln und Schalen der Druiden senkte sich immer tiefer und tiefer.

Das Licht der Feuer und Fackeln vermischte sich mit dem Dunst und die Stimmung war heiß. Nicht am Sieden, denn selbst die magische Glocke über dem Gildehaus der Druiden konnte nicht komplett verhindern das, die sich überlagernden Universen, Räume und Zeitstrahlen, für Unruhe sorgten.

Zum Glück war es bei weitem nicht so schlimm wie auf dem Rest der Druideninsel.

Den dort brachen an den Küsten ganze Felsen ab, die aber zu Korsika der Mutterinsel gehörten, welche die exakt gleichen Koordinaten hat, wie die aufgesetzte magische Insel, die Anglesey heißt und eigentlich in Irland liegt.

Trotz aller Magie und Schutzzauber passierten dennoch surreale Ereignisse, wenn auch die meisten umgehend wieder verschwanden.

In einer Nische, da wo das Gebäude des Gildehauses auf die Außenmauer des Parks traf, standen einige Zauberer völlig perplex beisammen.

Sie trauten gegenseitig Ihren Augen nicht, den jeder hatte jedweden vor kurzer Zeit sterben sehen.

„Labskaus, bist Du es? Ich sah deutlich Dein Ende und im Vorhof der Hölle, da hast Du neben mir gesessen."

„Vvolfgang, ja das stimmt, wo sind wir hier?"

Antwortete Labskaus, drehte sich um und rief:

„Meister Grr Ähmhorn, ich habe genau gesehen, wie ihr verbrannt seid, weil sich die Amulette glühend in euren Körper brannten."

„Schwellend ja, als wäre ein Blitz eingeschlagen, diese Schmerzen und niemand hat geholfen."

„Wie seid ihr hierhergekommen und wo sind wir."

Fragte Zero Priest in die Runde, der ebenfalls sein Leben gelebt hatte.

Arnoldegger, der einzige Schmied, der jemals ein Einhorn beschlagen hatte, dem das Horn aber bei der ersten Gelegenheit einfach abfiel, donnerte mit seiner mächtigen Stimme:

„Hoooaaaaar, das hier ist das Gildehaus der Druiden, ich war hier oft. Ob die, uns alle zurückgeholt haben? Das hier ist sicher die Beschwörung, wegen der Elfen Angriffe."

„Schaut eher wie eine Orgie aus, lasst uns hingehen und mit saufen und huren."

„Wir sind tot, uns sieht doch niemand, keiner kann Geister sehen."

„Ich erkenne euch aber und alle anderen da im Park ebenfalls, was ist denn das für ein Nebel?"

„Riecht gut der Dampf."

Labskaus zog eine ordentliche Portion von dem Dunst ein.

„Das muss Hexenkraut sein, von Mari hu und Anna, die 3 sind noch Schülerinnen in der Hexengilde, haben es faustdick hinter den Ohren. Deren Kräuter, wenn man sie raucht, entspannen herrlich. Dahinten sehe ich sie, am Feuer mit noch ein paar heißen Hexenfegern."

„Die sind ja nackig!"

Stellte Vvolfgang fest und Arnoldegger und Labskaus riefen im Chor.

„Last uns hingehen, ich fühl mich gerade so lebendig."

„Bekifft bist Du."
„Quatsch ein Geist kann gar nicht berauscht sein."
„Woher willst Du denn wissen, das Du ein Spuk bist oder wir alle?"

Fragte Grr Ähmhorn und knuffte Labskaus, der sofort aufschrie.

„Gespenster kennen keinen Schmerz, sie bestehen nicht aus Fleisch und Blut, sondern aus Ektoplasma, das schmerzt und blutet nicht.

Ich weiß nicht, welcher Zauber uns hierher gebracht hat, aber ich ahne, dass wir alle tot sind, zumindest waren wir es bis eben noch."

Labskaus lief als erster los, in direkter Linie zu dem Feuer, um das der Hexennachwuchs tanzte. Je näher er kam, desto intensiver wurde die Rauchmischung von

Mari hu und Anna, die völlig in Trance um die Flammen tanzten.

Labskaus stellte sich direkt vor Jabbadieke und Giddlinde, aber sie schienen ihn nicht zu bemerken, von Arnoldegger der zu Labskaus aufgeschlossen war, machten sie sich keine Notiz.

Die beiden Zauberer hampelten vor den jungen Frauen herum, wedelten dümmlich mit den Armen, aber erzielten keine Wirkung.

Labskaus war der Erste, der sich zaghaft wagte und eine der Hexen berührte, nichts. Er fasste Jabbadieke am Arm, hielt ihn fest, wieder keine Reaktion. Er grabschte sie am Busen, sie schrie auf.

„Giddi Giddi da hat mich was angefasst, iiiiiaargs."

Giddlinde schaute ihre Freundin an und schüttelte nur den Kopf.

Giddi lugte zu Jabbadieke und sah, wie ihr Busen eingedellt war und griff, sofort zu, ihr Handgriff aber fuhr ins Leere.

„Du, Arnoldegger die können uns nicht sehen, wir sind doch Geister, was ein Mist."

„Ja nichts gewonnen, nix verloren, wobei es mir hier besser gefällt als in dieser Vorhölle und allenfalls können wir mit der Unsichtbarkeit Spaß haben.

Du scheinst sie anfassen zu können, sie aber Dich nicht, warte mal ich will das ebenfalls probieren."

„Iiiiih da ist was in mir, da fingert mir etwas zwischen den .... äääääääääh."
Giddlinde schrie auf und schlug nach unten hin aus, aber da war absolut nichts.

Labskaus näherte sich und grabbelte ebenfalls an Giddlinde herum.

„Jabbadieke, Jabby schon wieder Schau mal da muss was sein, ich spüre es doch ... wie Finger."

Jabbadieke kramte ein wenig in ihrer Umhangtasche herum, Schaute pfiffig murmelte etwas Unverständliches, in einer alten Sprache, dann öffnete sie ihre Hand und glitzernder Staub rieselte an Giddi herunter und siehe da, die Umrisse einer Pratze wurden sichtbar.

„Mist, wir sind entdeckt, lass uns verschwinden, da hinten stehen Mari hu und die süße Anna, das sind Früchtchen, die immer zu haben sind."

„Meine Herren, was treibt ihr denn da, Labskaus Du.. Du .. Du bist tot, ich habe es mit eigenen Augen gesehen?"

GraTHun Berg baute sich vor den beiden Zaubergeistern auf.

„Ääähm also ja, nein, ja schon, nicht ganz, irgendwie. Kannst Du uns denn sehen?"

Fragte Arnoldegger.

„Ja klar genau vor mir, was tut ihr hier, wie kommt ihr hierher, das letzte Mal sah ich euch tot im Oktav?"

„Mit wem redet ihr, verehrter Meister Berg?"

Fragte Giddlinde.

„Eine gute Frage, auf die ich selbst eine Antwort suche, hier darf ich vorstellen unser ehemaliger Chefkoch Labskaus und daneben vor euch kniend, die Schmiedlegende Arnoldegger."

Antwortete GraTHun.

„Wo, ich sehe nichts Du Giddi?"

„Nein, also sind die beiden, diese Mistfinken?"

„Ferkel, von wegen es sind Mitglieder, es waren Gildenmitglieder, unserer Zaubervereinigung. Eigentlich sind sie tot."

Unterrichtete GraTHun Berg.

„Das erklärt ja einiges, zum einen warum wir sie nicht sehen können und berühren, diese Ferkel aber uns, dazu an unaussprechlichen Stellen."

„Waaaaaas, stimmt das?"

Knurrte der Meister.

„Lasst uns hier verschwinden, wir erklären es an einem anderen Ort. Wieso nur könnt ihr uns sehen und hören und diese jungen Hexen nicht?"

Fragte Arnoldegger und GraTHun antwortete.

„Muss an der Gildenzugehörigkeit liegen. In unserem Gildehaus sehe ich nicht selten Geister wie euch und treffe mich mit einigen altehrwürdigen Magiern öfters, zu einem Gespräch und tausche Wissen über Zauberkunde und solches Fähigkeiten."

„Aber wieso sind wir jetzt hier, hat uns jemand gerufen, beschworen oder was ist los."

Labskaus wollte das wissen. Die drei Zauberer setzten sich in Gang, die beiden Hexenschülerinnen sahen ungläubig in deren Richtung.

„Entweder verarscht uns der Magier Meister oder zwei Sittenstrolch Geister haben uns befummelt, los wir gehen die anderen warnen, Giddi."

So schritten die beiden zur Tat, aber da die Wolke die so gut riecht, immer dichter wurde und tiefer sank, hatten die zwei das Kichern begonnen und den Vorfall schon bald vergessen.

Die Erscheinungen und Paradoxien wurden immer mehr, außerhalb des Gildehauses war das Chaos perfekt, Heere komisch gekleideter Soldaten, wie aus einem Star-Wars-Film marschierten, sie kamen aus dem nichts und verschwanden nach einigen 100 Metern im Garnichts. Es regnete Fische, dann Federn, daraufhin folgten nackte Vögel. Umgekehrt wäre es glaubhafter, gefolgt von Matratzen, die irgendwie lebendig waren und anderem Scheiß.

Immer mehr Gebäude wuchsen aus dem Nichts, riesige Gebilde, die glänzten oder beleuchtet waren, Türme sowie Konstruktionen und riesenhafte Maschinen, die sich bewegten. Ein breites Band materialisierte sich, Lichter strahlten sich in beide Richtungen. In unserer Zeit kennen wir das als Autobahn, aber auf der Insel der Druiden, war es ein Mysterium.

Die Bewohner da draußen schrien hysterisch herum verlangten, den Bürgermeister Kwimpy zu sprechen, bewaffneten sich mit Fackeln und Mistgabeln und machten sich auf dem Weg zu seinem Haus.

Dort angekommen sahen die Bewohner wie der fette Ortsvorsteher, von einer anderen wütenden Horde bereits samt seinem Bett und seiner aktuellen Gespielin aus dem Haus getragen wurde.

Man beschimpfte ihn, sparte nicht an Spucke und so mancher fand etwas, das er werfen konnte.

Kwimpy flehte den Mob an, Rücksichtsvoller zu sein, er werde ja alles erklären, woran aber kaum jemand interessiert war.

Kwimpy galt überall auf der Insel, also dem korsischen Original über den die Druideninsel nur drüber gestülpt war, in einer Parallelwelt, als Lump. Da korrupter Fremdgeher, notorischer Lügner, Fälscher als ein Drecksack durch und durch.

Aber es gab stets nur diesen Kandidaten, niemand sonst stellte sich zur Wahl. Augenscheinlich war, dass vor den Abstimmungen immer Personen aller Schichten, Klassen und Gilden verschwanden, persistent spurlos. Die Verschwundenen hatten eines gemeinsam.

Sie haben alle irgendwann mal geäußert oder laut darüber nachgedacht, sich für das Amt des Bürgermeisters zu interessieren, kaum jemand schaffte es jemals, einen Wahlkampf zu führen. Der unerklärliche Tod kam spätestens am ersten Tag am eigenen Wahlstand, meist aber früher.

Kwimpy stand im Feinripp, samt einer insgesamt siffigen langen Unterhose, aus demselben Material auf einem Podest, das eilig für ihn angefertigt wurde. Etliche der Handwerker ließen sich nicht davon abbringen, ein Gestell über das Podium zu erreichen. Buuuuh Rufe wurden laut.

„Lasst das, ihr müsst diesem Dreckskerl kein Baldachin bauen."

„Dieser Mistkerl, der ist schuld wozu eine Bühne, schlagt ihn tot."
„Spart euch die Kraft, begrabt ihn lebendig."

„Los wir plündern sein Haus."

Doch plötzlich stoppte der Mob das Geschrei, der Hass, schlug in Jubel um. Als ein Strick, mit Schlinge an das Gestell geknüpft wurde. Und einer der Handwerker, vier der Bodendielen mit einer Säge derart bearbeitete, dass ein Durchgang zum Boden entstand.

Während ein Teil des Mobs, die Gespielin des Bürgermeisters entkleidete, um an der Dirne ein Exempel zu statuieren, war ein anderes Segment dabei das Haus des Ortsvorstehers zu plündern.

Leider haben die ersten Bürger, welche den Regierenden samt Bett aus dem Anwesen geschleppt haben, schon Feuer gelegt. Anscheinend effektiv, denn bevor sich der Pöbel die ersten Münz und Briefmarkensammlungen sichern konnten, rannte die First Lady von Korsika, brennend aus dem Anwesen.

Aber aufmerksame Randalierer sahen dieses und retteten die Gattin, indem sie, sie mit ihren Stiefeln auszutreten versuchten.

ES gelang nicht, auch wenn das Blut das aus ihr schoss, 90% der Brandfläche löschte.

Irgendein empathischer Bürger erlöste die arme Bürgermeistergattin, durch einige Schläge mit dem Spaten.

Etwa zeitgleich wurde die Bettgeschichte des Bürgermeisters erlöst. Zwar hatte sie Erfahrungen mit kleineren und mittleren Orgien, aber ein halbes Dorf gleichzeitig, war für das arme Flittchen zu viel.

Kwimpy versuchte alles, er flehte, er wimmerte und winselte, kniete und man lies ihn, zu Wort kommen.

„Lieeeeebäää Büürgaaah, berooohigt Oich. Ääs iihst dooch nächt meine Willäää, was här geschäht äst das Werrk diesaar Fään ond Älfen. Wär haben sää verbaand, jaar. Wär habe sää wait wech jeschäkkt ond säää hätten niemals nich, wiedaar kommen können ond sollen. Abba nun habbän sää nen Wäch jefonden. Wär wissen noch niied wie sää et jemacht ham, abber ma siecht do, das es niied midd räschten Dingen zujeäht.

Liebe Bööschaa, mir Ham do allet jedann un inne Wesche jeleidet.

Inne Momänd, sin de Zuberer enne Hexe miiedsamte Druide, inne Gääng.

Sää henn Kräudder un sonää anner Ding, hänn a alde Schingge vonaa Ukapode beschwore und nu sin sää bei de Druideguilde inne Gääng."

„Hängt das fette Schwein auf."

„Halt Dein dummes Maul, Du Hasenscharte."

„Abba Leud´s beruhischt aich...".

„Halt die Fresse Du Dummschwätzer, Du bist ja nicht mal von hier, wir haben genug."

Nappol Eon, der Schmid trat ermutigend hinter Kwimpy, legte seine linke Pranke beruhigend auf dessen Schulter, tätschelte ihn und knuffte sein Schnullerbäckchen, mit der rechten fummelte er den Strick um den Hals und schubste, Ex Bürgermeister durch den Durchlass.

Der Mob grölte, im Schein des lichterloh brennenden Bürgermeisterpalastes zog der Pöbel zufrieden von dannen.

„Auf zu den Druiden, lasst uns nachsehen, was dieses Pack da treibt, am Ende kommt der ganze Spuk von denen."
Noch bevor dieser Satz ausgesprochen war, verschwand die ganze Gruppe, weil ein Walfisch mit offenem Maul aus dem Nichts auf sie zukam und Hinz und Kunz verschluckte.

Aber schon kurze Zeit später, waren alle wieder da, 2 Km von dem Ort wo es geschah entfernt und jeder war mit Walfischscheiße verschmiert, da tauchte das nächste Paradoxon in Form einer Waschanlage für PKW auf.

Das Heißwachs erwies sich im Folgenden als recht praktisch, weil es wie aus Eimern zu Regnen begonnen hatte. Etliche besorgte Bürger hatten etwas Probleme, mit der Heißluft zum Trocknen am Schluss, die meisten aber brachen sich die Füße in den Transportschlitten auf der Fahrbahn der Waschstraße. Der Rest verzweifelte an der Winter Monat, spezial Unterbodenschutz Behandlung.

Wer übrig blieb, machte sich blitzblank auf den Weg zum Gildehaus.

Im Thronsaal der Ailill-Elfen standen Prinzessin Etain, Nachfahrin der Arsen und Patenkind des Lektors, die Hexe Gitta und der Lektor vor dem Thron des Königs Eochaid Airen.

Svenney war in einem Gespräch mit Firith die sterbliche Frau, vertieft. Was uns aber nicht interessiert, O´Shea hat selten etwas Wichtiges beizutragen.

„Ihr wollt also die königliche Rettungskapsel benutzen, um nach Arag Ort zu kommen, das muss ich entschieden ablehnen."

Der König war empört ob ebendieses Anliegens.

„Ich erinnere mich nicht, jenes Ansinnen vorgetragen oder um etwas gebeten zu haben."

Erwiderte der Lektor gelassen.

„Nicht mir gegenüber, aber leugnet es nicht. Nein die Rettungskapsel ist ausschließlich für königliches Blut, das meiner Familie, nicht für Gewöhnliche ..." Der Lektor unterbrach ihn.

„Gewöööhnliiiiich."

Er zog das Wort gewöhnlich, ungewöhnlich lang. Sein Mund verzog sich zu einem spöttischen, aber schrecklichen Lächeln.

„Gewöööhnlich würdet ihr auf der Stelle die Konsequenz kennenlernen, für solche Rede. Ich habe aber keine Zeit und wenn Du schmieriger Schmock von einem billigen Elfenkönig Dich einmal umsiehst, dauert es nicht mal ein paar Stunden und dieser armseliger Dreckplanet und Dein tuckiges nerviges Elfenpack werden von Träger 6 zermalmt. Wenn nicht das, dann von irgendeinem Paradoxon verschluckt."

Der Lektor schaute den König an, in einer Art, welchen diesen zum schrumpfen brachte, Schweiß in dicken Perlen auf dessen Stirn trieb, die Achseln nässen lies und so peinlich unköniglich es war, den Urin in das Beinkleid schwemmte.

„Ich werde beherzigen das dieses Apparatur, die mich nach Arag Ort bringt, nur königlichem Blut dient."

Das Lächeln wurde teuflisch, die Augen verengten sich.

Eochaid war es nicht gewohnt vor seinen Leuten so angeraunzt zu werden. Er hob beide Hände, lilafarbene Blitze erschienen, er formte eine Kugel und erstrebte diese auf den Lektor zu feuern, da sirrte es viermal blitzschnell hintereinander, ebenso schnell fielen dem König beide Ohren und ebensoviele Hände ab.

„Passt auf, was ihr euch wünscht, es fließt genug Blut auf eurem Herrscherstuhl, der mich gleich zu meiner Mission bringen wird, wie ihr es sagtet königlicher Lebenssaft."

Langsam schlenderte der Lektor auf den Thron zu, zog 2 Messer aus dem Brokat und bemerkte:

„Hübsche Öhrchen, so spitz wie findig. In einigen Kulturen werden sie an Ketten getragen, neben Zähnen der Feinde, aber bei mir würden sie nur auftragen."

Er pfiff scharf durch die Beißer und einer der Wachhunde kam angerannt.

„Braver Wau Wau, hab ich, ja was hab ich, ja da, was hab ich für den Racker?"

Er warf dem Hund die Ohren hin und tätschelte ihm den Kopf.

„Feiner Hundi."

Zum König zugewandt sagte er.

„Ein falsches Wort und Raffzahn bekommt auch Deine Hände, ansonsten kannst Du sie Dir mit Elfen Magie anbringen lassen, falls ihr Armseeligen das bewerkstelligen könnt."

Eochaid sagte nichts, er zitterte kalkweiß unter seiner Krone, auch sonst wagte niemand einen Mucks.

Ein Elf ohne seine Ohren, ein No Go und was dieser endgültige Verlust für Eochaid bedeuten wird, werden wir in diesem Band nicht mehr erfahren. Wahrscheinlich wird Etain, die Patentochter des Lektors die jüngste Herrscherin auf GlauKom, falls die Ailill Anguba nicht eine völlig neue Herrschaftsform ausprobieren wollen und die ganze königliche Familie liquidieren.

Den Segen vom Lektor hätten sie.

„Etain, mein Kind komm zu mir, ich brauche die Strings für die Startsequenz und eine kleine Einweisung, leider muss ich darauf bestehen, das es sehr zügig passiert. Die Balken halten nicht mehr lange".

Etain sah den Lektor fassungslos an.

„O.. Onkel, wa wa was hast Du getan."

Tränen liefen ihr über das hübsche Gesicht, zum Glück tragen Elfen keine herkömmliche Schminke, sonst würde sie verlaufen, so stark kullerte das Augenwasser.

„Gerne würde ich jetzt mit Dir alles erörtern, darüber reden, mit Dir gemeinsam wütend werden, uns beruhigen und weinen und sagen wie leid es mir tut. Aber erstens lüge ich niemals und zweitens, es eilt. Wenn Du so liebenswürdig wärst mich einzuweisen."

„Onkel, wozu..?"

„Wieso ich ihn nicht getötet habe, das frage ich mich selbst. Wenn die Zeit kommt, werde ich darüber nachdenken, einstweilen Hopp Hopp."

Der Lektor schnippte genervt mit den Fingern.

„Svenney auf jetzt, wir müssen los, hast Du die Schlüssel?"

O´Shea nickte ungerührt, wahrscheinlich hat er nichts mitbekommen, weil er ja mit Firith zusammenstand und diskutierte. Die wiederum mit offenem Mund erschüttert die Szene beobachtet hatte und in Ohnmacht fiel. Aber O´Shea achtete weniger auf Details.

Svenney ging zum Thron, legte einen Hebel um, worauf sich eine Platte öffnete, unter der einige Knöpfe blinkten. Er drückte einen, einen anderen und dann einen Weiteren. Der Thron drehte sich und veränderte sich, der Zierrat verschwand oder änderte sich in Waffensysteme, die an einer Art zylindrischer Tubus befestigt waren. Diese Röhre bildete sich aus dem Thron selbst, wie durch Magie entstand an einem Ende eine Glaskuppel, hinter der man einige Sessel und Steuerelemente sehen konnte. Immer mehr nahm dieses Gebilde eine Kontur an, die Svenney nie zuvor gesehen hatte, der Lektor aber in Form eines unterlichtschnellen Zaggato SS identifizierte, eine äußerst stabile zumindest solide Konstruktion, wie sie gerne auf Raumkreuzfahrtschiffen als Rettungsboot eingesetzt wurden.

Als wisse er, was er tue, weshalb er beim Lektor Misstrauen erweckte, bewegte Svenney sich um den Zylinder und öffnete eine weitere Klappe, ein Tastenfeld wurde sichtbar. Er sprach den Lektor an.

„Ihr Patenkind, wann ist ihr Geburtstag. Das genaue Datum."

Der Lektor völlig perplex gab es ihm, verbesserte sich einige Male und war sich dann sicher.

Svenney tippte und neben der Tatsache das die Decke sich öffnete, über dem Thronsaal, tat es der Zagatto SS ebenfalls. Alles völlig lautlos, eher Magie als Technik und doch war es der Fortschritt. Denn in Gefahrensituationen war auf Zauberei kein Verlass, auf Technologie es sei denn sie kommt aus China, eben schon.

„Los, worauf warten Sie, die Nacht ist kurz. Wir haben hier Platz für 8 Personen, wer will mit. Nächster Halt Arag Ort, genauer der Vacaputepattapetel. Noch exakter, Koordinaten Höhe 11239 Meter, x Achse 9-4 y Achse bei 12,781 und die Z Achse, müssen wir Manuel ansteuern, aber kein Problem."

Milliarden von Jahren zierte das Antlitz des düsteren Mannes nur ein Grinsen, gerne spöttisches Lächeln, ein fieses, gemeines und derlei abarten.

Die Mundwinkel bildeten zum ersten Mal einen Strich, exakt gerade, bevor sich die Lippen langsam zu einem Ooooh öffneten, den Augen und der ganzen Gestalt des Lektors sah man an, er erlebt etwas, das nicht sein kann.

Kurz: Das Erstaunen war nicht zu verbergen, Argwohn, Misstrauen.

War das Wesen vor ihm Svenney O´Shea, die Totgeburt, der Depp und Blindgänger?

Nein unmöglich, der Verstand des Lektors flog, alle Formvariable des unglaublichen, verglich er mit dem erlebten, seine Gedanken rasten wie Routinen eines Programms, gaben Sprungbefehle überschrieben Dateien, untersuchten Parameter.

Das war nicht O Shea, ein Klon, ein Duplikat vielleicht, aus einer anderen Realität, einem ungleichen Universum, das sich im Thronsaal faltet.

Ein Doppelgänger, eine Version eines O Shea, sicher eine FALLE!

Ein scharfer Ton wurde laut, steigerte sich und stellte sich als Antrieb vor, der im Begriff war anzulaufen. Der Zagatto SS vibrierte dezent, die Spitze neigte sich leicht nach unten, das Heck stieg auf. Das Triebwerk lief schneller und das Hinterteil senkte sich wieder. Taktische Zeichen würden sichtbar, änderten sich. Signalzeichen und Positionslampen blinkten.

„Wer bist Du?"

Fragte der Lektor gestelzt.

„Keine Fragen, keine Lügen steigt ein.. Sonst fliege ich alleine, die Schlüssel sind hier, ich hole mir den Schatz, aber irgendetwas sagt mir, ich habe nicht mehr viel Zeit. Hopp Hopp."

Nur zögerlich stieg der Lektor ein. Firith die sterbliche Frau unter den Ailill-Anguba-Elfen, war enthusiastischer und sprang fast in den Rettungsgleiter. Sie setzte sich dem Lektor ungefragt gegenüber.

Svenney hinter seinem Kommandanten Sessel, bereitete hektisch einen Blitzstart vor, verglich Koordinaten, schaute wichtig und erzeugte den Eindruck, die Informationen auf allen Bildschirmen zu sehen. Verstehen wäre sicherer gewesen, aber „routiniert" lies er sich nicht von Zeichen und Symbolen beeindrucken, die er noch nie gesehen hatte. Er schaute hierhin und dorthin, nickte ab und zu oder guckte verkniffen, sobald er etwas entdeckte, das er erkennen konnte, wenn er es auch nicht verstand.

Er wirkte wie ein gewissenhafter Pilot, vor dem Start der seine Checkliste durchging.

Das sollte hier so stehen, aber im Grunde drückte Svenney einen sehr großen roten Knopf, auf dem vollautomatischer START stand. Nachdem diese Leistung vollbracht war, schlossen sich bei allen Passagieren die Gurte, die Lehnen wurden senkrecht gestellt. Monitore flackerten auf und eine hübsche Elfin demonstrierte, welche Maßnahmen bei Druckverlust eingeleitet werden, wie man eine Rettungsweste anlegt und wo die Notausgänge sind. Gleichzeitig neigte sich das Shuttle mit der Spitze nach oben, das Dach vom Thronsaal öffnete sich komplett und da, wo eigentlich nur Schwarz und Millionen Sterne zu sehen sein sollten, tobte Chaos.

Das gleiche das in sämtlichen Universen und Galaxien unterhalb des 6 und 8ten Balken wütete.

Der weitere Startverlauf gestaltete sich undramatisch, der Rettungsgleiter stieg auf, gewann an Höhe und ließ das Elfenschloss schnell hinter sich.

„Ladys an Gentleman, hier spricht Ihr Captain O Shea, wir sind im Anflug auf Arag Ort, unsere Flughöhe beträgt 21 000 Fuß, relative Geschwindigkeit 1200 Meilen pro Stunde und die verbleibende Flugzeit wird mit 31,44 Minuten angegeben.

In Kürze werden Erfrischungen serviert, bleiben Sie solange auf Ihren Sitzen, bis der Service abgeschlossen ist. Die Gurte öffnen sich nach der Speisung automatisch, jeder Versuch die Sicherungen manuell zu aufzusperren, zieh Sanktionen nach sich."

Die Stimme klang maschinell und tatsächlich bewegte Svenney nicht einmal die Lippen. Woher der

Flieger Kenntnis hatte wie der Sonderling auf dem Pilotensessel heißt, weiß die Software.

Erfrischungen kamen keine.

Ansonsten lief alles glatt und es dauerte nur wenige Augenblicke, bis der Gipfel des Vacaputepattapetel vor ihnen auftauchte.

Mit seinen über 14900 Metern war der Gipfel bei Tag und Nacht, immer ein rötliches Sonnenlicht getaucht. Da oben gab es niemals einen Sonnenuntergang und die Spitze war wie ein Leuchtfeuer und wurde zum Navigieren benutzt. GlauKom I war extrem schwierig anzufliegen, aber wer die genauen Winkel wusste, fand die Landeorte über diesen Ansteuerpunkt leicht.

Wer sie nicht kannte oder exakt einhielt, der zerschellte auf der felsigen rauen Oberfläche zu 100%.

Auf der Spitze des Berges pulsierte etwas, beim näherkommen sah man, das pulsieren waren Wimpernschläge. Das Auge der Oculus, einem der ältesten Völker des gesamten Multiversums.

Wie alt das Auge der Oculus ist, weiß niemand, denn egal, in welchen Geschichtsbüchern, man die Erstaufzeichnungen vergleicht, das Auge war schon immer da. Es war aber nicht einzigartig, denn auf GlauKom II gab es ein weiteres Sehorgan. Beide Sehorgane hatten die Sehkraft das gesamte Universum zu erfassen. Jedes Auge überblickt einen Winkel von 180 Grad.

Die Sehwerkzeuge schauten jeweils in die andere Richtung und erfassten somit den komplexen Raum mit 360°. Aber jederzeit konnten beide Augen auch zueinander ausgerichtet werden, was mehr Räumlichkeit zuließ.

Fatal war es aber, wenn beide Iris, exakt auf den gleichen Punkt oder im selben Grad eingestellt waren, dann gab es Feedbacks, weil die Gehirne, die in der Felsenspitze oberhalb des Auges untergebracht waren, diese Informationen nicht verarbeiten konnten.

Die Gucker waren organisch, vielleicht magisch, sicher nicht technisch. Den mechanisch wären diese beiden Oculus einfacher zu händeln.

Die zwei Glupscher auf GlauKom I und II, mussten ständig getropft werden, damit sie feucht blieben. Dazu waren Rohrleitungen verlegt worden, künstliche Tränenkanäle.

Beide Augen waren in den Berghöhlen um die 14 000 Meter eingelassen. Der Vorteil die Aussicht, Nachteile der zugige Wind und nicht selten hatte GlauKom I oder II eine saftige Bindehautentzündung. Die allerdings konnte innerhalb 2-5 Tagen kuriert werden und meistens war nur ein Auge betroffen. Schlimmer ist es, wenn ein neues Universum entstand, in Sichtweite der Sehwerkzeuge. Der Urknall war so hell, dass in beiden Augen alles Sehpurpur zerfällt und tagelang nur weisses Rauschen zu sehen war.

Vorteil dieser Oculus ist, sie reparieren sich selbst, heilen. Mechanische Teleskope müssen ersetzt werden.

Alles in allem beeindruckend, wenn man auf den Berg zufliegt und die Möglichkeiten die sie bieten. Sie sehen nahezu sämtliche Vorgänge, die Gehirne, mit denen sie verbunden waren, fungieren als Biocomputer. Sie haben Sicherheitsprogramme, Wachroutinen und Alarme, aber alles funktionierte gleichmäßiger, lückenloser, ja intelligenter.

In diesem Moment richtete das Riesenauge der Oculus I seinen Blick auf die kleine Kapsel, die auf es zuschoss und zwinkerte freundlich, nachdem es die königlichen Insignien erkannt hatte.

Die Elfen waren nicht lange auf dem Planeten, aber sie sorgten für die beiden Augen und warteten die Umgebung. Mit Elfenzauber, der auf Naturmedizin beruht, waren sie die perfekten Wächter für die Oculus.

Sie sorgten für deren Funktion und Erhalt und die Augen dienten ihnen, mit ihrer Sehkraft, die nahezu jedes Teleskop in den Schatten stellt.

Denn diese Sehorgane erblicken nicht nur die physischen Dinge, sie waren die ehemaligen Glupscher eines Sehers.

Somit in der Lage, in die Zukunft und in die Vergangenheit zu schauen.

„Attention Attention please, hier spricht ihr Pilot, bitte stellen sie die Lehnen wieder senkrecht, wir landen in wenigen Minuten.

Bitte bleiben Sie sitzen und angeschnallt, auch wenn die Triebwerke nicht mehr laufen. Es wird ein Imbiss serviert, samt einer Erfrischung.

Danach beginnt der checkout automatisch. Hinweis: Das vorzeitige Öffnen der Sicherheitsgurte zieht Sanktionen nach sich."

Jetzt begann der kritische Teil, das Anlegemanöver. Svenney beobachtete sämtliche Tabellen, Navigationshinweise, die Zahlenkolonnen, die über seine Bildschirme ratterten, ohne nur 1% zu verstehen, er wägte ab und die komplette Erfahrung seines allerersten Fluges strahle die Kompetenz aus, die ihm inne war. Angespannt hochkonzentriert drückte er einen zweiten großen auffällig in Rot gehaltenen Knopf, mit der Aufschrift, automatische Landung.

Sofort bremste das Shuttle ab, schwenkte kurz ein und änderte den Flugwinkel.

Der Berg Vacaputepattapetel war zum Greifen nahe, bedrohlich wirkten die bizarren Felsblöcke, von denen ein jeder das komplette Schiff einfach aufschlitzen würde, käme es ihm zu dicht an.

Es folgte ein Gefühl, wie in einem Fahrstuhl, das Schiff schaltete um auf volle Schubumkehr, es gab einen leichten Ruck und das war es.

Das Shuttle der Befreier des Multiversums stand direkt neben einem anderen Gleitershuttle. 100% baugleich, allerdings mit einer dicken Staubschicht überzogen, aber alle Lichter waren an und es sah aus, als würden Passagieren darin sitzen.

„Achtung hier spricht Ihr Käpt'n O Shea, vielen Dank das sie mit uns geflogen sind, die Außentemperatur beträgt nnfn (undeutliches Genuschel) Ortszeit ist mmmffmmh (dumpfes Genuschel) zu beachten sind unter anderen mmmmghh ddggrrr (absolut unverständlich).

Wir hoffen, Sie waren mit unserem Service zufrieden und verabschieden uns, aber vorher wird ihnen noch ein Snack und Erfrischungen serviert, aus Sicherheitsgründen bleiben die Sicherheitsgurte bis dahin geschlossen. Zuwiderhandlungen werden sanktioniert."

Die Lautsprecher verstummten, ebenso das Geräusch, das die runterfahrenden Turbinen und die andere Technik an Bord erzeugte, es wurde angenehm ruhig.

„Ich brauche keinen Snack, mach diese Gurte auf Du Wichtigtuer, ich will hier raus."
Der Lektor fummelte an seinem Gurtclip herum und bekam einen elektrischen Schlag.

„Bitte verbleiben sie sitzend, wir servieren ihnen Snacks und Erfrischungen, bis dahin bleiben aus Sicherheitsgründen die Sicherheitsgurte geschlossen, Zuwiderhandlungen werden sanktioniert."

„Ich will raus, mach was Du Affe, das tat weh, wofür war das?"

„Ich war das nicht."

Antwortete Svenney.

„Ach, Du hast den Clipper doch hierhergebracht, all das Getue habe mich eh gewundert, was in Dich gefahren ist, die Erleuchtung oder haben diese ganzen Anomalien Dir ein Gehirn aus einer anderen Welt verpasst, vorwärts mache uns jetzt los, sofort."

„Geht nicht, ich weiß nicht einmal, was die letzten Stunden passiert ist, das ist mir alles zu viel."

Jammerte Svenney.

„Wir bitten um Ihre Aufmerksamkeit, aufgrund fehlender Pappbecher, können die Erfrischungsgetränke nicht ordnungsgemäß gereicht werden, wir kümmern uns darum. Entspannen Sie sich, wir werden ihnen umgehend einen Imbiss servieren und die Erfrischungen, bleiben Sie sitzen, die Gurte lösen sich nach dem Service, Zuwiderhandlungen werden sanktioniert."

Im Thronsaal des Königs der Elfen.

Der Abflug der Rettungskapsel war nichts aufregenden, da klappt immer zu 100% selbsttätig. Man muss überhaupt kein bisschen eingeben oder einen Schalter betätigen.

Nur im absoluten Notfall, wenn eine Automatik Routine außer Kraft war, gab es, 2 riesen Knöpfe, vollautomatischer Start und vollautomatisierte Landung. Sobald man am Thron den großen orangefarbenen Hebel „EMERGENCY" gezogen hatte, passierte sämtliches von alleine, angefangen vom Ausfahren der Gangway bis zur Sitzfixierung. Alles absolut alles.

Das System war immer zu 100% zuverlässig. Der König oder seine Angestellten benutzen diesen Service fast wöchentlich. Um das Auge zu warten, die Augentropfen, Tränenflüssigkeiten etc. dorthin zu verbringen und die Messwerte abzurufen, welche die Sehwerkzeuge liefern, denn auch von GlauKom II wurden die Daten an diese Stelle gesendet.

Nur einmal vor 3 Jahren, als eine Rettungsfähre via Emergency ausgelöst wurde, kam sie nie mehr zurück. Diese Fähren haben eine eigene Landehalle, einen Hangar im Berg.

Die routinemäßigen Shuttle landeten weiter unten in einer wesentlich größeren Flughalle, dorthin kamen die Gleiter und Transportraumschiffe, sogar Kreuzfahrtschiffe legten dort an, denn das Auge, die Oculus sind Attraktionen, da einzigartig.

Die notausgelösten Shuttle, erreichen den Berg, weiter oben, in der Ebene der königlichen Familie, wo die Gemächer lagen. Der untere Flugsteig, war für Plebs Pöbel und die Touristen.

Nur einmal wurde bisher der Emergency-Fall aufgerufen, alle anderen Shuttles, mit dem König oder Teilen der Familie landete immer im allgemeinen Hangar.

Eigentlich wusste niemand von den Elfen genau, wie das zusammenhängt, wie gesagt sie haben den Planeten übernommen und sich mit den Oculus arrangiert, aber sich nicht um alles gekümmert oder man hat vergessen es ihnen mit zu teilen.

Deswegen hat niemand das Shuttle vor 3 Jahren, als es im Thronsaal brannte vermisst, man nahm an, es sei vom Kurs abgekommen oder es wurde von Raumpiraten gekapert.

Der verlorene Zagatto SS wurde damals ersetzt, was kein großes Ding war.

Inzwischen war der König in die Krankenstation gebracht worden, die magischen Chirurgen waren dabei ihm die Hände wieder anzunähen, was dank der Technik, Erfahrung und der Magie der Elfen, keine große Sache war.

Aber die fehlenden Ohren, die markant spitzen typischen Elfenlauscher, die fehlten.

Dr. Siin Tafrug zeigte dem Herrscher einige Prothesen, aber keine fand die Zustimmung, des verbitterten.

Weder seine Konkubinen noch die hübsche Tochter vermochten ihn zu trösten. Selbst wenn Sie es versucht hätten.

Linaven und Lumil bemühten ihre geheimnisvollen Tafeln, ihrem Ei Pad IV und orakelten in einem Suchprogramm Oggerle, nach Ohren und fanden einen Eintrag, wie man neue züchten könne. Dazu braucht es Fledermausohren, weil diese von der Form den Elfenohren näher kamen, nur Vulkanier Lauschlappen waren nahezu 1/1 verwendbar. Fledermausohren mussten auf eine Maus genäht werden, und zwar auf den Rücken, Ratten waren fast besser geeignet, da Elfenohren lang und spitz waren. Dann mit Magie und Gensuppe einige Monate an dem Wirt wachsen, bevor die Transplantation vorgenommen werden konnte.

Alternativ Oggerte Lumil bei Elfbay nach gebrauchten Vulkanier Ohren und wurde fündig.

Sie machte ein Sofortkaufangebot bzw. gab einen Preisvorschlag ab, der 20% unter dem Kaufpreis lag und erhielt innerhalb von 20 Minuten den Zuschlag. Mit Pay Paul, einem elfischen Zahlungssystem, das ein gewisser Paul Putter betrieb und das Transaktionen in Sekunden abwickelt und gegen Aufpreis einen theoretischen Käuferschutz anbietet, war der Satz Gebrauchtohren quasi schon auf dem Expressway in den Palast unterwegs.

Lumil freute sich, dem König diese Mitteilung machen zu können, sie zeigte ihm die Fotos und Details und dem Herrscher schien das besser zu gefallen, als Fledermausohren, die auf Ratten genäht wurden.

Die Stimmung von Eochaid Airen besserte sich.

„Wir bitten um Ihre Aufmerksamkeit, aufgrund fehlender Pappbecher, können die Erfrischungsgetränke nicht ordnungsgemäß gereicht werden, wir kümmern uns darum. Entspannen Sie sich, wir werden ihnen umgehend einen Imbiss servieren sowie die Erfrischungen, bleiben Sie sitzen, die Gurte lösen sich nach dem Service, Zuwiderhandlungen werden sanktioniert."

Die mechanische Stimme wiederholte sich alle 10 Minuten und hiermit zum Einhundertzehntenmal.

„Ich verlange umgehend, hier raus gelassen zu werden, mach jetzt was, soooooofort sonst kannst Du was erleben."

Der Lektor riss an seinem Sitzgurt und wieder spürte er einen heftigeren Schlag als vorher, es roch nach Ozon und seine Finger schmerzten brutal.

„Nein, kann nichts machen, was soll ich denn tun?"

Winselte Svenney und Firith die sterbliche Frau fügte hinzu:

„Werter Lektor ich muss da etwas gestehen. Ich habe mich mit diesem jungen hoffnungsvollen Mann, länger unterhalten, nachdem ich ihn einer sehr beschissenen Lage vorgefunden hatte und niemand ihm helfen wollte. So lies ich diesen Recken in private Gemächer bringen, von meinen Dienern versorgen und habe festgestellt, dass dieser O Shea vorzügliche Qualitäten vorweist, die jeden Aufwand meinerseits wert waren.

Dieser junge Held so scheint es mir, bekommt nicht die Achtung, den Respekt, den er verdient, er erzählte mir die Geschichte mit den Schlüsseln, dem

Schatz und das er euch, werter Lektor nie etwas recht machen würde.

Also habe ich ihm aufgezeigt, wie er euer Interesse wecken kann und die Achtung erwirbt, die er doch so braucht und verdient.

Ich habe ihm erklärt, dass dieses Shuttle normalerweise von einem Piloten geflogen wird, aber das es einen Emergency mode gibt. Das er dazu nur den Hebel zu ziehen braucht und ab da geht alles voll automatisch. Ich sagte ihm, er soll so tun, als würde er das, was da vor ihm auf den Bildschirmen flimmert verstehen und er sollte so tun, als würde er irgendwas in die Konsole eingeben.

Also nach meiner Meinung hat er das alles ganz toll gemacht, ein Supertalent, was für ein Schauspieler. Welch ein toller Mann."

„Wir bitten um Ihre Aufmerksamkeit, aufgrund fehlender Pappbecher, können die Erfrischungsgetränke nicht ordnungsgemäß gereicht werden, wir kümmern uns darum. Entspannen Sie sich, wir werden ihnen umgehend einen Imbiss servieren sowie die Erfrischungen, bleiben Sie sitzen, die Gurte lösen sich nach dem Service, Zuwiderhandlungen werden sanktioniert."

Der Lektor saß nur so da, keinerlei seiner üblichen Gesichtsausdrücke umspielte seine Lippen, er hatte gar null Ausdruck im Gesicht. Auch keinen Eindruck mehr, er war wie erstarrt.

Der Lektor verbrachte teilweise Jahre in einer Starre, geschuldet seiner vielen Termine und das er nie schläft und dennoch Regenerieren muss. Wobei er in dieser Bewegungslosigkeit nur dann verfällt, wenn er sich andere Körper geborgt hatte.

Beim Borgen übernimmt jemand, sofern man das Procedere beherrscht den Korpus irgendeiner Person oder Tieres.

Will man z.B etwas sehen das zu weit entfernt ist und man bemerkt einen Raben, besser einen Adler, notfalls einen Moskito in der Nähe, dann kann man diese sterbliche Hülle aus borgen.

Leihen, genau gesagt. Mit Kenntnis der Materie schlüpft man in den betreffenden Körper und hat die Wahl.

A: mit Wissen des Wirts, was so gut wie nie
eine Option ist. Es sei, denn man ist befreundet und ist in einer gegenseitigen Abhängigkeit oder vertraut sich. Wie Hexen z.B mit ihren Raben

B: Passiv, der Wirt merkt gar nichts, weil er nicht übernommen. d.h. manipuliert wird, der Borger ist inaktiv dabei, kann nicht eingreifen oder irgendetwas steuern. Nur was der Wirt sieht, erkennt er.

C: aktiv, die komplette Übernahme, der Mensch, das Tier erinnert sich später an nichts.

Der Lektor erfreut sich einer Unzahl Individuen, denen es eine Ehre ist, ihren Körper zu verleihen. Des Weiteren verfügt er über Klone und ist jederzeit in der Lage, jeden verfügbaren Korpus zu leihen, also Borgen. Ausnahmen gibt es wenige, aber es treten ab und zu welche auf.

„Wir bitten um Ihre Aufmerksamkeit, aufgrund fehlender Pappbecher, können die Erfrischungsgetränke nicht ordnungsgemäß gereicht werden, wir kümmern uns darum. Entspannen Sie sich, wir werden ihnen umgehend einen Imbiss servieren sowie die Erfrischungen, bleiben Sie sitzen, die Gurte lösen sich nach dem Service, Zuwiderhandlungen werden sanktioniert."

Kurz erwachte der Lektor aus seiner Starre, zuerst erkannte man es daran, dass seine Lippen sich leicht verächtlich nach oben verzogen, dann bewegten sie sich.

„Mit Verlaub, meine Teuerste, wer hat Sie irgendetwas gefragt?"

Wie Kohle lagen seine Augen in ihren Höhlen, wie sie es immer taten, wenn der Lektor die Geduld und damit seine Gelassenheit verliert.

Wie ein Raubtier schaute er sich um, jedes Detail prägte er sich ein, notfalls wird er sich einen Greif verwandeln, aber er befürchtete, der Gleiter wäre dafür zu klein, er beschloss abzuwarten.

Darin ist er unschlagbar. Geduld war seine Stärke, außer wenn er sie verlor.

Die sterbliche Frau, Firith bewahrte ihre Fassung. Einerseits war sie einen solchen Umgang nicht gewohnt. Nein, alle buckelten, krochen vor ihr, schleimten, hatten Angst. Obwohl Firith eine freundliche Person war, andererseits faszinierte dieser Macho, alleine die Stimme erregte sie schon.

Seine Aura ist dunkel, ihre hingegen war die eines Lichtwesens, eine helle. Auch wenn Sie sterblich war, fühlte sie sich an, eher hingezogen. Gegensätze ziehen sich an, ahnte sie. Gewiss denkt er ähnlich. Firith redete sich ein, dass der Lektor in diesem Moment an sie dachte, während er sie anstarrte. Die sterbliche Frau errötete ob der Gedanken, die dieser finstere Mann für sie hegen könnte.

.

„Nun sieh dir nur mal diese Person an, aufgeblasen wie alle Elfen und sie ist nicht einmal unsterblich. Nicht mehr lange und die Haut hängt an der Vettel herab, am Hals welkt sie schon. Dieser Svenney läuft ihr offenkundig gut rein, sicher die Wechseljahre. Aber wenn sie es schafft selbigen Lappen ein wenig Disziplin einzuhauchen, soll es mir recht sein. Ich habe wahrlich mehr zu tun, als mit diesem Depp noch anderen 7 Schlüsseln nach zu laufen, da gebe ich eben das Multiversum lieber auf und schaffe ein neues."

Ohne es zu merken, wurde sein Grinsen etwas freundlicher und Firith bemerkte es.

Sie setzte ihr gewinnendstes Lächeln auf und schickte es dem Lektor. Sie fühlte innerlich Schmetterlinge, den dieses Grinsen ihr gegenüber bedeutete nur eins, er der große Lektor war ihr verfallen.

„Wir bitten um Ihre Aufmerksamkeit, aufgrund fehlender Pappbecher, können die Erfrischungsgetränke nicht ordnungsgemäß gereicht werden, wir kümmern uns darum. Entspannen Sie sich, wir werden ihnen umgehend einen Imbiss servieren sowie die Erfrischungen, bleiben Sie sitzen, die Gurte lösen sich nach dem Service, Zuwiderhandlungen werden sanktioniert."

Derweil bei den Druiden

„Mensch Labskaus, Arnoldegger ihr lebt, ich habe euch beide doch im Oktav ..."

„Langweilig, jeder sagt uns das Gleiche, hier sind wir, sehen wir etwa tot aus?"

„Nein, das ist es ja eben."

GraTHun mischte sich ein.

„Liebe Kollegen, die Alten sind sie nicht, nur für uns Zauberer sind sie real. Die Hexen können sie nicht sehen oder berühren, wie die Druiden reagieren werden wir gleich testen."

„Aber was soll das? Irgendjemand muss sie doch beschworen haben."

„Da hinten sind ja Worg vomOrg und One Button App. hey hey hier sind wir, kommt her."

Gottschlächt winkte wie verrückt mit seinen Händen, was meist darin endete, dass sich Magie unkontrolliert entlud. Das tat sie auch.

Die riesen Wolke, die immer dichter und undurchdringlicher wurde, in der es blitzte und ganz leicht sogar donnerte, türmte sich zu einer Cumulus-Castellanus-Wolke, die 6000m hoch aufragte und enorme Blitze produzierte. In ihrem inneren tobten gewaltige Winde und saugten alle Feuchtigkeit in diese riesenhafte Wolke. Diese Flüssigkeit bildete Tropfen, die zu Eis wurden und sich beim Aufstieg in die Stratosphäre immer größer wuchsen. Bis sie dann als Eisklumpen wieder nach unten unterwegs waren. Wir kennen das Wetterphänomen als Hagel.

Genau das passierte jetzt, Hagelkörner so groß wie Kopfsteinpflaster regneten auf das Gildehaus der Druiden nieder.

Die ganze magische Zunft, rannte zu Unterständen, raus aus dem Park. Die Steine schlugen in die Kessel ein, Wasserfontänen kochendend heiß stiegen wie Geysire auf. Fackeln erloschen und einige Feuer.

Eine plötzlich auftauchende Anomalie, die Wesen aus allen fiesen Formen sämtlicher Universen, ausspuckte, bildete sich mitten im Park. Die Schemen kamen in dem Hagelschauer ausnahmslos um.

Die Druiden, wie die Hexen nahmen es mit etwas Freude auf, denn niemand wusste, ob Schutzzauber bei solchen Geschöpfen der „Hölle" helfen würden. Woher diese Kreaturen sonst, als aus dem Orkus hätten stammen können, davon ahnte hier keiner etwas. Mit Ausnahme von der Hexe Gita und wenigen anderen, welche durch oder aufgrund von angewandter Magie, diese Erde 11/7 schon einmal verlassen hatten.

Zauberer und Druiden, wie die Hexen waren sich einig, dass alleine Ihre Zauberei, ihre Beschwörungen, diese Wolke erschaffen hatte und dieses Heer der Feinde, welche nur diese Elfen entsendet haben konnte.

Im Grunde war daran nichts auszusetzen, denn Gottschlächt, war ja einer von ihnen.

Leider hörte der Hagelschauer nicht auf, feldsteingroße Brocken durchschlugen die Unterstände und die Hexen begannen die Naturgewalten zu beschwören, zu denen die Wolken gehörten.

Sieh da, die Bewölkung hatte genug von sich selbst, die Einschläge wurden weniger und nahmen immer mehr ab, dann kam ein letzter Hagelschauer, deren Körner etwa Kiesgröße hatten, von groben Kies.

Danach feiner Splitt, aber wenig, am Ende nur Regen, der bald in Niesel überging und das war es.

Außer das andauernd Anomalien auftauchten, die aber sofort wieder verschwanden, war alles bestens.

Rzr schickte einige Druiden, auf den Vorplatz zu schauen und um die Schäden die dort entstanden sind zu übermitteln.

Vivil die einzige weibliche Druidin und ihr Gefährte Darkfrezz waren unter dieser Abordnung dabei.

Zuerst wollte die riesige Tür des Druidenhauses sich nicht öffnen, es gab mehrere Schutzmechanismen, die meisten unerklärlicher Natur. Aber Darkfrezz war einer derer, welcher den magischen Schlüssel hatten. So gelangten sie auf den Vorplatz und sahen ein Blutbad.

Überall lagen sie, die zerschlagenen Körper. Einige hielten Schilder in den Händen, auf denen zu lesen war:

Nieder mit Kwimpy, das Kwimpy durchgestrichen und durch Druiden ausgetauscht.

Ebenso wurde tötet Kwimpy, durch Druiden ersetzt.

Genug ist genug, gegen Druiden auf Korsika und so weiter.

Die Beschreibung, die ich bekommen habe, lässt mich, euren Erzähler vermuten, dass die Toten vor dem Druidenhaus, die Letzten des großen MOB vor dem Anwesen des Bürger, sorry EX Bürgermeisters sind und sie den Weg gut gefunden hatten, zum Gildehaus.

Einige hatten statt Schilder Regenschirme aufgespannt, aber die halfen gegen den Hagel ebenso wenig.

„Wir bitten um Ihre Aufmerksamkeit, aufgrund fehlender Pappbecher, können die Erfrischungsgetränke nicht ordnungsgemäß gereicht werden, wir kümmern uns darum. Entspannen Sie sich, wir werden ihnen umgehend einen Imbiss servieren sowie die Erfrischungen, bleiben Sie sitzen, die Gurte lösen sich nach dem Service, Zuwiderhandlungen werden sanktioniert."

Der Lautsprecher verstummte wieder und der Lektor wirkte, als wäre er momentan nicht in dessen Körper zugegen.

Svenney lümmelte auf seinem Sessel und beobachtete Firith. Die wiederum den O Shea intensiv musterte.

„Junger Mann, schauen Sie mal auf die Konsole vor sich, die Ablage dort, mit den Knöpfen, was lesen Sie da?"

„Made in ...".

„Nein wie sind die Knöpfe und Schalter beschriftet?"

„Zahlen und lateinische Buchstaben."

„Was steht darauf?"

„S c h e i b e n w i s c h e r, N o t r u t s c h e …
L a u t s p r e c h e r."

Buchstabierte Svenney und drückte auf den Knopf Lautsprecher / Durchsage.

„Wir bitten um Ihre Aufmerksamkeit, aufgrund fehlender Pappbecher, können die Erfrischungsgetränke nicht ordnungsgemäß gereicht werden, wir kümmern uns darum. Entspannen Sie sich, wir werden ihnen umgehend einen Imbiss servieren sowie die Erfrischungen, bleiben Sie sitzen, die Gurte lösen sich nach dem Service, Zuwiderhandlungen werden sanktioniert."

„Schauen Sie mal, ob Sie einen Hinweis finden, wie Gurte lösen oder Sicherheit und Abbruch."

„Nein, davon steht da nichts, nur ….".

Svenney lass alle Beschriftungen durch, verstand aber das meiste nicht.

Der Lektor fand wieder in sich zurück, sein Körper streckte sich, er knackte mit den Fingerknöcheln.

Sein Mund formte erneut eine seiner Grinsübungen und er räusperte sich.

„Ich habe mich eine Weile hier umgesehen, auf diesem Deck, neben uns steht das Schwesterschiff, von unserer Rettungskapsel. Ich habe es mir nicht näher angesehen, weil der Fliegenkörper den ich mir geborgt habe, nicht so die Power hatte. Außerdem ist so ein Insektenhirn, nicht aufnahmefähig für zahlreiche Informationen.

Aber genau querab an Steuerbord, hinter dieser Türe da.."

Der Lektor deutete auf die Tür.

„Steht eine Wartungseinheit, ein Androide mit Armen und Händen auf Laufrollen, ..."

Firith unterbrach ihn.

„Aber woher wisst ihr das, ihr könnt doch unmöglich einen Fliegenkörper ausleihen, was nützt uns denn jetzt ein Putz- Servicoroboter, wir haben glaube ich andere Probleme, als hier klar Schiff zu machen."

Der Lektor ignorierte sie und fuhr fort.

„Ich bin in der Lage, diesen Roboter zu borgen, seine Softwarestruktur ist simpel, Svenney wo sind die beiden Schlüssel?"

„Die habe ich hier."
Svenney fummelte umständlich an seinem Gewand herum und holte beide hervor und zeigte sie dem Lektor. Gut lege sie vor dich auf die Ablage dort, ich versuche jetzt, den Servicerobot zu übernehmen und hierher zu bewegen.

„Svenney schau mal, vor Deinen Augen ist die Steuerkonsole von diesem Raumschiff. Du kannst die Arretierung lösen und das ganze Element zu mir rüber drehen."

Der junge Ire tat dem so, fand zur Überraschung des Lektors die Verriegelung sogar und löste diese. Darauf ließ sich die ganze Steuereinheit zum Manuskriptprüfer schwenken.

Dieser ließ seinen Blick, über die Konsole schweifen und drückte ein paar Knöpfe.

Monitore leuchteten auf, Zahlen und Codekolonnen wanderten über die Bildschirme, bis ein Willkommen zurück Schriftzug aufleuchtete.

OUTranet flackerte kurz auf und das drehende Logo des anderen Internets erschien.

Der Lektor tippte rasend schnell einige tausend Tasten, dann leuchtete „Connected" auf.

User: Lektor DER

Passwort: ....

ONLINE,

das OUTranet-Logo drehte sich schneller.

„Wir bitten um Ihre Aufmerksamkeit, aufgrund fehlender Pappbecher, können die Erfrischungsgetränke nicht ordnungsgemäß gereicht werden, wir kümmern uns darum. Entspannen Sie sich, wir werden ihnen umgehend einen Imbiss servieren sowie die Erfrischungen, bleiben Sie sitzen, die Gurte lösen sich nach dem Service, Zuwiderhandlungen werden sanktioniert."

Die Durchsage war wieder verstummt.

Auf dem Display war ein Plan, dieses Berges, der ganzen Einbauten, Gebäude und jetzt vom Hangar.

Der Lektor änderte einige Einstellungen und hatte Kontrolle über die Überwachungskameras auf dem Hangar, mit einem Joystick. Er schaltete eine Kamera nach anderen durch, er zoomte und verglich die Kameranummer mit dem Bild und dem Lageplan.

„Heureka, ich habe es gefunden. Das Terminal ist hier auf diesem Deck, wir befinden uns auf der königlichen privaten Plattform, sagt an sterbliche Frau, Firith, wo genau befindet sich das Steuerpult?"

„Ich war noch nie in der vertraulichen Ebene, wenn ich hier zu Gast war, in den unten gelegenen Etagen untergebracht. Hier oben sind wir nie gelandet, sondern im Haupthangar gant tief unterhalb, ein Internationaler Raumflughafen."

„Ein ich weiß nicht, hätte gereicht."

Brummte der Lektor und machte sich wieder an die Arbeit.

„Da ist es, das Terminal, ich kann es sehen. Kamera 12.T/6 sauber, das Aufnahmegerät ist mit dem Rechner in der Konsole sogar verbunden, ich könnte direkt von hier ...."

Der Lektor unterbrach sich, dachte angestrengt nach und strengte sich mehr an und war einer Antwort auf seine Frage schon sichtbar näher. Als er sich entspannte sah man ihm an, er hatte eine Lösung.

„Wir bitten um Ihre Aufmerksamkeit, aufgrund fehlender Pappbecher, können die Erfrischungsgetränke nicht ordnungsgemäß gereicht werden, wir kümmern uns darum. Entspannen Sie sich, wir werden ihnen umgehend einen Imbiss servieren sowie die Erfrischungen, bleiben Sie sitzen, die Gurte lösen sich nach dem Service, Zuwiderhandlungen werden sanktioniert."

„Ich werde mich in den Androiden einloggen, notfalls durch borgen, dann werde ich ihn hierher bewegen, Svenney Du gibst ihm die Schlüssel. Der Servicebot wird die Codes ins Terminal einspeichern.

Ich habe von hieraus Verbindung zur Konsole in 12T/6, ich kann alles von hier aus koordinieren und eingeben."

In einer betriebsamen Hektik drückte der Lektor die vielen Tasten, seine Finger waren gar nicht zu sehen, so flogen sie über das Tableau.

Abgelöst wurde das hektische Treiben durch eine Starre, in die der düsterste der Schwarzen, Mächtigen fiel.

Gegenüber öffnete sich eine Tür, und ein Roboter wankte aus dem Rahmen, etwas unsicher am Anfang, aber dann gleichmäßig in Bewegung. Er kam auf den Gleiter zu und war schon da und fuhr ins Innere.

Eine Lichtkaskade an seiner Stirn blinkte auf und er rollte vor den Lektor.

„W i l l y z u d i e n s t e n"

„Willy siehst Du die beiden Speicherkarten dort?"

„W i l l y k a n n s i e s e h e n"

„Welche Art von Ports sind in 12T/6 eingebaut?"

„F i r e h o s t, O U T r a n e t ...."

„Gut danke das reicht, nimm die beiden Speicherkarten und stecke Sie in den OUTranet Port, schaffst Du das."

„W I L L Y k a n n das!"

„Gut dann mach hinne, der Tag ist kurz, abfahrt Willy."

„Soll Willy dort sauber machen?"

„Nachher, tummel Dich und verbiege die PIN´s an den Speichersticks nicht.

Der Servicebot setzte sich in Bewegung, der Lektor verfolgte ihn über die Sicherheitskameras, bis zur Sektion 12.T/6 sah zu wie WILLY, die Speicherkarten in die Slots steckte und in die Überwachungskamera winkte.

„WILLY fertig."

Sofort begann der Lektor hektisch zu tippen, spielte mit den Joysticks, schnaubte angestrengt und wirkte hoch konzentriert.

„Wir bitten um Ihre Aufmerksamkeit, aufgrund fehlender Pappbecher, können die Erfrischungsgetränke nicht ordnungsgemäß gereicht werden, wir kümmern uns darum. Entspannen Sie sich, wir werden ihnen umgehend einen Imbiss servieren sowie die Erfrischungen, bleiben Sie sitzen, die Gurte lösen sich nach dem Service, Zuwiderhandlungen werden sanktioniert."

Im Gildehaus schilderten Vivil und Darkfrezz, dem obersten Gildemeister Rzr, die Situation vor dem Anwesen.

„Meister da liegen hunderte, vermutlich alles tote Korsen. Ich weiß nicht, was die hier wollten, aber sie hatten Tafeln bei sich, Mistgabeln und Fackeln. Auf den Schildern stand tot für Kwimpy und dann war Kwimpy durchgestrichen und durch Druiden ersetzt. Es gab auch Versionen für Zauberer und Hexen.

Was merkwürdig war, sie rochen alle wie frisch gewaschen und nach Bohnerwachs oder so. Sie glänzten und ihre Haut hat überall eine Patina, auch die Kleidung. Will man einen anheben gleitet er direkt aus der Hand."

Setzte Vivil den Meister ins Bild.

„Sicher sind sie auch von den Feen und diesen Elfen geschickt worden, aber unser mächtiger Zauber, hat sie vernäääächtääät.

Wär säänd ooonschlagboooar gewordäään.

Däär Älfän wollän den totaaalän Krrräg? Dann sollen sä ähn bekommen, den Kräääg."

Rzr wirkte etwas idiotisch, wirr, wahnsinnig.

Sein wuchtiger Bart zog sich bis auf einen Oberlippenbart, genannt Suppensieb zurück und sein Haar scheitelte sich.

Vivil und Darkfrezz sahen sich an, währen der oberste Meister nur,

„Krrräg, Kräääg und wieder Krrrräg-"

Stammelte.

GraTHun erschien wie auf Schlag neben Rzr.

Er erklärte das Rzr, seit er die Macht übernommen hatte und doppelt und dreifach so stark war, aber etwas durch den Wind wirkte.

Auch das der größte aller Magier Allerdings es war, der seine Zauberkraft an Rzr übergeben hatte.

Vivil und Darkfrezz schauten ehrfürchtig zu ihrem obersten Meister.

GraTHun fuhr fort.

„Der größte aller Zauberer unserer Gilde der mächtige Allerdings, hatte noch einen Schlüssel für den Auserwählten dabei, der in seinem riesigen Zauberstab am Griff steckte.

Wir haben den Auserkoren getroffen, also Nullkraft war das und haben dafür die Runen, und diese mächtigen Kräuter erhalten, die uns den Sieg bringen werden."

In diesem Moment ging wieder ein Riss durch Zeit und Raum, die Balken 6 und 8, waren am Bersten. Träger 6 hatte die ersten Sprünge, einige Aufhängungen brachen aus ihm heraus, er bog sich weiter und weiter. Der Bender an ihm, lief unter maximaler Leistung, er erhitzte sich und begann zu vibrieren und dann rissen die ersten Sicherungsseile, und die zwischen und Stützträger fielen vom Hauptstrang ab.

Auf der Erde, in Korsika mit der aufgesetzten Druideninsel, brach ein Inferno aus.

Pangalaktische Reiter, donnerten vom Himmel galoppierten auf der aufgewühlten See und verschwanden in ihr. Nein falsch der Wal oder ein anderer, es waren mehrere, schluckten das Heer der Pangalakten einfach.

Dann fielen stachelige Kugeln vom Himmel, die Covid EN.

Der Anführer baute sich vor GraTHun auf, stellte sich als Kotfit 19, der letzte Scheiß vor.

Dann verdreifachte er sich, verzehnfachte sich sodann hundertfach und plötzlich war er weg, weil in einer anderen Parallelwelt, da wo er und seine Armee herkamen, alle Fernsehsender abgeschaltet wurden, von einem riesen ENP Feld.

Immer mehr Universen schoben sich in die Gegenwart der Druideninsel, alles wirkte wie ein Film, der schnell vor und zurückgespult wurde.

Währenddessen waren die Hexen wieder dabei gewesen, die Feuer zu entzünden, die Druiden taten dem gleich und die Zauberer ebenfalls.

Kessel dampften und man klaubte alles an Kraut, was übrig war zusammen und warf es in die Töpfe, die Räucherschalen und schon bald duftete es wieder wie auf der Nature One im VIP Bereich oder den dortigen Parkplätzen.

Erneut bildete sich eine Rauchwolke, die zu einer schweren Wolke wurde und sich weiter verdichtete und wie zuvor immer mehr nach unten sank.

Die Druiden begannen wieder rhythmisch die Trommeln zu schlagen und die Hexlein die jungen setzten ihre ordinär vulgären Tänze fort. Ihre Körper, das Fleisch war in Bewegung, die älteren erfahreneren Hexen tanzten in einem Kreis um die Novizinnen und unterstützten sie.

Immer mehr komisch Kreaturen gesellten sich zu der Beschwörung, ebenso verwundert, was sie hier tun, wie die magischen Bewohner der Druideninsel.

Die meisten gingen, wie sie kamen, aber immer mehr Inselbewohner verschwanden. In einer Minute am Kessel und rühren oder mit der Kelle schöpfend probieren, in der anderen bereits weg.

Wenn Sie nach einer Weile wieder an dem Ort waren, wirkten sie verwirrt und desorientiert.

Sie stammelten dann nur sinnloses Zeug, wie Politiker Phrasen, zusammenhangloses.

„Der Weltraum, unendliche Weiten. Wir schreiben das Jahr 2200. Dies sind die Abenteuer des Raumschiffs Enterprise, das mit seiner 400 Mann starken Besatzung 5 Jahre unterwegs ist, um fremde Galaxien zu erforschen, neues Leben und neue Zivilisationen. Viele Lichtjahre von der Erde entfernt dringt die Enterprise in Galaxien vor, die nie ein Mensch zuvor gesehen hat."

Ein Zauberer, der sich urplötzlich wieder materialisiert hat, erzählte den Umstehenden, dass er in einer Art Flugmaschine saß, mit Fenstern und Sitzen und alles blinkte und mit ihm saßen einige andere dort. Niemand konnte aufstehen, weil Gurte einen daran hinderten und ständig wurden Durchsagen gemacht.

Immer die gleiche es war entsetzlich, die Panik den die anderen Insassen, wollten von dort weg und die meisten sahen wie Elfen aus. Der Feind und persistent wieder diese furchtbaren Durchsagen alle paar Augenblicke.

„Wir bitten um Ihre Aufmerksamkeit,

Der Start wird sich aufgrund fehlender Papierservietten, nochmals um einige Stunden verzögern. Wir bedauern den Umstand. Unsere Startverzögerung beträgt jetzt 7 Stunden 23 Minuten 11-12-13 Sekunden in 4 Tagen – 9 Monaten und 3 Jahren.

Aufgrund dieser Panne können die Snacks nicht ordnungsgemäß gereicht werden, wir kümmern uns darum. Entspannen Sie sich, wir werden ihnen umgehend einen Imbiss servieren sowie die Erfrischungen, bleiben Sie sitzen, die Gurte lösen sich nach dem Service, Zuwiderhandlungen werden sanktioniert."

„Das kam so oft, dass ich den Text auswendig kann."

„Ja und die anderen in diesem Flugding, die waren da seid über 3 Jahre drin??"

Fragte Vivil neugierig.

„Ja, aber sie waren alle schon mumifiziert. Es müffelte komisch, ständig diese Durchsagen, jeder wie ich, an diesen Sessel gebunden. Immer und fort wieder die gleiche Stimme, von irgendwoher. Nebenan stand noch so ein Ding, wie das in dem ich festgesessen habe."

„Aber die sind erst angekommen. Als ich dort, wo ich war, zu mir kam, waren die nicht da."

„Das schwör ich."

„Aber wie bist Du wieder hierher gekommen?"

„Es gab einen, ... ich kann es nicht beschreiben. Da war Licht, da existierte einiges ... ich sah Gänge, Flure und Hallen, durch die ich wanderte und vieles sah. Alles war verbunden und doch nicht. Ja ich erinnere mich ein langer Gang wie damals im Internat, wo die Schlafsäle waren.

Jegliche Tür hatte ein spezielles Zeichen, ich öffnete einige Türen, doch alle hatte eine andere Realität, eigene Wesen, spezifisches Wetter, hinter jeder Tür war etwas Neues.

Dann öffnete ich eine und war hier."

Die riesige Wolke, die von den Kesseln genährt wurde, war wieder so dicht wie zuvor.

Alle Druiden, die Zauberer und last but not least die Hexen waren HIGH!

High war kein Ausdruck, sie waren weggespaced, abgeschossen, weggebeamt sie waren überirdisch. Nicht mehr auf der Welt, nicht auf der übergestülpten Druideninsel. Sie waren im Nirwana.

Nun, das Nirwana war in Wirklichkeit eine Band, die im Streit mit der buddhistischen Lehre stand, die Nirwana ganz anders definierte, als es diese Formation darstellte.

Einen solchen Krieg kann niemand gewinnen, auch keine Kultband und keinerlei Lehre oder Religion und so belassen wir es dabei.

Derweilen auf GlauKom I

„Ja ja, jaaaaaaaaaaaaaaaaah."

Schnaubte der Lektor.

„Willy, sind die Speicherkarten aktiv?"

„Speicherkarten im Port aktiviert und vital".

Antworte Willy.

„Willy, gebe den Code ein!"

Der Lektor diktierte eine wirre Folge von Zahlen und Zeichen.

Auf seinem Display direkt vor ihm drehte sich eine Sanduhr, dann verfolgte ein Pacman irgendeine Kirsche und irgendwann stand da.

ZUGRIFF GESTATTET.

„Willy, drück 3-mal auf die Taste # dann 21 und sodann *."

Befahl der Lektor.

„Ich höre einen Text, Hallo hier ist der Lektor, ich bin leider nicht zu Hause und kann Ihren Anruf persönlich entgegennehmen, bitte hinterlassen Sie eine Nachricht ich rufe Sie umgehend zurück."

Antworte WILLY.

„Gut jetzt Mailboxabfrage initiieren. Daten an mich PRIVAT."

Der Lektor lehnte sich zurück und hörte sich die Nachrichten an.

Während der Übertragung wurde das Gesicht des Lektors länger und Übel gelaunter.

„Wie trivial" maulte er, nur Werbung, Bitten und Gejammere."

Zugriff gestattet blinkte vor dem Lektor auf, wieder und erneut und nochmal.

ENTER

Im gleichen Moment sah man 2 Ladebalken, die mit Upload beschrieben waren, 10% dann 30% 60% und so fort.

Bei 98,7% stockte die Ladeanzeige und die restlichen 2,3% dauerten 5 Mal so lange wie die ersten 98,7%.

Dann änderte sich die Anzeige erneut.

Upload komplett

Identifizieren Sie sich!

Geben Sie Ihre ID ein!

Der Lektor tippte.

„Willkommen Lektor, bitte halten Sie ihr Auge an den Scanner direkt vor ihnen. .... Danke, der Iris Scan war erfolgreich, Voller Zugriff auf Bender 6 und Bender 8."

„Status."

Bellte der Lektor, und die Maschinen Stimme antwortete:

„Träger 6 zu 80% zerstört, korrigiere 86% irreparabel. Der Balken ist kurz vor dem Bruch."

10-9-8-7-6-5-.....

Der Lektor tippte wie besessen, der Schweiß stand in riesen Perlen auf seiner Stirn.

„Bender 6 ist deaktiviert, initiiere Sequenz Nullkraft. Biegeeinheit ist abgestellt, induzieren Standardprotokoll. Neustart!"

„Status," die Stimme des Lektors überschlug sich beinahe.

Träger 8 zu 65% beeinträchtigt, Bender 8 fährt zurück ... NEUSTART, Vorsicht NEUSTART VORSICHT NEUSTART.

„Wir bitten um Ihre Aufmerksamkeit, aufgrund fehlender Pappbecher, können die Erfrischungsgetränke nicht ordnungsgemäß gereicht werden, wir kümmern uns darum. Entspannen Sie sich, wir werden ihnen umgehend einen Imbiss servieren sowie die Erfrischungen, bleiben Sie sitzen, die Gurte lösen sich nach dem Service, Zuwiderhandlungen werden sanktioniert."

„Neustart erfolgreich, Bender 8 wieder online."

„Träger 8 zu 67% beeinträchtigt, Reparatur möglich. Profil des Balkens fährt zurück in die Normalstellung."

Der Lektor lehnte sich in seinem Sessel zurück, der Schweiß lief in Strömen an ihm herab und verriet jedem, welche Anstrengung er hinter sich gebracht hatte.

„Ladys and Gentleman, Mission erfolgreich, wir haben unter Umständen den Balken 6 Verloren, aber Träger 8 richtet sich im Moment wieder in Normal Position aus."

Die Zeit und Raumrisse im Gefüge der Kausalität haben sich geschlossen.

„Wir bitten um Ihre Aufmerksamkeit, aufgrund fehlender Pappbecher, können die Erfrischungsgetränke nicht ordnungsgemäß gereicht werden, wir kümmern uns darum. Entspannen Sie sich, wir werden ihnen umgehend einen Imbiss servieren sowie die Erfrischungen, bleiben Sie sitzen, die Gurte lösen sich nach dem Service, Zuwiderhandlungen werden sanktioniert."

Derweil auf der Druideninsel.

Die Trommeln brannten ihr Stakkato in die Nacht oder eher den frühen Morgen.

Die Hexen gaben dem Rhythmus die Energie, die Zauberer standen wichtig herum und die Wolke aus den Dämpfen aller Kräuter und Substanzen wurde so dicht, wie Diskonebel oder Trockeneis. Nur duftete er besser und die Wirkung ? ...

Ja die Folgeerscheinung, Effekt genannt.

Einerseits, wie auf einem Techno- Trance oder Goa Rave. Anderseits IRRE, einfach nur IRRE.

Alles war durcheinander, Halluzinationen rings umher, überall. Waren es Einbildungen, erzeugt aus dem Pool der Drogen, die verdampften, kochten verzischten, die Wolke bildeten. Oder war es das Universum, die Universen. Später wird sich niemand mehr erinnern können, denn dazu brannten zu viele dieser Kräuter, wurden zu Dampf und füllte die Lungen der Anwesenden.

Es war mehr Orgie und Partie als eine Beschwörung, aber die Grenze war zu fliesend.

Die Zauberer Gilde war steif am Rande, bemüht Ihre Toten, die wieder auferstanden waren zu isolieren und zu befragen. Niemand wusste, wer diesen Erweckungszauber gesprochen hatte, die Hexen, die Druiden oder einer ihrer Brüder.

Aber sie waren da, all die im Oktav verblichenen und jetzt waren Sie unter ihren Gefährten, die Einzigen die sie sehen können und berühren.

Immer mehr Fremdartiges erschien, verging oder blieb. Im Park der Druiden.

Die Trommeln, der Klang schwoll an. Die Hexenschülerinnen tanzten entrückt, die alten Weiber unterstützten Sie.

Alle drei Orden, die Hexen, Druiden und Zauberer waren Hand in Hand.

Auf einmal……

Nichts.

Gar nichts.

Dann noch weniger.

Viel weniger.

Ruhe, stille … schmerzend. Es war wie nach einer Flugreise, die ganzen Stunden die Triebwerke und plötzlich Stille.

Leise, Totenstille … nichts.

Entspannend.

Die Wesen ringsumher, die nicht hierher, auf die Insel oder den Planeten gehörten, verschwanden.

Lautlos, effektiv und für immer. Sie waren weg.

Das Trommeln ebbte ab.

Die Tänze ebenso, alles auf den Beinen und wie die Gilde der Zauberer, nahezu bewegungslos. Außer die Magier die standen 100% regungslos da. Seid Stunden.

Am Horizont, die Gebäude die sich errichtet hatten, waren weg. Die Überschneidungen aus Raum und Zeit, weg.

Gut, die magischen Wesen im siebzehnten Jahrhundert, hatten sowas nie gesehen oder erlebt.

Aber jetzt war es Weg.

Alles Weg, ... normal!

Was ist normal?

Normal Adj.

Der Norm entsprechend, vorschriftsmäßig, gewöhnlich, allgemein üblich, durchschnittlich, geistig gesund'.

Normalität wird in unserer Gesellschaft oft und undifferenziert verwendet. Bei zahlreichen Gelegenheiten hören wir von Verhaltensweisen, die normal seien oder eben nicht.

Wir alle stoßen gegen eine Wand, wenn wir versuchen, zu definieren, was Normalität ist.

Es ist schwierig für uns, zu bestimmen, was normal, seltsam, komisch oder gar pathologisch ist.

Konnotationen sind ein gefährlicher Aspekt des Konzepts der Normalität. Sie werden für gewöhnlich als bestimmende Faktoren dafür verwendet, was richtig sei und was nicht.

Wenn wir eine Person, ein Verhalten oder etwas Ungewöhnliches beobachten, werden wir dem gegenüber höchstwahrscheinlich Vorurteile aufbauen. Dies ist bis zu einem gewissen Grad auf unser gemeinsames Verständnis von Normalität zurückzuführen und darauf, dass wir die Gewöhnlichkeit brauchen, um uns sicher zu fühlen.

Um der Toleranz willen ist es aber wichtig, zu lernen, was "Normalität" wirklich ist.

Ein einfacher Weg, sich diesem Begriff zu nähern, ist das Gegenteil, der Normalzustand, die Pathologie, zu definieren. Das Verständnis abnormaler Prozesse und Verhaltensweisen wird uns helfen, die wahre Definition dieses so normalen Terminus zu finden. Deshalb ist das Erste, was wir hier ansprechen, die Spezifizierung des Pathologischen.

Hier ist mit Normalität gemeint, den Ausgangszustand herzustellen.

Das ist zu 80% geglückt.

Die Insel der Druiden ist wieder ... NORMAL.

Die Erzählung endet hier.

Hexen Zauberer und die Druiden, sind dem Kampf gegenüber dem Universum und seinen Wirren, erfolgreich vis-à-vis gestanden.

Es ist AUS.

Es ist vorbei.

Es ist gewonnen.

Es ist wieder normal, aber was ist Normal?

GlauKom I

„Wir bitten um Ihre Aufmerksamkeit, aufgrund fehlender Pappbecher, können die Erfrischungsgetränke nicht ordnungsgemäß gereicht werden, wir kümmern uns darum. Entspannen Sie sich, wir werden ihnen umgehend einen Imbiss servieren sowie die Erfrischungen, bleiben Sie sitzen, die Gurte lösen sich nach dem Service, Zuwiderhandlungen werden sanktioniert."

Der Lektor lehnte sich erschöpft zurück, schloss seine Augen und stellte fest:

Die Parameter um das Shuttle normalisierten sich. Sogar die um den Berg herum und die auf GlauKom direkt, alles und jedes stabilisierte sich. Was Normalsein auch immer bedeutet, in seiner Kausalität.

Die Anomalien schlossen sich, die Erscheinungen blieben aus. Nichts vibrierte und die Energiedetektoren zeigten an:

NORMALZUSTAND.

Es war vorbei.

GlauKom I gerettet, die Erde des Svenney entkommen, das Universum das wir kennen verschont, alle anderen Universen davongekommen, das Multiversum ebenfalls.

Was für ein Happy End!!!

Alles war wieder gut, das Gleichgewicht wurde durch das große RAD weiterhin gewährleistet.

Der Lektor schaute zufrieden und ein sanftes Lächeln, das den Grad seiner Entspanntheit wiedergab, stand auf seinem Antlitz.

Die sterbliche Frau massierte ihre Schläfen, als wäre sie von Kopfschmerzen geplagt, ja und das ist sie.

Svenney indes stand auf, sprang in die Luft, landete auf seinem Sessel, machte eine Drehung wie ein Hofnarr und rannte zur offenen Shuttletür.

Der Lektor schaute ihn entgeistert an.

„Warst Du den gar nicht, ….

Warst Du den nicht ….

Du warst die ganze Zeit frei, ohne diesen Gurt?"

„Ja."

Antwortete Svenney.

Der Lektor schlug die Hand an seine Stirn.

„Und ….wieso weiß ich das JETZT????"

Svenney O Shea steuerte auf die Gangway zu, aber vorher öffnete er den Gurt der sterblichen Frau.

„Komm mit, ich will hören, was in dem Shuttle da neben uns ständig durchgesagt wird.

Seid Stunden erlausche ich dort was, genau wie bei uns hier.

In dem Ding da, das so aussieht wie unser Ding hier...."

Svenney hatte auf seiner Erde niemals so etwas wie dieses Shuttle gesehen.

Er nahm Firith die sterbliche Frau bei der Hand.

„Komm mit, ich will wissen, was da zu hören ist."

Svenney ging mit Firith zu einer Tür, über der EXIT blinkte. Er drehte sich um und schaute zum Lektor.

Dieser wiederholte seine Frage.

„Wieso warst Du nicht angeschnallt, warum hast Du nichts gesagt.

Es wäre so einfach gewesen.

Du hättest die Schlüssel in das Terminal stecken können, alles wäre wie beim ersten Mal in Dun Bleisce Doon der Hureninsel ganz von alleine initialisiert worden. Ich musste mich in eine Fliege zwängen." Beschwerte sich der Lektor.

Svenney dreht sich zum Lektor um und erwiderte.

„Du hast mich nicht gefragt."

„Niemand hat nachgefragt, woher sollte ICH der bedeutungslose Ire wissen, das meine Auskunft wichtig ist, ja von Belang?"

Svenney ergriff Firith Hand und ging mir ihr die Gangway zum Flugsteig hinab.

Beide liefen hinüber zum Schwesterschiff und standen nicht einmal lange dort.

Sie sahen einen Zaubererhut, der einfach verschwand. 3-2-1 Weg. Sie erblickten mumifizierte Elfen und sie hörten eine Durchsage, am Flugsteig 2:

„Wir bitten um Ihre Aufmerksamkeit,

Der Start wird sich aufgrund fehlender Papierservietten, nochmals um einige Stunden verzögern. Wir bedauern den Umstand. Unsere Startverzögerung beträgt jetzt 9 Stunden 11 Minuten 44-45-46 Sekunden in 4 Tagen – 9 Monaten und 3 Jahren.

Aufgrund dieser Panne können die Snacks nicht ordnungsgemäß gereicht werden, wir kümmern uns darum. Entspannen Sie sich, wir werden ihnen umgehend einen Imbiss servieren sowie die Erfrischungen, bleiben Sie sitzen, die Gurte lösen sich nach dem Service, Zuwiderhandlungen werden sanktioniert."

ENDE

Folgend, die weiteren Publikationen.

Die Svenney O´Shea Reihe

Band 1 Der Lektor.

Neulich
Irgendwann im 17 Jahrhundert und ein paarmal Übermorgen

Svenney O´Shea oder besser SOS (Gefahr)wenn dieser Held kommt, ist alles zu spät.
Nur Bernadette seine Liebe, hat dieses „kommen" noch nicht erlebt.

Helden in Strumpfhosen gab es schon aber Svenney, „to be on Top, ist sein Job" und sein unsagbares Glück verwickelt ihn in einen Mordanschlag, er erfährt dabei nicht nur das Geheimnis von einem riesigen Schatz.
Mit einer eminenten Liebe zu sich selbst. Einem Ego groß wie ein Planet und unglaublich wenig Einfühlungsvermögen, bar jeglichen Talents, außer dem Gespür für Fettnäpfe und völlig frei von irgendwelchen Werten, Grips und Verstand, schafft es unser Held sich über die Seiten zu retten.
Denn dies ist keine Geschichte, es ist eine Erzählung und ich für mich bin jedes Mal, wie der Held selbst überrascht, wie sich Dinge entwickeln.

Der Lektor, hat alle Mühe die Welt, in dieser Erzählung, die so schrill und schräg, wie amüsant ist.
Mit all seinen Huren, Helden und obskuren Figuren, den Un aber auch glaubwürdigen Abenteuern, im Griff zu behalten, dass er gleich selbst zum Protagonisten wird und diese Erzählung aktiv beeinflusst.

Wer ist die Mama San, der Baader und Gorm?
Was ist der Ostiarius oder woraus besteht ein Gorg-On-Zolla Gesöff?
Finde es heraus.

Svenney O'Shea
SoS die wahren Abenteuer.
Band 2
Die Festung der Huren

Wie geht es weiter mit dem Helden, kommt er je an, was wird er in der Festung der Huren vorfinden?

Zuerst einmal führt ihn der Weg nach Limerick in der Grafschaft Limerick. Im blutigen Knochen, einem Wirtshaus in dem es so zugeht, wie der Name verspricht, erlebt er ein extra Delirium, aus dem er gerade mal so erwacht, beinahe wäre die Erzählung dort schon zu Ende gewesen.
Aber sein Hirn macht einen Neustart, ein Reboot vom feinsten.
Außerdem erzählt Father Keith etwas über die 13 Gebote auf 3 Steintafeln, die Moses direkt von Gott auf einem Berg erhalten hat.
Der unglückliche Aiden, trifft bei Father Keith ein. Alle drei treffen sich dann in der Feste der Huren, genauer bei der Mama San in Lola's Pinte. In dem Ort Dun Bleice Don in Irland, was übersetzt tatsächlich Festung der Huren bedeutet.

Vorher aber erfahrt ihr, wie man einen guten Gorg-O-n Zolla braut, wie man Ziegen melkt und das es gar nicht so einfach ist.
Außerdem wie ein irisches Frühstück geschaffen ist, und ihr erlebt Bernadette in Rage und ganz heiß.
Ihr Kutscher der Ashton, mit dem Sie als junges Mädchen eine amouröse Zeit hatte, bringt sie auch heute noch überall hin, so zum Svenney, den Sie in Limerick überrascht.

Der Lektor kommt auch wieder vor und für euren nächsten Spanienurlaub, lernt ihr in diesem Buch die übelsten Flüche, auf Spanisch, ganz der Lektor eben.

Ein alter blinder Schreinermeister, der alle Holzsorten am Geruch erkennt.

Türen die mitten auf der Straße stehen und durch die man nicht in einen anderen Raum gelangt, sondern durch den Kosmos aus Zeit.
Auch wenn man dann ganz woanders rauskommt.
Schwedische Möbelhäuser und natürlich Dun Bleisce Doon, die Festung der Huren, werden beschrieben.
Aber auch die Hauptdarsteller, wie die Mama San, der Ostarius, der Baader, Maria und der Eddie werden genaustens vorgestellt.
Normal ist von denen keiner, aber deswegen erzähle ich die Geschichte ja.

Lolas Pinte und ob unser Held es schafft im Band 2 dort anzukommen, ich habe so meine Zweifel, werdet ihr in Buch 2 ebenfalls erfahren.

Svenney O Shea
SoS die wahren Abenteuer.
Band 3.
Auf Biegen und brechen.

In Band 3 der Reihe um den liebenswerten Tölpel erreicht dieser endlich die Festung der Huren, der erste Schlüssel und somit der nächste Schritt zum großen Schatz ist greifbar nahe.
Was den Apfel Adams mit diversen alkoholischen Getränken verbindet.
Und
Was Whisky von Whiskey unterscheidet.
Und
Wie es in Lolá´s Pinte so hergeht, was Svenney der endlich angekommen ist, dort abzieht, wie die Mädchen in Dun Bleisce Don so drauf sind, erfahrt ihr in diesem Teil. Das ist nicht alles denn, langsam löst sich das Rätsel um den Lektor.
ZZZ
Zusammenhänge - Zeitachsen - Zy- tronen
und
Die Biegeeinheiten die Bender, die das Rad des Kosmos stabilisieren sollen.
Die aber von einer unbekannten Macht sabotiert werden.
Das ganze bekannte Universum ist in Gefahr.
Die Zusammenhänge werden langsam klarer.

Die Universe One, die absolut größte Techno und Rave Party, aller Welten
wird beschrieben.
Was Tappakopische Perque und Juristen miteinander zu schaffen habe.

Türen, Port- All e und allerlei Gedöns.
Und
Svenney, der Aiden Father Keith,
die Mama San und ihre Girls
Kortex das Pferd und Duud, der Kater

Svenney O Shea
Die wahren Abenteuer.
Band 4

Die Insel der Druiden I

Die Insel der Druiden I
Der erste Teil der Druideninsel der vierte Band aus der Svenney O Shea Reihe. Nach Band I Der Lektor und Band II die Festung der Huren und Band III auf biegen und brechen, kommt: Band IV und V die Insel der Druiden, gleich zwei Teile. Ich bin nur der Erzähler, die Geschichte der Insel der Druiden, wurde zu umfangreich für nur ein Buch. Was aber genau ist die Insel der Druiden? Es ist kompliziert, zum einen ist es die Insel Anglesey westlich vor der Küste Irlands vorgelagert und ist die wahre Insel keltischer Druiden. Durch Magie und anderen Gründen, die ihr im Anschluss erfahrt, hat Anglesey aber die gleichen Koordinaten wie Korsika, die Insel im Mittelmeer. Quasi ist Anglesey auf Korsika drauf gestülpt, somit der magische Teil. Auf der Insel befinden sich die nächsten beiden Schlüssel. Aber dort auftauchen und die Aufgaben lösen und die Schlüssel zu nehmen, so einfach ist es nicht. Die Elfen der Ailill befinden sich in einem Krieg mit den Druiden, den Hexen und Zauberern. Gemeinsam wollen alle magischen Gilden, dieser vermeintlichen Bedrohung durch eine kollektive Beschwörung entgegenwirken. Nur dazu werden irische Kräuter und Runensteine benötigt, welche Svenney O Shea im Tausch für die beiden Schlüssel anbietet. Diese Heil-

pflanzen aber haben es in sich. Doch bevor diese Beschwörungszeremonie zum Höhepunkt kommt, indem alle high sind und was auch immer nur schief geht, muss erst das Buch der Ukapoden beschworen, Hexenbesen abgeschleppt, Fressorgien abgehalten und Missverständnisse geklärt werden. Parallel zur mittelalterlichen Erde passiert im Multiversum Unglaubliches, auf GlauKom I dem Planeten, auf den die Elfen der Ailill verbannt wurden. Der Lektor läuft zu seiner Bestform auf.

Yachtikon LOLA
Ein Yachtlexikon, für Chartergäste

Yachtikon, Yachtcharter.
LOLA Handbuch die Ostsee - unendliche Weiten. Wir befinden uns in einer rauen Gegenwart. Dies sind die Abenteuer der Crew auf Steg G. Viele Schritte entfernt vom Parkplatz und sanitärem Luxus, endlose Karawanen mit Wägelchen, bepackt mit Bier, Wein, Spirituosen und nutzlosem Zeug, die sogleich chartern werden. Unbekannte Lebensformen aus dubiosen Zivilisationen. Unsere Charterflotte dringt dabei in Seegebiete vor, die nie ein Mensch zuvor gesehen hat. Warnemünde Ortszeit 0800, an jedem Samstag in der Saison. Die Soggsen kommen, mit Ihnen die Berliner, die Bayern, Süddeutschen, Alpenländler aus 16 Bundesländern dieser Bundesreplik, aus Kantonen, Skigebieten und von ganz weit her. Bierbunker Gepäcks Slalom, auf dem Steg harter Einsatz am Limit. Übergabe der Schiffe, die Rücknahme am nächsten Wochenende, alles wird erklärt. Dazwischen müssen die Yachten gereinigt werden, repariert und so weiter. Manche Seelsorge, viel Frust, Stress der normale Wahnsinn. Der gemeine Chartergast betrachtet nicht alles, was am Steg passiert. Er sieht nur, die Probleme die nicht in der kurzen Zeit gelöst werden können, inmitten von Rücknahme und erneuter Übergabe. Dieses Buch soll vermitteln, zwischen den Erwartungen des Chartergastes und dem, was der Crew maximal zu richten möglich ist. Es ist ein Blick hinter die Kulissen, einer fiktiven Charterfirma LOLA Yachtcharter, alles frei erfunden und Satire, reiner Nonsens, der aber auf 12 Jahren Erfahrung des Erzählers am Steg G beruht. Der eine oder andere Leser wird vieles Wiedererkennen. Vor allem die Hauptdarsteller der holländische Hüne, den Erzähler Sven und last but the least Törn, den Depp von Steg G.
Am Ende des Büchleins findet ihr ein Yachtikon, eine alphabetisch geordnete Übersicht seemännischer

Begriffe, plus humorvolle Anmerkungen des Erzählers.
Wie z.B Chartern: die Erlaubnis, gegen Bezahlung von
mehreren hundert Euro pro Tag, ein fremdes Schiff von
Grund auf zu überholen, zu reparieren und sich am
Ende des Törns, von der Kaution zu verabschieden.
Neben viel Informationen sind es die Cartoons von
Vipy meiner Frau, die dieses Buch lesenswert machen.
Sie veranschaulichen Begriffe wie Back und Steuerbord.